Robert B. Parker · Terror auf Stiles Island

Robert B. Parker wurde 1932 geboren. Nach seinem M.A. in amerikanischer Literatur promovierte er 1971 über die »Schwarze Serie« in der amerikanischen Kriminalliteratur.

Seit seinem Debüt »Spenser und das gestohlene Manuskript« im Jahr 1973 hat er über 50 Bücher veröffentlicht. 1976 erhielt er für den Titel »Auf eigene Rechnung« den Edgar-Allan-Poe-Award für den besten Kriminalroman des Jahres. Neben den überaus erfolgreichen »Spenser«- und »Jesse-Stone«-Reihen veröffentlichte Parker auch einzelne Krimis, darunter »Wildnis«.

Am 18. Januar 2010 verstarb Robert B. Parker in Massachusetts. *www.robertbparker.de*

Robert B. Parker

Terror auf Stiles Island

Ein Fall für Jesse Stone

Übersetzt von Bernd Gockel

PENDRAGON

1

Wenn er nicht schlafen konnte – was zum Glück immer seltener der Fall war –, setzte sich Jesse Stone hinters Steuer seines schwarzen Ford Explorers und kurvte durch das nächtliche Paradise, Massachusetts. Als er sich aus L.A. verabschiedet hatte, um hier seinen Job als Polizeichef anzutreten, hatte er in diesem Wagen die gesamten USA durchquert. Er liebte die Nächte, in denen der Regen wie ein Messer durch die Dunkelheit schnitt und die Straßen im Scheinwerferlicht glänzten. In einer Nacht wie dieser, ging es ihm durch den Kopf, wäre er auch gerne Marshall im Wilden Westen gewesen. Er hätte sich die Öljacke übergezogen, den Hut tief ins Gesicht gedrückt, hätte sich in den Sattel geschwungen und das Pferd einfach ziellos laufen lassen.

Er rollte langsam am Rathausplatz vorbei, am weißen Gemeindehaus im Kolonialstil, auf dessen Dach der Regen nun schon seit 200 Jahren trommelte. Das blaue Schimmern der altmodischen Straßenlampen, deren Lichtkegel im Regen zu verschwimmen schienen, hatte eine beruhigende Wirkung auf ihn. Es gab – die Scheinwerfer seines Explorers ausgenommen – keine andere Lichtquelle in diesem Teil der Stadt. In den gepflegten Häusern mit ihren großzügigen Rasenflächen, geschmackvoll um das Gemeindehaus gruppiert, war es dunkel und still. Nirgendwo eine Bewegung. Die Stadtbücherei schien ausgestorben, ebenso die High School mit ihren roten, im Regen glänzenden Backsteinen. Als er auf den Parkplatz bog, wirkten die pechschwarzen Fenster selbst im Licht seiner Scheinwerfer abweisend und undurchdringlich. Er hielt für einen Augenblick an und schaltete das Fernlicht ein. Im Scheinwerferlicht war die Raute des Baseballplatzes zu erkennen, das verrostete Abfanggitter hinter dem *Catcher*, der Gummibelag auf dem Hügel des *Pitchers*, selbst die Kuhle vor dem Gummi: Anscheinend gab es hier genügend ambitionierte High-School-Kids, die sich mit ihrer Wurftechnik an großen *Pitcher*-Idolen wie Nolan Ryan orientierten. Als er selbst in der Zweiten Profi-Liga gespielt hatte, war er auf der Position des *Shortstop* die ideale Besetzung: Er hatte einen mordsmäßigen Arm, kräftiger sogar als der von Rick Burleson, und konnte den Ball selbst aus weitester Entfernung punktgenau werfen. Er war auch als Läufer nicht übel, war fangsicher und hatte für einen Feldspieler einen passablen Schlag. Aber es war sein Wurfarm, der Großes zu versprechen schien. Seine Eintrittskarte zur großen Karriere. Jesse rieb sich seine rechte Schulter und starrte aufs Baseballfeld hinaus. Er erinnerte sich noch genau an den Augenblick, als ihn der Schmerz traf wie ein Blitz. Es war zu Beginn eines *Double Play* und er schaffte es locker, die beiden gegnerischen Spieler auszuschalten. Aber es sollte das Ende seiner Karriere bedeuten …

Jesse ließ den Wagen wieder rollen, wendete und fuhr auf die Main Street zurück, diesmal Richtung Meer. An einem leeren Parkplatz beim Paradise Beach hielt er erneut an, ließ den Motor aber auch diesmal laufen. Der Regen schien den Geruch des Wassers noch zu verstärken. Im Licht der Scheinwerfer donnerten die Wellen heran, schwollen an, bildeten Schaumkronen, um dann krachend in sich zusammenzubrechen. Im

Vergleich zum schwarzen Ozean war selbst der prasselnde Regen nur eine Bagatelle. Eine Thermosflasche mit Piña Colada wäre jetzt keine schlechte Idee, dachte er, dazu vielleicht noch etwas Musik.

Unweigerlich wanderten seine Gedanken zu Jenn. Sie war ein Naturtalent, was die romantischen Momente betraf. Wenn sie jetzt neben ihm säße, würde sie sich mit geschlossenen Augen zurücklehnen, würde mit ihm sprechen und ihm zuhören, würde die nächtliche Stunde und den Regen und das Rauschen des Meeres in vollen Zügen genießen. Und sie würde dieses Gefühl auch bereitwillig mit ihm teilen. Manchmal dachte er, dass es diese Momente waren, die er am meisten vermisste. Selbst zehn Jahre in der L.A.-Mordkommission hatten seiner romantischen Ader letztlich nichts anhaben können. Sicher, all seine bisherigen Erfahrungen führten zu der Schlussfolgerung, dass die große Liebe wohl eher Seltenheitswert hatte. Aber gerade ihre Unbegreiflichkeit hatte Jesse davon überzeugt, dass die Hoffnung auf Liebe das letzte Bollwerk gegen Selbstzweifel und Verzweiflung war.

Gut möglich, dass es Jenn ähnlich erging. Obwohl ihre Scheidung nun schon länger zurücklag, waren sie in Kontakt geblieben. Als sie im letzten Jahr gehört hatte, dass es ihm schlecht ging, war sie umgehend an die Ostküste geflogen. Dabei war es kein Problem, bei dem sie ihm wirklich helfen konnte – und das wusste sie auch. Aber offensichtlich hatte sie das nicht davon abgehalten, trotzdem zu kommen. Sie war sogar geblieben und hatte sich hier niedergelassen. Aber nun? Was zum Teufel sollte aus ihnen beiden werden? Er legte den Gang ein, manövrierte aus der Parklücke und fuhr langsam auf der Strandpromenade Richtung Downtown. Er war sich bewusst, dass weder Alkohol noch seine Ex gut für ihn waren. Er sollte besser nicht so oft an sie denken.

Die Anzeigetafeln am Kino waren dunkel, ebenso die Geschäfte in der Innenstadt. Die Ampeln sprangen von Rot auf Gelb auf Grün, ohne dass jemand Notiz davon nahm. Er fuhr zum Indian Hill hinauf, parkte am höchsten Punkt des Hawthorne Park, schaltete die Scheinwerfer ab und ließ seinen Blick über den Hafen gleiten. Zur Linken ging der Hafen ins offene Meer über, nach rechts bildete der Damm zwischen Paradise und Paradise Neck eine natürliche Begrenzung. Die Mole lag auf der anderen Seite des Hafens, eine dunkle Landzunge mit dem Leuchtturm an ihrem nördlichen Ende. Nicht einmal 100 Meter hinter dem Leuchtturm lag Stiles Island. Der vordere Teil bildete einen Schutzwall zum Hafeneingang, während das hintere Ende ins offene Meer ragte. Jesse wusste, dass der Kanal zwischen Insel und Mole – dort, wo das Wasser von beiden Seiten in die Zange genommen wurde – für seine Strudel berüchtigt war. Doch hier oben war von den tückischen Strömungen nichts zu sehen. Bedächtig glitt das Leuchtfeuer über die Dächer der Häuser, dann hinüber zu der Bogenbrücke, die vom Leuchtturm zur Insel führte. Alles andere versank im Dunkel der Nacht.

Jesse saß still in der Dunkelheit und blickte auf das Meer und den Regen. Auf der Digitaluhr am Armaturenbrett sah er, dass es 4 Uhr 23 war. Bei wolkenlosem Himmel würde im Osten nun die erste Morgenröte zu sehen sein – in einer halben Stunde wäre es bereits hell. Jesse schaltete die Scheinwerfer an, wendete den Wagen und fuhr den Hügel hinunter. Er musste duschen und sich umziehen. Und sich seine Polizeimarke an die Jacke klemmen.

2

Macklin war gerade mal eine Woche aus dem Knast, hatte aber bereits einen Mercedes klargemacht, den er in der Parkgarage der Alewife Station geknackt hatte, und eine 9 mm Halbautomatik, die er von einem Typen namens Desmond bekommen hatte, mit dem er zusammen im Bau war. Macklin hatte die Neuner gleich sinnvoll eingesetzt, um einen Schnapsladen in der Nähe des Wellington Circle auszunehmen. Mit dem Geld aus dem Überfall war er zu Desmonds Neffen Chick gegangen, der bei der Kfz-Zulassung arbeitete, ihm einen Fahrzeugbrief auf den Namen Harry Smith ausstellte und gleich auch ein legales Nummernschild in die Hand drückte. Als er den Wagen umspritzen ließ, hatte er sich für »British-Racing-Grün« entschieden. Dann hatte er je eine Flasche Belvedere Wodka und Stock Wermut gekauft und sich auf den Weg zu Faye gemacht.

Er hatte kaum ihr Apartment betreten, als sie sich auch schon aus ihrem Bademantel schälte. Fünf Minuten später lagen sie im Bett und waren voll dabei. Als es vorbei war, stand Faye auf, schüttete ihnen einen Martini ein und brachte die Gläser zum Bett.

»Hab's mir eineinhalb Jahre für diesen Augenblick aufgespart«, sagte Macklin.

»Hab ich gemerkt«, sagte Faye.

Sie hatten es sich auf den pink- und fliederfarbenen Kissen in Fayes Doppelbett bequem gemacht. Die Martinis standen auf dem Nachttisch, gleich neben Macklins Revolver. Die Wände waren ebenfalls in einem hellen Lila gestrichen, während die Decke verspiegelt war. Ihre Wohnung befand sich im alten Charlestown Navy Yard und aus dem Fenster des ersten Stocks konnte man auf der anderen Seite des Hafens die Skyline von Boston sehen.

»Du dir auch?«, fragte Macklin.

»Ich mir was?«, sagte Faye.

Sie hatte sich über ihrer rechten Hüfte zwischenzeitlich eine Rose tätowieren lassen.

»Hast du's dir auch eineinhalb Jahre aufgespart?«

»Klar doch«, sagte sie.

Macklin nippte an seinem Martini. Die Überzüge auf Fayes Bett waren fliederfarben.

»Gab's keinen anderen?«

»Absolut niemanden«, sagte Faye.

Sie sah zur verspiegelten Decke hoch und mochte, was sie sah. Er war schlank und geschmeidig. Und so blond, dass seine Haare fast schon weiß wirkten. Er sah insgesamt vielleicht ein bisschen blass aus, aber sie wusste, dass er an seinem Teint arbeiten würde. Sie liebte den Kontrast von seinen blonden Haaren und dem gebräunten Körper. Sie überprüfte ihr eigenes Aussehen: Die Titten waren noch gut in Schuss, die Beine auch. Konnte man schließlich auch erwarten. Täglich 45 Minuten auf dem verdammten StairMaster! Sie drehte sich auf die Seite und checkte ihren Hintern. Proper. StairMaster sei Dank.

»Kontrollierst du das Equipment?«, fragte Macklin.

»Hm.«

»Scheint noch alles zu funktionieren«, sagte Macklin.

Sie kicherte.

»Und wie sieht's mit deinem aus?«, fragte sie.

»Sollte bald wieder einsatzbereit sein.«

Sie tranken ihre Martinis aus und schwiegen.

»Und was machen wir nun?«, fragte Faye schließlich.

»Noch mal das Gleiche, dachte ich«, sagte Macklin. »Aber vielleicht könnten wir es diesmal auf dem Stuhl versuchen.«

Faye kicherte wieder. »Das mein ich nicht«, sagte sie. »Ich meine, was wir jetzt mit unserem Leben anfangen werden.«

»Vom Vögeln abgesehen?«

»Vom Vögeln abgesehen.«

Macklin grinste. Er richtete sich im Bett auf und schüttete ihnen einen weiteren Martini ein.

»Nun«, sagte Macklin. »Morgen werden wir mal nach Paradise fahren und uns über die Immobilien auf Stiles Island informieren.«

»Was ist denn Stiles Island?«

»Eine kleine Insel vor Paradise Harbor. Sie ist mit dem Rest von Paradise nur durch eine schmale Brücke verbunden. Die Brücke wird von privatem Sicherheitspersonal überwacht. Wer dort lebt, hat seine Schäfchen im Trockenen. Sie haben sogar eine Bank nur für die Anwohner dort.«

»Und wie kommst du gerade auf diese Insel?«

»Lester Lang, ein Typ aus dem Knast, hat mir die ganze Zeit davon vorgeschwärmt. Sagte, es sei die reinste Goldgrube.«

»Warst du schon mal da?«

»Nee.«

»Und wir wollen dort ein Haus kaufen?«, fragte Faye.

»Nee.«

»Warum schauen wir uns denn dann Immobilien an?«

»Um den Ort mal unter die Lupe zu nehmen.«

»Wofür?«

»Für den größten Beutezug aller Zeiten«, sagte Macklin.

Faye legte ihren Kopf an seine Schulter und lachte. »Darauf trink ich gern«, sagte sie und prostete ihm zu.

3

Der Mann, der auf dem Revier nur als »Suitcase Simpson« bekannt war, trat durch Jesses offene Bürotür, ohne sich mit Klopfen aufzuhalten. »Jesse«, sagte er, »war das etwa deine Ex, die ich gestern im Fernsehen gesehen habe?«

»Keine Ahnung, Suit«, sagte Jesse. »Was hast du denn gesehen?«

»Die Nachrichten auf Channel 3. Sie haben eine neue Wetterfee – Jenn Stone.«

Sie benutzte also nicht ihren Mädchennamen.

»Wetterfee?«, sagte Jesse.

»Ja, sie sprachen darüber, dass sie aus Los Angeles komme und sich bestimmt erstmal akklimatisieren müsse, um über das Schmuddelwetter an der Ostküste berichten zu können.«

»Und sie sah wie Jenn aus?«

»Absolut. Ich hab sie ja nur einmal gesehen, aber du weißt am besten, dass sie eine Frau ist, die man so leicht nicht vergisst.«

»Nein«, sagte Jesse. »Mit Sicherheit nicht.«

»Arbeitete sie in L.A. auch als Wetterfee?«, fragte Simpson.

»Nein, sie war Schauspielerin.«

»Vielleicht *spielt* sie ja nur die Wetterfee.«

»Kann gut sein«, sagte Jesse. »Hast du sie in den Nachrichten um sechs oder um elf gesehen?«

»Um sechs«, sagte Simpson.

»Ich werd heut Abend mal die Augen offenhalten«, sagte Jesse.

»Möchte wetten, dass sie nicht wieder nach L.A. zurückkehrt«, sagte Simpson.

»Sieht ganz danach aus«, entgegnete Jesse.

Simpson stand für einen Moment unschlüssig rum, als wolle er noch etwas sagen, fand aber nicht die richtigen Worte. »Nun ja«, sagte er schließlich. »Ich dachte mir, es würde dich interessieren.«

»Tut es. Danke, Suit.«

Simpson konnte sich noch immer nicht aufraffen zu gehen, nickte dann aber, als wolle er damit eine ungestellte Frage beantworten, drehte sich um und verließ das Büro.

Sie benutzt also noch immer unseren gemeinsamen Na-

men. Jesse wirbelte auf seinem Drehstuhl herum, legte die Füße auf die Fensterbank und starrte hinaus. Es muss Jenn sein, dachte er. Eine andere Erklärung gab es nicht. Im sicheren Abstand von 5 000 Kilometern hatte er seine Gefühle unter Kontrolle gebracht. Keine Frage: Er liebte sie noch immer – was aber nicht bedeutete, dass er mit ihr zusammenleben musste. Und auch nicht, dass er keine andere Frau lieben konnte. Jedenfalls war er davon überzeugt, als sie noch 5 000 Kilometer von ihm entfernt lebte und mit einem Filmproduzenten ins Bett stieg. Aber hier …?

Molly Crane trat in sein Büro.

»Jesse«, sagte sie. »Das Feuer heute Morgen in 59 Geary Street? Anthony glaubt, dass es Brandstiftung war und du mal vorbeischauen solltest.«

Jesse drehte sich auf seinem Stuhl langsam um.

»Geary Street«, sagte er.

»Sie haben das Feuer soweit unter Kontrolle«, sagte Molly, »aber Anthony ist noch dort, zusammen mit dem Chef der Feuerwehr.«

Jesse nickte.

»Sie warten auf dich, Jesse.«

Jesse musste grinsen. Molly war die geborene Gouvernante.

»Bin schon unterwegs«, sagte er.

Er schaltete die Sirene nicht ein. Eine seiner kategorischen Verhaltensregeln für das Polizeirevier besagte: keine Sirene, kein Blaulicht, wenn es nicht wirklich ein Notfall war.

Die Geary Street stieß an ihrem Ende auf die Preston Road und bildete dort – zwei Straßen vom Strand entfernt – ein Dreieck; 59 Geary befand sich genau an der Spitze des Dreiecks und grenzte an ein unbebautes Grundstück. Als Jesse dort eintraf, waren Geary und Preston bereits abgeriegelt. Pat Sears war damit beschäftigt, den Verkehr umzuleiten.

Jesse hielt neben ihm an. »Soll ich noch ein paar Leute schicken, damit du den Verkehr geregelt kriegst?«, fragte er.

Pat blies auf seiner Trillerpfeife und gestikulierte wild zu dem Fahrer eines Buick Station Wagon, der hinter Jesses Wagen angehalten hatte.

»Wär keine schlechte Idee«, sagte er zu Jesse. »Wir brauchen jemanden am anderen Ende der Straße – und hier oben auch noch einen Mann.« Er nickte zu der Autokolonne hinüber, die sich hinter dem Wagen des Einsatzleiters gebildet hatte und sich schon bis in die LaSalle Street staute.

»Ich ruf Molly an«, sagte Jesse und fuhr zum Brandort weiter.

Ein halbes Dutzend Löschfahrzeuge war im Einsatz, die beiden aus Paradise sowie vier weitere aus benachbarten Dienststellen.

Jesse parkte seinen Wagen und stieg aus. Arleigh Baker, der Chef der Feuerwehr, stand auf dem Rasen. Als Chef der »Öffentlichen Sicherheit« war Jesse theoretisch auch für die Feuerwehr zuständig, aber da er von Brandbekämpfung wenig verstand, fungierte Arleigh als Einsatzleiter. Er war klein, rundlich und sah mit seinen Stiefeln, Helm und Regenmantel wie ein kleiner Napoleon aus.

»Gut schaust du aus, Arleigh«, sagte Jesse.

»Ich seh in diesem Aufzug wie ein gottverdammtes Arschloch aus«, sagte Arleigh.

Jesse grinste und schaute auf die Ruinen des qualmenden Hauses. Die tragenden Wände standen noch, doch im Dach klaffte ein riesiges Loch. Alle Fensterscheiben waren geborsten und ein Teil der Hausfront war von den Flammen völlig zerstört worden. Im Innern sah man Asche und verkohlte Balken.

»Ein verdächtiger Brandherd?«, fragte Jesse.

»Schau's dir selbst an«, sagte Arleigh und marschierte zum Hauseingang.

Das Feuer hatte vor allem im Wohnzimmer gewütet, das sich im rechten Teil des Hauses befand. Der Fußboden war fast vollständig verschwunden, ebenso die hintere Wand, hinter der sich die Küche befand. Auf der Wand zur Linken, die vergleichsweise unbeschädigt war, hatte jemand in großen Lettern das Wort SCHWUCHTELN gesprayt.

»Pass auf, wo du hintrittst«, sagte Arleigh.

Jesse trug nur Turnschuhe und der Boden war an einigen Stellen tatsächlich noch warm. Überall lagen Holzplanken herum, aus denen zum Teil spitze Nägel ragten. Während Arleigh in seinen Stiefeln ungerührt durch die Trümmer stampfte, setzte Jesse vorsichtig einen Fuß vor den anderen.

Ein weiteres SCHWUCHTELN zierte den Treppenaufgang und auch im ersten Stock, wo das Feuer vorwiegend Rauchspuren hinterlassen hatte, war das Wort mehrfach in schnörkeliger Schrift auf die Wände gesprayt worden.

»Nicht gerade einfallsreich, der Bastard«, sagte Jesse.

»Der Feuer-Inspektor für Massachusetts will sich den Brandort noch anschauen«, sagte Arleigh. »Vielleicht kann der uns Genaueres sagen. Ich würde mal behaupten, das Feuer wurde mitten auf dem Fußboden des Wohnzimmers gelegt. Was eher ungewöhnlich ist. Jemand muss das Benzin auf den Teppich geschüttet und dann den Kanister angezündet haben.«

Er war hochrot im Gesicht und schwitzte unter seinem schweren Mantel.

»Und wenn der Brand gelegt wurde, kann man wohl mit einigem Recht vermuten, dass es die gleichen Leute waren, die auch SCHWUCHTELN auf die Wand geschrieben haben.«

»Leute? Plural?«

»Ja«, sagte Jesse. »Mindestens zwei Leute haben gesprayt.«

»Wie zum Teufel willst du das wissen?«, sagte Arleigh.

»Wenn du für eine Weile in South Central L.A. gearbeitet hast, lernst du die Handschrift dieser Graffiti-Jungs kennen«, sagte Jesse. »Wissen wir schon, wer hier wohnt?«

»Nein.«

»Dann sollten wir das rauskriegen.«

4

»Das sieht nicht gut aus«, sagte Macklin, als er auf die Bremse des Mercedes trat. Der Verkehr vor ihm auf der LaSalle Street war zum Erliegen gekommen. »Wir müssten da vorne rechts.«

»Da steht ein Verkehrspolizist«, sagte Faye, »und er lässt niemanden nach rechts abbiegen.«

»Muss ein Brand sein«, sagte Macklin. »Siehst du den Feuerwehrwagen, der dort raussteht? Der verursacht den ganzen Stau.« Er schüttelte den Kopf. »Feuerwehrleute und Cops«, sagte er. »Parken ihren Arsch immer dort, wo es ihnen gerade Spaß macht. Denen ist es doch völlig schnurz, ob sie den ganzen Verkehr lahmlegen.«

Macklin hatte das Solarium in Fayes Appartmentkomplex besucht und hatte inzwischen eine gesunde Hautfarbe. Er trug einen grauen Anzug im Palm-Beach-Stil, ein blaues Hemd mit gelber Seidenkrawatte und gelbem Brusttuch. Sein 9 mm Revolver lag im Handschuhfach.

»Wie viel Schweiß hätte es ihn wohl gekostet«, sagte er, »wenn das Arschloch auf dem Seitenstreifen geparkt hätte?«

Faye lächelte. Sie trug ein unauffälliges hellbraunes Ensemble mit einem langen Jackett und kurzen Rock und hatte ihre Haare hochgesteckt. Der Wagen rollte ein Stückchen weiter.

»Sieht aus, als würde ein Haus brennen«, sagte Faye. »Ich sehe Feuerwehrwagen am Ende der Straße.«

»Und sie können das Feuer nicht löschen, ohne einen Stau bis nach Lynn auszulösen?«, knurrte Macklin.

»Ich glaube, das Feuer ist schon unter Kontrolle«, sagte Faye.

»Sie tun einfach so, als stünden sie über dem Gesetz – als gäbe es ein Gesetz für sie und ein Gesetz für den Rest von uns«, sagte Macklin.

Faye drehte sich zu ihm um und sah ihn mit einem breiten Lächeln an.

»Es gibt ein Gesetz für uns?«, sagte sie. »Jimmy, du bist ein Gangster. Dir geht das Gesetz doch am Arsch vorbei.«

Macklin passierte den Polizisten, der den Verkehr regelte, rollte langsam am Wagen des Einsatzleiters vorbei und drückte wieder aufs Gas. Lautlos lachte er vor sich hin.

»Da ist was dran«, sagte er.

Am Kino bogen sie nach rechts ab, fuhren über die Ocean Avenue an der noch immer gesperrten Geary Street vorbei und bogen dann auf den Damm nach Paradise Neck ein. Die großen alten Schindelhäuser, von Bäumen und großzügigen Grünflächen umgeben, waren von der Straße aus kaum zu erkennen. Sie passierten den Jachtclub, ein protziges weißes Gebäude mit Blick auf den Hafen, fuhren um den Leuchtturm herum und kamen schließlich zu der eleganten Bogenbrücke, die über das aufgewühlte Wasser nach Stiles Island führte. Am Ende der Brücke befand sich das Häuschen mit dem Wachpersonal. Macklin hielt an und ließ das Fenster herunter. Ein großer, grauhaariger Mann mit Brille trat heraus und kam näher. Er trug einen blauen Blazer und hatte ein Klemmbrett in der Hand. Auf der Jacke befand sich ein blaues Personalschild mit den Worten STILES ISLAND SECURITY, darunter sein Name J.T. McGonigle.

»Hi«, sagte Macklin. »Wir haben einen Termin bei Mrs. Campbell.«

»Ihr Name, Sir?«

»Ich weiß, es klingt etwas abgedroschen«, sagte Macklin, »aber ich heiße tatsächlich Smith.«

Der Wachmann schaute auf sein Klemmbrett. »Mr. und Mrs.?«

»Genau.«

»Gleich da drüben, Sir. Bitte parken Sie auf dem dafür vorgesehenen Parkplatz.«

»Ich danke Ihnen.«

Als sie die Schranke passierten, notierte der Wachmann ihr Nummernschild. Gleich zur Rechten befand sich ein flaches Gebäude mit verwitterten Schindeln und blauen Fensterläden. Neben der Tür hing ein unauffälliges blaues Schild mit goldenen Lettern: STILES ISLAND IMMOBILIEN. Ein Lexus stand vor der Tür, daneben ein freier Parkplatz für BESUCHER.

»Stiles Island ist zu edel, um *Kunden* zu haben«, sagte Macklin.

»Wie heißen wir denn mit Vornamen«, fragte Faye.

»Ich bin Harry«, sagte Macklin. »Wer möchtest du gerne sein?«

»Wie wär's mit einem dieser vorsintflutlichen Namen, die von den stinkreichen Säcken hier in Neuengland noch immer benutzt werden – wie Muffy oder Choo Choo?«

»Herr im Himmel«, sagte Macklin. »Du kannst doch nicht erwarten, dass ich hier rumlaufe und dich Muffy nenne.«

»Rocky vielleicht?«

»Rocky?«, sagte Macklin.

Faye nickte. Macklin streckte seine geballte Faust aus und Faye schlug mit der ihren vorsichtig dagegen.

»Volltreffer, Rocky«, sagte er.

Sie stiegen aus dem Wagen.

»Und aus welcher Stadt kommen wir?«, fragte Faye.

»Wird mir noch rechtzeitig einfallen«, sagte Macklin. »Du weißt, wie sehr ich es hasse, jedes Detail zu planen.«

Das Immobilienbüro war mit Möbeln im Kolonialstil dekoriert; an den Wänden hingen Kunstdrucke mit maritimen Motiven. Mrs. Campbell war eine hochgewachsene Frau mit platinblonden Haaren, reichlich Make-up und einer attraktiven Figur. Sie war vielleicht schon etwas vollreif, dachte Macklin, aber im Bett sicher noch eine gute Partie.

»Ich bin Harry Smith«, sagte Macklin. »Meine Frau Rocky.«

»Darf ich fragen, aus welcher Gegend Sie kommen?«, sagte Mrs. Campbell.

Sie trug einen blauen Hosenanzug und ein weißes Herrenhemd, das am Kragen geöffnet war.

»Concord«, antwortete Macklin.

»Und Sie interessieren sich also für eine Immobilie auf Stiles Island?«

»Ja, Ma'am.«

»Nun, wir haben einige Häuser, die zum Verkauf stehen, aber natürlich könnten wir Ihnen auch Grundstücke anbieten, auf denen Sie selbst bauen können.«

»Was meinst du, Schatz?«, sagte Macklin.

»Ich denke, wir sollten uns zunächst einmal die Insel in Ruhe ansehen«, sagte Faye. »Wissen Sie, wir wollen ja hier nicht nur ein Stück Land erwerben, sondern uns auch in diese Gemeinschaft einbringen.«

»Ein wichtiger Punkt«, sagte Mrs. Campbell. »Warum machen wir uns nicht einfach auf den Weg? Ich fahre Sie etwas herum und wir können alles Weitere unterwegs besprechen. Darf ich fragen, ob Sie den Kaufpreis selbst finanzieren werden?«

»Ja, in bar«, sagte Macklin.

»Und sind Sie mehr an einem Grundstück oder an einem fertigen Haus interessiert?«

»Wir sind für beides offen«, sagte Faye. »Oder nicht, Harry?«

»So sieht's aus, Rocky.«

Mrs. Campbell ging um den Schreibtisch, um ihre Handtasche zu holen. Macklin konnte nicht umhin zu bemerken, dass ihr Hosenanzug straff über dem Hintern saß. Und da war auch dieses gewisse Etwas in der Art, wie sie ging. Fickt garantiert wie ein Kaninchen, dachte Macklin. Er war sich nicht sicher, warum er das wusste. Aber die Art, wie sie stand, wie sie ging, wie sie sich ihres Körpers sehr wohl bewusst war, ließ keinen Zweifel zu. Vielleicht war es ja Zauberei, aber er lag in diesen Dingen mit seiner Einschätzung selten daneben. Er speicherte die Information in seinem Hinterkopf ab.

5

Die beiden Männer, denen das Haus in der Geary Street gehörte, saßen zusammen in Jesses Büro. Einer war groß und dünn, hatte einen kahl geschorenen Schädel und trug eine Fliegerbrille mit goldenem Gestell. Sein Begleiter war gedrungener, hatte seine blonden Haare getrimmt und trug einen Schnurrbart. Beide Männer waren älter als Jesse – 42 oder 43, schätzte er. Der größere Mann hieß Alex Canton.

»Wir waren für ein paar Tage in Provincetown, als es passierte«, sagte Canton. »Einer unserer Nachbarn rief uns an. Wir sind sofort zurückgekommen.«

»Es war Brandstiftung«, sagte Jesse. »Die Graffiti an der Wand waren ein erstes Indiz, aber auch die Art und Weise, wie der Fußboden durchgebrannt ist. Das Büro der überregionalen Brandinspektion hat unsere Vermutung inzwischen bestätigt: Eine brennbare Flüssigkeit, vermutlich Benzin, wurde auf den Teppich gekippt und dann angezündet.«

»Wir wissen, wer es war«, sagte Canton. »Howard und ich sind uns absolut sicher.«

Jesse schaute auf seinen Notizblock. Howards Nachname war Brown.

»Wer?«, sagte Jesse.

»Alex, uns fehlen die Beweise«, sagte Brown.

»Wir wissen, *dass* sie es waren«, sagte Canton.

»Wer?«, fragte Jesse noch einmal.

»Die verdammten Hopkins-Kinder«, sagte Canton.

»Vollständige Namen?«

»Earl«, sagte Canton. »Ich glaube, er ist der Ältere. Und Robbie.«

»Alter?«

»Vielleicht 15 oder 14, schätze ich. Sie fahren jedenfalls noch kein Auto.«

»Gab's früher schon Ärger mit ihnen?«, fragte Jesse.

Er kannte die Antwort schon, bevor er die Frage stellte. Natürlich hatte es früher schon Ärger gegeben. Zwei offenkundig schwule Männer in einer hundertprozentig heterosexuellen Nachbarschaft, dazu eine Menge verwöhnter Kids, die sich tagsüber zu Tode langweilten. *Warum machen wir uns nicht mal den Spaß und schikanieren die schwulen Säcke?*

»Nichts Weltbewegendes«, sagte Brown. »Wenn sie am Haus vorbeikamen, machten sie halt entsprechende Bemerkungen.«

»Wie etwa?«

»Irgendwelche dummen Reime wie ›Mister Brown mag's lieber braun‹. Ich bin schon lange schwul und habe Schlimmeres gehört.«

»Sonst noch was?«

Brown und Canton schauten sich an, während sie nachdachten.

»Nein«, sagte Canton.

»Mr. Brown?«

»Nein, nichts.«

»Und woher wissen Sie, dass die Jungs das Feuer gelegt haben?«

Canton blickte zu Brown. »Erzähl du's ihm bitte, Howard.«

»Ich stand in der Toreinfahrt und schaute mir an, was vom Haus übrig geblieben war, als sie mit dem Fahrrad vorbeikamen – die beiden Hopkins-Jungs und ihr Freund. Seinen richtigen Namen kenne ich nicht, aber die Jungs nennen ihn Snapper. Sie grinsten übers ganze Gesicht und fuhren vor unserem Haus im Kreis. Dann fährt Earl, der Ältere, freihändig an mir vorbei und sagt: ›Hey, Mister Brown‹, und als ich zu ihm hinsehe, macht er eine Bewegung, als würde er ein Streichholz anzünden und Richtung Haus werfen. Und alle grinsen und feixen dazu.«

Brown schüttelte seinen Kopf. »Ich hätte die kleinen Wichser am liebsten umgebracht.«

Er schüttelte erneut den Kopf. Trauer und Wut halten sich so ziemlich die Waage, dachte Jesse.

»Aber natürlich macht jemand wie ich keinen Mucks, sondern setzt sich schweigend ins Auto und fährt los«, sagte Brown.

»Sind Sie je bedroht worden?«, fragte Jesse.

»Nicht bis zu diesem Vorfall«, antwortete Canton.

Brown schüttelte wieder seinen Kopf.

»Nun, wir werden uns mit ihnen mal unterhalten«, sagte Jesse.

»Unterhalten? Die kleinen Bastarde fackeln unser Haus ab – und Sie wollen sich mit ihnen *unterhalten*?«

»Polizisten drücken sich manchmal etwas merkwürdig aus«, sagte Jesse. »Wir werden sie aufs Revier holen und verhören.«

»Können Sie sie nicht gleich festnehmen?«, fragte Brown.

»Nicht auf Basis der Informationen, die wir bisher haben«, antwortete Jesse.

»Sie haben doch praktisch zugegeben, dass sie's getan haben«, sagte Brown.

»Vielleicht hatten sie auch nur ihren Spaß daran, es ihnen unter die Nase zu reiben, während die Tat von einem anderen begangen wurde«, sagte Jesse.

»Wenn Sie da gewesen wären und gesehen hätten, wie dreist die drei gegrinst haben …«, sagte Brown.

»Ich war aber nicht da«, sagte Jesse. »Und der Staatsanwalt auch nicht. Mit dem, was Sie mir liefern, kann ich niemanden verhaften.«

»Dann werden sie also ungeschoren davonkommen«, sagte Canton im Tonfall eines Mannes, der seine Vorurteile wieder einmal bestätigt sah.

»Vielleicht auch nicht«, sagte Jesse. »Wir haben durchaus ein paar Pfeile im Köcher.«

»Nun«, sagte Canton, »eines kann ich Ihnen jetzt schon versprechen: Ich werd mir eine Knarre zulegen. Ich warte nicht, bis die Flegel komplett Oberwasser bekommen.«

»Sprechen Sie mit Molly hier im Revier«, sagte Jesse. »Sie kümmert sich um die Registrierung.«

»Das heißt, Sie haben nichts dagegen?«

»Sie haben das von der Verfassung garantierte Recht, Waffen zu besitzen und auch zu tragen«, sagte Jesse.

»Jesus«, sagte Canton. »Ich hätte mir nicht träumen lassen, dass ich darauf einmal zurückgreifen muss.«

»Ist die Hopkins-Familie reich?«, fragte Jesse.

»Ich denke schon«, sagte Brown. »Warum?«

»Falls die Jungs es getan haben, könnten Sie eine Zivilklage gegen die Familie einreichen. Oder Ihre Versicherung tut es.«

»Mein Gott, daran hab ich noch gar nicht gedacht«, sagte Canton. »Sollten wir mal mit unserem Versicherungsagenten reden?«

»Wäre vielleicht sinnvoller, zunächst einmal mit einem Anwalt zu sprechen«, sagte Jesse.

»Können Sie einen empfehlen?«

»Es gibt hier in der Stadt eine Frau«, sagte Jesse. »Abby Taylor. Sie war früher mal im Gemeinderat. Sie könnte den Fall selbst übernehmen oder einen Kollegen vorschlagen.«

»Aber was passiert, wenn Sie denen nichts nachweisen können?«, sagte Canton.

»Sie können noch immer eine Klage anstrengen«, sagte Jesse. »Im Zivilrecht ticken die Uhren anders.«

»Würden Sie uns den Namen der Anwältin aufschreiben?«, fragte Brown.

Jesse schrieb Abbys Namen auf seinen Notizblock, dazu ihre Telefonnummer, die er nur allzu gut kannte. Brown nahm das Papier, faltete es und steckte es in seine Hemdtasche.

»Darauf läuft es also hinaus?«, sagte Canton.

»Darauf läuft was hinaus?«, fragte Jesse.

»Ist das die Empfehlung der Obrigkeit: sich einen Anwalt zu nehmen und zu klagen?«

Jesse lehnte sich im Stuhl zurück und schaute Canton für einen Augenblick an.

»Sie sind schwul«, sagte er dann. »Und schäumen vor Wut. Für Sie ist es unvorstellbar, dass sich heterosexuelle Cops wirklich anstrengen, Ihre Probleme zu lösen. Aber vielleicht sollten Sie mich nicht voreilig einen intoleranten Schwätzer nennen, bevor ich nicht die Gelegenheit habe, mich mit dem Fall zu beschäftigen.«

»Ich finde, das ist nur fair, Alex«, sagte Brown. »Wir haben keinen Anlass zu der Vermutung, dass er Vorurteile gegen Schwule hat.«

»Vielleicht«, sagte Canton. »Aber dann ist er einer der wenigen, die ich kenne.«

Er starrte Jesse noch immer mit hochrotem Kopf an.

»Da bin ich mir nicht mal so sicher«, sagte Jesse.

»Es gibt vermutlich eine Menge Cops, denen es völlig schnurz ist, was zwei Erwachsene in ihren vier Wänden treiben, solange beide Parteien aus freien Stücken handeln.«

»Sie sind aber auch nie schwul gewesen«, sagte Canton.

»Da liegen Sie völlig richtig«, antwortete Jesse. »Aber Sie sind ja nicht hierhergekommen, um mit mir über die Toleranz oder Intoleranz der Polizei zu sprechen. Ich kann Ihnen nur versichern, dass jeder in dieser Stadt ein Recht auf den Schutz der Polizei hat. Und solange ich hier Polizeichef bin, wird er ihn bekommen. Auch Sie.«

»Alex, er müsste seine Homophobie uns gegenüber erst einmal unter Beweis stellen, bevor wir ihn vorschnell verurteilen.«

»Und das wird er aller Wahrscheinlichkeit nach früher oder später auch tun«, sagte Canton. »Ich werde den Waffenschein jedenfalls beantragen. Kann mir nicht vorstellen, dass ich's mir noch mal anders überlege.«

Jesse lächelte still vor sich hin.

»Ich glaube auch nicht, dass Sie's nicht tun«, sagte er.

6

Macklin und Faye saßen auf dem Holzdeck des »Gray Gull«-Restaurants mit Blick über den Hafen. Sie hatten Cosmopolitans bestellt – Faye trank ihn pur aus einem großen Martini-Glas, während Macklin ihn *on the rocks* bevorzugte. Es war später Nachmittag und die Sonne war schon so weit hinter den Häusern verschwunden, dass die Hafenmeisterei und die Segelwerkstatt lange Schatten aufs Wasser warfen.

»Faye«, sagte Macklin, »du spielst die Frau eines steinreichen Knackers überzeugender als all die wirklichen Millionärsgattinnen, die ich kenne.«

»Was wohl nicht viel zu bedeuten hat«, antwortete Faye. »Wie viel Millionärsgattinnen willst du denn gekannt haben?«

»Und wenn ich nur eine gekannt hätte – sie hätte so ausgesehen wie du«, sagte Macklin.

Er hatte seine Krawatte geöffnet und das Jackett abgelegt. Er saß breitbeinig auf dem Stuhl und lehnte sich zurück. Vom Meer kam eine leichte Brise.

»Du hast der Frau erzählt, dass wir aus Concord kämen«, sagte Faye.

»Richtig«, sagte Macklin. »Ich hab dort ein paar Jahre gelebt.«

»In Concord?«

Macklin grinste. »In der JVA Concord. Das Gefängnis.«

Faye lachte. »Jimmy, du hast wirklich ein Rad ab.«

»Man sollte die Scheiße einfach nicht zu ernst nehmen«, sagte Macklin.

Eine Bedienung ging vorbei und Macklin bestellte einen weiteren Drink.

»Und vielleicht … Was haben Sie denn heute? Frittierte Muscheln? Dann bringen Sie uns einmal frittierte Muscheln. Aber die Drinks vorab. Warten Sie nicht auf die Muscheln.«

»Ja, Sir.«

Macklin beobachtete sie, als sie sich vom Tisch entfernte. Hübscher Hintern. Noch jung. Wahrscheinlich eine Studentin, die hier im Sommer jobbte.

»Was haben wir also heute über Stiles Island gelernt?«, fragte Faye.

»Gut einen Kilometer lang«, sagte Macklin und schaute über den Hafen zum vorderen Teil der Insel. »Etwa 400 Meter breit. 50 Anwesen bisher, mit Platz für weitere 50. Das billigste kostet 875 000 Dollar. Nur Erwachsene. Keine Kinder. Keine Hunde.«

»Die meisten Leute, die sich Häuser für 875 000 Dollar leisten können, sind ohnehin zu alt zum Kinderkriegen«, sagte Faye.

Macklin nickte.

»Der einzige Zugang führt über die Brücke«, sagte er. »Alle Stromleitungen liegen unter der Brücke, ebenso die Telefonleitungen und die Wasserrohre.«

Die Kellnerin brachte ihnen zwei Cosmopolitans. Die pinkfarbenen Getränke passten perfekt zum Ambiente, dachte Macklin und ließ seinen Blick über das Deck des verwitterten Schindelhauses bis hinunter zum Hafen schweifen. Macklin mochte es, wenn die Dinge zusammenpassten.

»Es gibt eine Niederlassung der Paradise Bank«, sagte er. »Mit Schließfächern. Zur Hafenseite hin gibt es einen privaten Jachtclub – der einzige Platz, wo man mit einem Boot anlegen kann. Es gibt einen Fitnessclub mit angeschlossenem Drugstore und Kosmetiksalon sowie ein Restaurant mit einem großen Panoramafenster zur Meerseite. Dann haben wir den privaten Sicherheitsdienst: einen Mann rund um die Uhr am Wachhäuschen sowie eine zweiköpfige Patrouille, die ebenfalls 24 Stunden am Tag im Dienst ist. Alle Anwohner haben CB-Funk, durch den sie mit der Security-Zentrale hinter dem Immobilienbüro und auch mit der Polizei in Paradise verbunden sind.«

Faye hielt ihr Glas mit den Fingerspitzen beider Hände. Sie schaute ihn über den Rand hinweg an, während er sprach. Als er seine Ausführungen abgeschlossen hatte, flötete sie ihm liebevoll zu: »Und ich dachte schon, dass sich deine Beobachtungen allein auf den Arsch von Mrs. Campbell konzentriert hätten.«

Macklin grinste. »Man muss eben auch die Details im Auge behalten.«

Eine Möwe flog vorbei, landete direkt neben ihnen auf der Balustrade und wartete. Die Kellnerin brachte das Besteck, Servietten und ein Körbchen mit den frittierten Muscheln. Sie stellte die Muscheln in die Mitte und zwei Schalen mit Remoulade daneben.

»Ketchup?«, fragte sie.

»Nein, vielen Dank«, sagte Macklin.

Die Möwe richtete ihren undurchdringlichen Blick auf die Muscheln. Macklin entrollte das Besteck und steckte sich die Serviette ins Hemd. Er griff zum Messer und machte in Richtung der Möwe eine Bewegung, als wolle er sie zum Fechten herausfordern. »Solltest du dich den Muscheln auch nur nähern wollen, bist du tot, Vogel«, sagte er.

Faye griff sich mit den Fingern eine Muschel, tauchte sie in die Soße und steckte sie sich in den Mund. Während sie kaute, wischte sie sich die Finger sorgsam mit der Serviette ab.

Als sie den Bissen runtergeschluckt hatte, sagte sie: »Und wie sieht dein Plan denn nun aus?«

»Nun«, sagte Macklin, »ich dachte mir, dass ich zunächst einmal Mrs. Campbell etwas Süßes ins Ohr flüstern könnte …«

»Untersteh dich«, sagte Faye. »Gaffen ist eine Sache. Du bist nun mal ein Mann und kannst nicht anders. Aber wenn du meinst, du könntest sie anbaggern, dann schneid ich dir die Eier ab.«

»Faye, könnte ich dich je betrügen?«

»Wie gesagt: Du bist ein Mann.«

»Das ist zynisch«, sagte Macklin.

»Nur realistisch«, antwortete Faye. »Abgesehen davon weißt du sehr wohl, wovon ich spreche: Wie willst du vorgehen, um das Ding hier auf der Insel ins Rollen zu bringen?«

»Zunächst einmal werde ich mir eine gute Landkarte besorgen«, sagte Macklin. »Und dann fang ich damit an, eine Crew zusammenzustellen.«

»Wie willst du in der Zwischenzeit Geld ranschaffen?«

»Ich hab noch was«, sagte Macklin.

»Das hoffe ich. Hast du schon Leute im Auge, die du für die Crew verpflichten willst?«

»Ja. Das ist einer der Vorteile, schon mehrfach im Knast gewesen zu sein – man hat reichlich Gelegenheit, Kontakte zu knüpfen.«

»Hast du es auf die Bank abgesehen?«

»Honigpferdchen«, sagte Macklin. »Ich nehm die ganze Insel aus.«

7

Jesse hatte es sich zur Gewohnheit gemacht, nach Arbeitsende um fünf kurz in der Bar des »Gray Gull« reinzuschauen. Auch diesmal würde er sich zwei Drinks genehmigen, mit dem Barmann oder ein paar Stammgästen plaudern und dann zum Abendessen nach Hause fahren. Es war sicherer als daheim mit dem Trinken anzufangen. Er kam ein wenig unter Leute – und hatte außerdem hier weniger Probleme, nach zwei Drinks Schluss zu machen. Als Polizeichef hatte er nun mal gewisse Pflichten – und Jesse glaubte zu wissen, dass Trunkenheit in der Öffentlichkeit nicht dazu zählte.

»Black Label und Soda, Doc«, sagte er zum Barmann. Er machte mit seinen Händen eine eindeutige Bewegung. »Großes Glas.«

Der Barmann machte den Drink fertig, stellte ihn vor Jesse auf den Tresen und ging dann zum Ende der Bar, wo eine Kellnerin mit einer Bestellung auf ihn wartete. Er mixte zwei pinkfarbene Drinks – einen straight, den anderen on the rocks – und stellte sie mit dem Kassenbon auf den Tresen. Dann kam er zurück, um sich mit Jesse zu unterhalten.

»Den ganzen Tag für die Gerechtigkeit gekämpft?«, fragte Doc.

»Und die Bürger vor dem Bösen beschützt«, sagte Jesse. »Was sind das denn für pinkfarbene Dinger?«

»Cosmopolitans«, sagte Doc. »So was wie Martini für den Sommer.«

»Sehen lecker aus«, sagte Jesse.

»Sind sie auch«, sagte Doc. »Willst du einen probieren? Geht aufs Haus.«

»Danke, Doc. Scotch reicht mir zu meinem Glück.«

Jesse nippte an seinem Drink. Die Bar war nur halb voll. Es war mitten in der Woche und die arbeitende Bevölkerung war bislang noch nicht aufgekreuzt. Jesse mochte Bars, wenn sie noch leer und ruhig waren. Er mochte sie besonders am Nachmittag, wenn außer der Klimaanlage kein Geräusch zu hören war, wenn die Weichen für den Abend noch nicht gestellt waren, wenn man alte Carl-Perkins-Nummern in der Jukebox spielen konnte und neue Gäste dabei beobachtete, wie sie aus dem hellen Sonnenlicht hereinstolperten und sich erst mal an das schummrige Licht gewöhnen mussten. Er sah sich gerne die verschiedenfarbigen Flaschen an, die in einer guten Bar vor einer verspiegelten Wand standen und das rückwärtige Licht reflektierten. Es mochte nicht der perfekte Ort auf dieser Welt sein, aber immer noch ein verdammt angenehmer. Zumindest für zwei Drinks.

Im Spiegel hinter der Bar sah er, wie Abby Taylor mit einem hochgewachsenen Mann im Seersucker-Anzug hereinkam. Jesse musste grinsen. So was gab's nur hier. Bis vor einem Jahr hatte er noch nie einen Seersucker-Anzug gesehen. Sie suchten sich einen Tisch hinter ihm aus und setzten sich. Als Abby ihn erkannte, flüsterte sie ihrem Begleiter etwas zu und kam zu ihm herüber. Sie trug ein olivgrünes Kostüm mit einem kurzen Rock.

»Jesse«, sagte sie, »wie geht's?«

Sie schüttelten die Hände und als Abby ihm eine Wange entgegenstreckte, küsste er sie behutsam.

»Alles bestens«, sagte Jesse. »siehst toll aus.«

Hinter ihr konnte Jesse sehen, wie der Mann im Seersucker-Anzug Drinks bei der Kellnerin orderte. Die wenigen Haare, die er noch auf dem Kopf hatte, waren kurz geschnitten.

»Danke, du auch. Wie läuft's denn zwischen dir und Jenn?«

Jesse zuckte mit den Schultern. »Sie kam zurück, weil es mir schlecht ging. Inzwischen geht es mir wieder gut. Ich hab nicht viel von ihr gesehen. Suit erzählte mir, dass sie jetzt bei Channel 3 den Wetterbericht präsentiert.«

»Also seid ihr nicht zusammen?«

»Gott bewahre«, sagte Jesse.

»Aber völlig auseinander seid ihr auch nicht, oder?«

»Ich glaube nicht«, erwiderte Jesse. »Ist das dein neuer Boyfriend?«

»Chip? Vielleicht. Wir gehen seit einer Weile zusammen aus.«

»Chip?«, fragte Jesse.

»Ich weiß, ich weiß«, sagte Abby, »aber er ist trotzdem ein netter Kerl. Er weiß auch, dass zwischen uns was gelaufen ist. Soll ich ihn dir vorstellen?«

»Nein«, sagte Jesse.

Die Kellnerin mit den knappen Shorts kam aus der Küche und ging mit einem Körbchen voller Muscheln aufs Deck hinaus. Jesse folgte ihr mit den Augen.

Abby lächelte. »Freut mich, dass dein Interesse noch nicht völlig erloschen ist.«

»Kann mir nicht vorstellen, dass das je passieren wird«, sagte Jesse.

»Nun …« Abby machte eine Pause und suchte nach Worten. »Ich hoffe, dass du es mit Jenn geregelt kriegst – was immer für euch beide das Beste ist.«

»Als wir uns scheiden ließen, dachte ich, es sei alles geregelt«, sagte Jesse.

»Kann ich gut nachvollziehen«, sagte Abby und tätschelte seine Hand, die auf dem Tresen lag. »Pass auf dich auf.«

»Du auch«, sagte Jesse.

Er beobachtete, wie sie zurück zum Tisch ging und sich zu Chip setzte. Chip schaute zu ihm hinüber und nickte freundlich in seine Richtung. *Fick dich, Chip!*

»Schenk mir besser noch einen ein, Doc«, sagte Jesse.

Der zweite Drink schmeckte noch besser als der erste. Jesse hielt ihn gegen das Licht. Die Eiswürfel bildeten Kristalle, der Scotch glänzte golden inmitten der Kohlensäure.

»Kennst du eine Familie Hopkins hier in der Stadt?«

»Ja, ich glaube, er ist so was wie ein Finanzberater.«

»Kinder?«

»Zwei«, sagte Doc. »Sind ausgemachte Arschlöcher.«

»Davon gibt's einige«, sagte Jesse.

»Schon richtig. 15-jährige Kids sind wahrscheinlich alle Arschlöcher«, sagte Doc, »aber diese beiden schießen den Vogel ab. Du weißt doch, dass ich ein Hummerboot habe.«

Jesse nickte.

»Einmal hab ich sie dabei erwischt, wie sie Hummer aus meinem Boot klauten, als ich mal kurz ins Büro der Hafenaufsicht musste.«

»Vielleicht wollten sie ja am Strand eine Party mit einem großen Fischeintopf veranstalten«, sagte Jesse.

»Sie haben sie nicht mal mitgenommen! Sie haben sie auch nicht zurück ins Meer geworfen, sondern einfach achtlos aufs Deck eines anderen Bootes geschmissen.«

»Die Lobster krepieren, der Typ muss sein Boot schrubben, du verlierst Geld – und der einzige Kick, den die Burschen bekommen, besteht darin, dass sie sich der Welt als ausgewachsene Wichser präsentieren«, sagte Jesse.

»Jesse, du solltest deinen Job als Cop an den Nagel hängen und Kinderpsychologe werden«, sagte Doc. »Ich wollte die Arschlöcher einfach nur ersäufen.«

»Was du aber nicht getan hast.«

Doc zuckte mit den Schultern. Seine Hemdärmel waren hochgerollt und zeigten die gebräunten Arme eines Mannes, der in seinem Leben vor körperlicher Arbeit nicht zurückgeschreckt war.

»Sie sind zu alt, um ihnen einen Schrecken einzujagen, und zu jung, um die Scheiße aus ihnen rauszuprügeln. Ich hab sie weggejagt, bin auf das Deck geklettert und hab mir die Hummer zurückgeholt.«

»Hast du die Eltern informiert?«

»Nein.«

Doc ging zum Ende der Bar, zapfte zwei Gläser Harplager, gab den Betrag in die Registrierkasse ein, legte die Quittung auf den Tresen und kam zu Jesse zurück.

»Warum fragst du?«, sagte er.

»Will nur ein bisschen plaudern«, sagte Jesse.

Doc warf ihm einen vielsagenden Blick zu. »Ja, du bist der große Dampfplauderer vor dem Herrn.«

»Ich tu mein Bestes«, sagte Jesse.

Er stieg vom Barhocker, ging zu der öffentlichen Telefonzelle und rief im Revier an.

»Anthony? Jesse hier. Du hast doch von diesen Hopkins-Kindern gehört, die das Haus an der Geary Street angesteckt haben? Gut. Ich möchte, dass ein Streifenwagen für jeweils eine halbe Stunde vor ihrem Haus parkt – in jeder Schicht, beginnend heute Abend. Nein, sag nichts und unternimm auch nichts. Sorg nur dafür, dass eine Patrouille dort jeweils für eine halbe Stunde parkt. Genau. Ich will sie nur etwas nervös machen.«

8

Es war 2 Uhr 15 am Nachmittag, als sich Macklin in einer Sport-Bar an der Huntington Avenue einen Ketel-One-Martini gönnte. Er trug eine weit geschnittene, olivgrüne Hose mit drei Abseppern über dem Gesäß, ein schwarzes T-Shirt aus Seide und Alligator-Slipper ohne Socken. In seinem Portemonnaie befanden sich zehn 100-Dollar-Noten, die Faye von ihrem Sparbuch abgehoben hatte. Weitere 120 Dollar steckten in seiner Tasche – der Rest vom Überfall auf den Schnapsladen.

Außer Macklin waren noch vier weitere Personen anwesend: ein Paar, das an einem Tisch Chicken Wings verspeiste, ein weißhaariger Mann am Ende der Bar, der auf einem überdimensionalen Bildschirm ein Fußballspiel verfolgte sowie der Barmann, der gerade Limonen in Scheiben schnitt.

»Ruhiger Nachmittag«, sagte Macklin.

»Nichts Ungewöhnliches«, sagte der Barmann. »Ist an einem Werktag um diese Zeit eigentlich normal.« Er war noch jung, mittelgroß und trug einen fetten Schnurrbart.

»Und Fußball hebt auch nicht gerade die Stimmung«, sagte Macklin.

»Einige Leute mögen's«, sagte der Barmann. »Mich persönlich reißt das auch nicht vom Hocker.«

»Was mögen Sie denn?«, fragte Macklin.

»Football«, sagte der Mann hinter der Bar.

»Da kommen wir der Sache schon näher«, sagte Macklin. »Wetten Sie auch auf den Spielausgang?«

»Klar«, sagte der Barmann. »In der letzten Saison hab ich 150 Dollar gemacht.«

Er war mit den Limonen fertig, legte sie in einen Glasbehälter und stellte den Behälter in den Kühlschrank. Er machte ein paar Schritte auf Macklin zu und zeigte auf sein Glas.

»Darf ich Ihnen einen ausgeben?«

»Wäre bescheuert, wenn ich da Nein sagen würde«, antwortete Macklin.

Der Mann schüttete Eis in seinen Shaker. Ohne sich mit dem Abmessen aufzuhalten, gab er großzügig Wodka und einen Schuss Wermut hinzu.

»Wer bei diesen Wetten einen Schnitt macht, muss sich schon auskennen«, sagte Macklin.

Der Barmann schüttelte den Martini und gab ihn in ein eisgekühltes Glas.

»Hab auf der High School selbst gespielt«, sagte er. »Und ich halt mich auf dem Laufenden.«

Er rieb eine Limonenscheibe über den Glasrand und schnipste sie dann in den Martini.

»Das Spiel wird gleich viel interessanter, wenn man eine kleine Wette am Laufen hat«, sagte Macklin.

»Da gibt's kein Vertun.«

Macklin nippte an seinem frischen Martini. »Kompliment!«, sagte er zum Barmann.

Der Barmann grinste und ging zu dem weißhaarigen Mann am anderen Ende der Bar. Macklin holte den 100-Dollar-Schein aus der Hosentasche und legte ihn auf den Tresen. Der Barmann goss dem Mann einen doppelten Jack Daniel's ein und servierte ihn auf einer Serviette. Als er zurück zu Macklin kam, schien er den 100-Dollar-Schein geflissentlich zu übersehen.

»Ich bin von außerhalb«, sagte Macklin. »Und tödlich gelangweilt. Wissen Sie vielleicht, wo ich in ein kleines Kartenspiel einsteigen kann?«

»Woher kommen Sie?«

»Dannemora, New York«, sagte Macklin.

»Und Sie wollen eine Runde pokern?«

»Genau. Gutes Spiel. Immer gut, wenn etwas Geld die Hand wechselt.«

»Keine Frage«, sagte der Barmann. »Ich mach mal einen Anruf.«

Er ging ans andere Ende der Bar und tippte ein paar Nummern ins Telefon. Er sprach für einen Moment, legte wieder auf und kam zu Macklin.

»Kennen Sie das Lincolnshire Hotel?«

Macklin schüttelte den Kopf.

»Sie können von hier aus zu Fuß gehen. Wenn Sie in der Lobby sind, rufen Sie Tommy King an. Sagen

Sie ihm, Lennie Seltzer habe Sie geschickt. Man wird Ihnen die Zimmernummer geben – und schon sind Sie im Spiel.«

»Sind Sie Lennie?«

»Nein, Lennie ist der Typ, den ich angerufen habe.«

»Bestens«, sagte Macklin. »Wie komm ich hin?«

Er trank seinen zweiten Martini aus, während der Barmann ihm den Weg beschrieb. Dann stand er auf, ließ den Hunderter auf dem Tresen und ging zur Tür. »Wünschen Sie mir Glück«, rief er.

Der Barmann gab ihm das Daumen-hoch-Zeichen und Macklin ging von der Huntington Avenue hinüber zum Copley-Place-Parkhaus, wo er seinen Wagen abgestellt hatte. Er nahm die 1 000 Dollar aus dem Portemonnaie, zerknüllte sie und steckte sie in seine Hosentasche. Er entriegelte das Handschuhfach und nahm die 9 mm heraus. Dann zog er die Hose runter. Statt der üblichen Shorts trug er eine Unterhose in Übergröße, in die vorne eine flache Schale eingelassen war. Er schob die Pistole hinter die Schale, nahm eine Rolle Klebeband aus dem Handschuhfach und klebte den Pistolenknauf an seinem Bauch fest, noch deutlich unter dem Bauchnabel. Dann stieg er aus, steckte das Hemd in die Hose und schloss den Reißverschluss. Er verriegelte den Wagen und machte sich auf den Weg zum Hotel. An einem Ledergeschäft hielt er noch einmal an und überprüfte sein Spiegelbild im dunklen Schaufenster. Von der Pistole war nichts zu sehen – genauso wenig wie heute Morgen, als er zu Hause einen Probelauf unternommen hatte.

Es war ein perfekter Sommertag, als Macklin durch die Back Bay zum Hotel spazierte. Er brauchte keine

Wegbeschreibung, da er genau wusste, wo sich das Lincolnshire Hotel befand. In der plüschigen Lobby angekommen, rief er Tommy King auf dem Haustelefon an.

»Hoyle mein Name«, sagte Macklin. »Lennie Seltzer schickt mich.«

»Zimmer 418.«

»Bin gleich da«, sagte Macklin.

Im Fahrstuhl roch es nach Flieder. Der Korridor war mit einem roten Teppich ausgelegt, die Wände mit cremefarbenen Holzpaneelen verkleidet, die Nummern an den Zimmern glänzten in Gold. Bei Zimmer 418 hielt Macklin an. Der Notausgang war zwei Zimmer weiter – durch eine Tür hindurch, dann nach links. Er drückte auf die kleine, beleuchtete Klingel neben der Tür. Als geöffnet wurde, betrat er ein kleines Vorzimmer: Zimmer 418 war eine Suite mit zwei Schlafzimmern.

Vor ihm stand ein groß gewachsener Mann mit riesigen Pranken.

»Mr. Hoyle?«

»So heiße ich«, sagte Macklin.

»Sorry, Sir, aber wir müssen Sie kurz abtasten. Reine Routine.«

Ein gedrungener Mann im weißen Seidenhemd stand hinter dem Riesen. Sein dünnes schwarzes Haar schien an seinem nackten Schädel zu kleben.

»Sergeant Voss ist ein Polizeibeamter außer Dienst«, sagte der schwergewichtige Mann. »Nur um sicherzustellen, dass es keine Überraschungen gibt.«

»Prima Idee«, sagte Macklin. »Gibt mir das Gefühl, dass ich hier sicher bin.«

Er streckte seine Arme aus und stand kerzengerade,

als Sergeant Voss mit beiden Händen seine Achselhöhlen und Arme abtastete, dann die Taille um den Gürtel herum, schließlich die Beine bis zu den Füßen. Wie Macklin erwartet hatte, kam Voss seinem Schwanz nicht zu nahe. Als er die Untersuchung abgeschlossen hatte, trat Sergeant Voss einen Schritt zurück und nickte.

»Tommy King ist mein Name«, sagte der Riese. »Kommen Sie rein.«

Die Spieler saßen im Wohnzimmer. Fünf Männer hockten an einem runden Tisch, der sechste Stuhl war für Macklin freigehalten worden. Eine Frau mit ausladenden Brüsten und einem kurzen schwarzen Rock kümmerte sich um die Bar und ein kleines Büffet, das in einer Ecke des Zimmers aufgebaut war.

»Drink?«, fragte King.

»Ein Bier reicht mir«, sagte Macklin. »Vielleicht noch einen Krevetten-Cocktail.«

»Kein Problem. Tiffany kümmert sich drum.«

Macklin setzte sich. Er zog die zerknitterten 1 000 Dollar aus der Hosentasche, bemühte sich gar nicht erst, sie glatt zu streichen und legte sie vor sich auf den Tisch.

»Der Gentleman mit den Bartstoppeln ist Tony, mein Kartengeber.«

Macklin nickte ihm zu.

»Die anderen können sich selbst vorstellen«, sagte King.

»Bill«, sagte der erste Spieler und blickte zum nächsten.

»Chuck.«

»Mel.«

»John.«

»Sully.«

Macklin lächelte freundlich und nickte. Tiffany brachte ihm sein Bier und den Krevetten-Cocktail und berührte dabei mit einer Brust seine Schulter.

»Fünf Karten«, sagte King. »Buben oder höher. 100 Dollar Minimum.«

Macklin nickte und legte seine Hundert in den Pott. Tony begann auszuteilen. Er war ein hagerer Mann mit vollen schwarzen Haaren, die er glatt nach hinten gekämmt hatte. Die Karten schienen sich in seinen schmalen Händen zu bewegen, als seien sie zum Leben erweckt worden. Macklin bekam ein Paar Dreien. Chuck eröffnete, dann zog Macklin drei Karten. Sein Blatt wurde nicht besser. Er stieg aus. Chuck gewann mit drei Königinnen. Tiffany stellte sicher, dass alle Spieler mit Essen und Getränken versorgt waren. Und sorgte dafür, dass sie allen Spielern mit ihren Brüsten über die Schulter strich – Tony ausgenommen. Tony aß und trank nichts. Sergeant Voss befand sich im Vorzimmer und lehnte sich gegen eine Wand. Gelegentlich sprang Tommy King als Kartengeber für Tony ein. Macklin war durchaus ein ausgebuffter Spieler, aber sein Interesse am Spiel hielt sich in Grenzen. Spielen war etwas für Verlierer. Es gab bessere Wege, um an Geld zu kommen. Und es gab auch bessere Wege, es zu verschleudern – für Frauen zum Beispiel. Trotzdem bemühte sich Macklin um den Eindruck, als würde er verbissen spielen, behielt dabei aber genau das Geld im Auge, das über den Tisch wanderte.

Nach eineinhalb Stunden war sei Guthaben auf 200 Dollar geschmolzen.

»Entschuldigen Sie mich für 'ne Minute«, sagte er. »Das scheiß Bier macht sich bemerkbar.«

Er stand auf, ging durch eines der Schlafzimmer ins Bad und schloss die Tür hinter sich ab. Er ließ die Hose runter, zog das Klebeband vom Knauf und holte die Pistole aus dem provisorischen Holster. Er legte sie auf den Deckel der Spülung und nahm auch gleich die Gelegenheit wahr, sich zu erleichtern. Authentisch sollte es schon sein. Er zog den Reißverschluss hoch, wusch und trocknete seine Hände, nahm die Pistole, entsicherte sie und ging durch das Schlafzimmer zurück. Vom Bett griff er sich eines der Kissen, streifte den Kissenbezug ab und nahm ihn in die linke Hand, während seine rechte die 9 mm hielt. Als er aus der Schlafzimmertür heraustrat, schoss er zunächst Sergeant Voss in die Brust. Voss stöhnte auf, fiel auf seine linke Seite, zuckte noch ein paar Mal und war dann still. Alle anderen Anwesenden waren erstarrt. Macklin winkte beiläufig mit der Pistole zum Spieltisch hinüber. Tiffany begann zu weinen, doch Macklin ignorierte sie.

»Jeder von euch kann der Nächste sein«, sagte er, »es sei denn, die gesamte Knete wandert zu mir.«

Niemand sagte einen Ton.

»Alle legen ihre Hände hinter den Kopf.«

Sie taten, wie ihnen befohlen.

»Kein Problem«, sagte Tommy King. »Sie kriegen Ihr Geld.«

»So sieht's wohl aus«, sagte Macklin. »Und nun wird jeder seine Tasche leeren und den Inhalt in den Kissenbezug stecken, angefangen mit Ihnen, Tommy. Und dann werden sich alle auf den Boden legen,

Gesicht nach unten.« Er fuchtelte mit seiner Pistole. »Dort rüber.«

Sie folgten seinen Anweisungen. Macklin raffte das Geld auf dem Tisch zusammen und drückte es Tiffany in die Hand.

»Halt das«, sagte er.

Er ließ seine Augen noch einmal durch das ganze Zimmer schweifen.

»In einer Minute werde ich euch filzen, einen nach dem anderen. Sollte ich feststellen, dass jemand noch Geld in den Taschen hat, werden ich ihm eine Kugel durch den Hinterkopf jagen.«

Er schwieg für einen Moment.

»Will jemand noch was anmelden?«

Niemand rührte sich. Macklin grinste. »Okay, ich glaub euch sogar. Komm, Tiffany.«

Er nahm sie am Arm und zog sie an dem Toten im Vorzimmer vorbei zur Eingangstür. Nach links, zwei Zimmer den Flur entlang, dann links zum Notausgang. Tiffany weinte noch immer. Er ließ sie los.

»Wenn ich dich zurückgelassen hätte, hätten sie dir das Geld sofort wieder abgenommen«, sagte er. »Aber jetzt musst du sehen, wie du alleine klarkommst.«

Sie hatte noch immer die Geldscheine in ihren Händen und schluchzte. Macklin öffnete die Tür zum Notausgang und lief die vier Stockwerke hinunter. Unten angekommen, sicherte er seine Pistole, warf sie in den Kissenbezug und trat auf die Straße hinaus.

9

»Jetzt bist du also einer dieser Wetter-Propheten«, sagte Jesse.

Er saß am Tresen in Jenns Küche, die sich in einem frisch renovierten Apartment in der Beacon Street befand. Jenn hatte ihm eine kleine Führung gegeben: Aus dem Schlafzimmerfenster im zweiten Stock konnte man sogar den Charles River sehen. In ihrem Schlafzimmer hatte er irgendwie ein ungutes Gefühl gehabt, doch inzwischen – mit einem Scotch und Soda – fühlte er sich erheblich wohler. Jenn war gerade damit beschäftigt, das mitgebrachte Essen aus den Styroporschalen auf die Teller zu packen.

»Nur die Männer versuchen sich an Prognosen«, sagte Jenn. »Die Wetter-Frauen müssen nichts weiter als« – sie streckte ihre Brust heraus und wackelte mit dem Hintern – »*guuuuut* aussehen.«

Jesse lächelte.

»Was ist denn aus dem ›Ich-mach-jetzt-Karriere-beim-Film‹-Projekt geworden?«

Jenn schüttelte den Kopf. »Man muss zu viele Kröten dafür vögeln«, sagte sie.

»Wie Elliot?«, fragte er.

»Zum Beispiel. Doch das Schlimmste ist: Nachdem du sie gevögelt hast, sind sie immer noch Kröten.«

Sie hatte Chicken Salad, kalte Sesam-Nudeln und Sauerteigbrot gekauft. Sie ging zum Kühlschrank, holte eine Flasche Chardonnay heraus und reichte sie Jesse.

»Der Korkenzieher liegt dort neben dem Sektkübel«, sagte sie.

Jesse kippte seinen Scotch hinunter, entkorkte die Weinflasche und schüttete ihnen zwei Gläser ein. Als sie aus der Küche kam und sich neben ihn setzte, drückte er ihr ein Glas in die Hand. Sie prostete ihm zu.

»Ich weiß nicht, worauf wir trinken sollten«, sagte Jesse.

»Wir könnten auf uns gegenseitig trinken.«

»Okay«, sagte Jesse. Sie tranken schweigend.

»Hier sind wir also«, sagte Jesse.

»Hier sind wir.«

»Ich weiß nur nicht, was das hier zu bedeuten hat.«

»Abgesehen davon, dass wir 5 000 Kilometer von Los Angeles entfernt sind?« Sie schob ihm eine Portion Chicken Salad auf den Teller.

»Es sind Trauben im Salat.«

»Das ist eben ein Chicken Salad Veronique.«

Jenn servierte ihm die Nudeln und bediente sich dann selbst. Sie aß gerne und achtete auch darauf, was sie aß, aber manchmal, dachte Jesse, konnte sie die kuriosesten Kombinationen aushecken. Sesam-Nudeln und Chicken Salad? Veronique? Sie saß neben ihm und aß still vor sich hin. Sie schien völlig entspannt. Er konnte ihr Parfüm riechen und konnte ihren Arm berühren, wenn er sich leicht nach links lehnte. Er konnte sich auch noch genau erinnern, wie sie ohne Kleider aussah. Für einen Moment hatte er das Gefühl, wie Glas zu zersplittern und in Scherben auf den Fußboden zu fallen. Er nippte am Chardonnay. Er war kein großer Weintrinker und konnte Chardonnay wenig abgewinnen, aber er erinnerte sich, dass sie immer Chardonnay bestellt hatte, als sie noch verheiratet waren. Und das hier war der teuerste Chardonnay, den es im »Cove Liquor« gleich neben dem Polizeirevier zu kaufen gab.

»Hast du den Alkohol im Griff, Jesse?«

»Alles unter Kontrolle, Jenn. Gelegentlich hab ich 'nen kleinen Rückfall, aber nicht in der Öffentlichkeit.«

»Du becherst also alleine?«

»Ja, aber nicht regelmäßig.«

»Es macht mir Sorgen, dass du alleine trinkst.«

»Verdammt, ich hab immer gerne alleine getrunken, Jenn. Ich hasse es, wenn mich Leute betrunken sehen.«

»Ich weiß, du frisst alles in dich hinein.«

Jenn aß ihre Nudeln mit Stäbchen. Er selbst benutzte immer die Gabel, bewunderte sie aber für ihre Fingerfertigkeit. Sie aß ein paar Nudeln, legte die Stäbchen zur Seite und trank einen Schluck Wein.

»Nun«, sagte sie, »die Frage ist noch immer, an welchem Punkt wir beide uns befinden.«

Jesse nickte. Da er nicht übermäßig hungrig war, hielt er sich lieber an den Wein.

»Ich hab reichlich Therapie gemacht, seit es mit uns auseinanderging«, sagte sie.

»Es ging mit uns nicht auseinander«, sagte Jesse. »Du hast mich wegen Elliot, diesem seltsamen Produzenten, verlassen.«

Jenn nickte vorsichtig.

»Ich hab reichlich Therapie gemacht, nachdem ich mich mit Elliot Krueger einließ und du daraufhin die Scheidung eingereicht hast«, sagte sie.

»Tut mir leid«, sagte Jesse. »Ich glaube, ich versteife mich zu sehr auf nichtssagende Worte.«

»Du bist stinkig«, sagte Jenn, »und ich kann es dir beim besten Willen nicht verübeln.«

»Du hast getan, was du tun musstest.«

»Kann gut sein«, sagte Jenn. »Aber all die Stunden mit der Therapeutin haben mein Problem auch nicht gelöst.«

»Und das wäre?«

»Ich möchte mit dir zusammen sein – und ich möchte es gleichzeitig auch wieder nicht.«

»Und was sagt Frau Seelenklempner dazu?«

»Dass ich ambivalent sei.«

»Und dafür bekommt sie 100 Dollar die Stunde?«

»Sogar 200, aber sie ist jeden Cent wert. Sie hat mir vor Augen geführt, dass ich zwei gegensätzliche Gefühle gleichzeitig habe und dass es nur menschlich ist, diese Widersprüche in sich zu tragen.«

»Und welche Konsequenzen ziehst du nun daraus?«

»Weiß ich noch nicht. Aber ich weiß, dass ich in deiner Nähe bleiben möchte. Du warst einfach zu weit weg, als ich noch in L.A. lebte.«

»Und wie gedenkst du mit deiner Ambivalenz umzugehen? Willst du mit mir montags und mittwochs vögeln – und mit Elliot dienstags und donnerstags?«

»Es geht nicht ums Vögeln, Jesse.«

»Da kann ich nur lachen.«

»Sagen wir's so: Es geht nicht nur ums Vögeln.«

Jesse atmete einmal tief durch und trank dann den Rest seines Weins. War wohl ratsam, nicht noch mehr davon zu trinken.

»Okay«, sagte er. »Es geht also nicht nur ums Vögeln. Es geht darum, dass du mich nicht willst – und mich gleichzeitig nicht verlieren willst. Was zum Teufel soll ich damit anfangen?«

»Reden.«

»Das tu ich doch die ganze Zeit.«

»Nein«, sagte Jenn, »die meiste Zeit pöbelst du nur rum.«

Jesse stand auf, ging in Jenns plüschig dekoriertes Wohnzimmer und schaute zur Beacon Street hinunter.

»Scheiße, was für eine schwere Geburt.«

Sie stand im Türrahmen hinter ihm. »Ganz schön verkorkst alles, oder?«, sagte sie.

»Ja.«

»Doktor St. Claire sagt aber auch, dass das Band zwischen uns erstaunlich stabil sein müsse.«

Jesse nickte und starrte auf die Autos, die stadtauswärts zum Kenmore Square fuhren.

»Ich glaube, wir müssen es einfach versuchen«, sagte sie.

»Was versuchen?«

»Jesse«, sagte Jenn. »Wir sind geschieden. Wir sind solo. Wir können uns wie normale Erwachsene verhalten, die nicht gebunden sind. Wir könnten eine Affäre anfangen.«

»Mit wem?«

»Mit jedem, den wir mögen – uns selbst eingeschlossen«, sagte Jenn. »Wir könnten so tun, als würden wir uns zum ersten Mal begegnen.«

»Und dann?«, sagte Jesse.

»Und dann sehen, was passiert.«

»Sex?«, sagte Jesse.

Jenn zuckte mit den Schultern. »Lass uns einfach sehen, was passiert.«

»Aber nicht heute Abend«, sagte Jesse.

»Nein«, sagte Jenn.

Jesse drehte sich um, schaute sie an und lächelte.

»Du bist wirklich ’ne harte Nuss, Jenn«, sagte er.

»Wollen wir’s mal versuchen?«

»Klar doch«, sagte Jesse.

»Willst du mich am nächsten Mittwoch zum Essen einladen?«

»Okay.«

Für eine Weile standen sie auf den gegenüberliegenden Seiten des Wohnzimmers und schauten sich schweigend an. Schließlich ging Jenn auf ihn zu, legte die Arme um seinen Hals und den Kopf an seine Brust.

»Jeden Tag einen kleinen Schritt«, sagte sie und klang, als habe sie einen Kloß im Hals.

»Genau«, sagte Jesse.

10

»Und du bist einfach rausmarschiert und hast den Cop wortlos abgeknallt?«, sagte Faye.

Sie hatten den Mercedes auf dem Indian Hill geparkt und schauten auf die Spitze von Stiles Island hinunter, die sich in den Hafen zu zwängen schien.

»Er war die einzige Gefahrenquelle. Wenn ich ihn ausschalte, kommen die anderen gar nicht erst auf dumme Gedanken.«

»Du wolltest ein Zeichen setzen.«

»Ich wollte ihn ausschalten – und gleichzeitig sicherstellen, dass die anderen wussten, wie der Hase läuft.«

»Hattest du keine Angst, dass jemand den Schuss hört?«, fragte Faye.

»Hotelzimmer sind normalerweise gut isoliert«, sagte Macklin. »Und die meisten Leute wissen ohnehin nicht, wie ein Schuss klingt. Sie haben Angst, Alarm zu schlagen und dann wie die Deppen dazustehen.«

»Warum haben sie nicht sofort beim Empfang angerufen, nachdem du das Zimmer verlassen hattest?«

»Was sollen sie denn sagen? Dass sie gerade eine illegale Pokerrunde am Laufen haben? Und dass ein korrupter Cop aus Boston Wache schiebt? Sie konnten gar nicht schnell genug türmen und alle Spuren verwischen.«

»Das heißt, dass niemand die Polizei informieren wird?«

»Exakt. Aus dem Grund schalte ich unliebsame Zeugen lieber gleich komplett aus.«

»In der Zeitung heißt es nur, man habe einen erschossenen Polizisten in einem Hotelzimmer gefunden«, sagte Faye.

»Und das Zimmer wurde von einem Thomas King gebucht, der allerdings überhaupt nicht existiert.«

»Das stand aber nicht in der Zeitung.«

»Wird's aber bald«, sagte Macklin. »Der wirkliche Thomas King stammt wahrscheinlich aus einem Kaff wie Des Moines und war nie in seinem Leben in Boston. Jemand wird seine Kreditkartennummer geklaut und damit das Hotelzimmer gebucht haben.«

»Du forderst das Schicksal wirklich heraus, Jimmy.«

»Nicht wirklich«, sagte Macklin.

»Was wär denn passiert, wenn der Cop deine Pistole gefunden hätte?«

»Ein Typ, der dich abtastet, kommt deinem Schwanz grundsätzlich nicht zu nahe.«

»Aber wenn er nun trotzdem deine Pistole gefunden hätte?«

»Dann hätte er sie mir eben abgenommen«, sagte Macklin. »Entweder werfen sie mich dann raus oder lassen mich spielen. Wenn sie mich rauswerfen, nehm ich meine 1 000 Dollar und verschwinde. Lassen sie mich spielen, hau ich die 1 000 Dollar auf den Kopf und verschwinde ebenfalls.«

»Aber deshalb gleich den Cop zu erschießen ...?«

»Gehört zum Geschäft«, sagte Macklin. »Entweder du hast Gewissensbisse oder du hast keine. Und wenn du welche hast, solltest du dir besser einen anderen Job suchen.«

»Und du hast keine.«

»Richtig.«

»Was wäre passiert, wenn du ihn nicht getroffen hättest?«

Macklin grinste zu ihr herüber.

»Ich treffe immer.«

Sie schwiegen. Unter ihnen kreuzte eine Schaluppe gegen den böigen Wind und versuchte offensichtlich, einen Weg aus dem Hafen zu finden. Das Boot war zu weit entfernt, um die Gesichter der Passagiere auszumachen.

»Wie viel hast du denn bekommen?«, fragte Faye.

»15 000 und ein paar Zerquetschte«, sagte Macklin.

»Damit sollten wir uns über Wasser halten können, bis wir Stiles Island abgeräumt haben.«

»Und du glaubst wirklich, das funktioniert?«

»Es ist perfekt«, sagte Macklin. »Die Insel, die vom Festland isoliert ist. Das Geld. Die Polizei hier.«

»Provinz-Cops?«

»Darauf kannst du Gift nehmen«, sagte Macklin. »Der größte Raubüberfall, den sie hier aufklären mussten, bestand vermutlich darin, dass ein paar Kids zwei Snickers-Riegel aus dem Tante-Emma-Laden geklaut haben.«

»Ich glaube, irgendwas ist letztes Jahr hier im Ort passiert, während du im Knast warst.«

»Wahrscheinlich haben sie einen Spanner auf frischer Tat ertappt«, sagte Macklin.

»Nein, aber ich weiß nicht mehr, was es war. Sie sprachen jedenfalls im Fernsehen davon.«

»Was auch immer«, sagte Macklin und grinste wieder zu ihr herüber. »Eine Nummer wie mich haben sie hier jedenfalls noch nicht gesehen.«

Faye lächelte zurück. »Das geht den meisten Leuten so.«

11

Es war Viertel nach neun, als Suitcase Simpson und Anthony DeAngelo die Hopkins-Jungs und Snapper Jencks in Jesses Büro führten. Keiner von ihnen schien sonderlich beunruhigt. Im Gegenteil: Die Verhaftung gab ihnen offensichtlich das Gefühl, besonders cool zu sein.

»Außer den Kindern war niemand zu Hause«, sagte DeAngelo. »In beiden Häusern. Ich hab eine Notiz hinterlassen.«

»Mein Vater wird hier mit einem Anwalt auflaufen, sobald er von der Geschichte hört«, sagte Earl.

Jesse nickte. Simpson schloss die Tür und lehnte sich dagegen.

»Ich kann mir auch kaum vorstellen, dass Sie ein Kind ohne Wissen seiner Eltern überhaupt verhaften dürfen«, sagte Robbie. »Ich würde Ihnen empfehlen, meine Mutter an ihrem Arbeitsplatz anzurufen.«

Jesse lehnte sich zurück und zeigte ihnen das unbewegliche Pokerface, das er als Cop in South Central L.A. perfektioniert hatte. Er ließ seine Augen langsam von einem zum anderen wandern und schaute sie durchdringend an. Jencks war der harte Brocken. Während die beiden anderen Jungs wegschauten, hielt er Jesses Blick unbeeindruckt stand. Jesses Augen wanderten zurück zu Earl.

»Willst du einen Anwalt anrufen?«, sagte Jesse.

»Ich kenn keinen«, antwortete Earl.

»Soll ich dir einen besorgen?«

»Ich will Ihren Anwalt nicht«, sagte Earl. »Warten Sie, bis mein Vater hier eintrifft.«

»Wie alt bist du?«

»15.«

Jesse schaute zu Robbie.

»Und du?«

»14.«

»Und du?«, fragte er Jencks.

»Alt genug«, sagte Jencks.

Jesse nickte. Jencks sah älter aus als die beiden. Er war relativ kurz geraten, hatte aber schon die ersten Anzeichen eines Bartes und war ziemlich durchtrainiert. Er musste nicht einmal älter sein, sondern hatte sich vielleicht nur schneller entwickelt.

»Ich erzähl euch mal, wie die Sache hier laufen wird«, sagte Jesse.

»Es wäre wohl besser, wenn Sie mich meine Eltern anrufen ließen«, sagte Earl.

Jesse machte eine Geste zum Telefon. Earl schaute zum Apparat, machte aber keine Anstalten, zum Hörer zu greifen. Alles andere hätte Jesse auch überrascht: Sie waren noch nicht eingeschüchtert genug und wollten ihren Eltern nicht unnötig beichten, dass sie in der Scheiße steckten. Noch nicht.

»Dann halt den Mund«, sagte Jesse. »Wir werden euch jetzt in Einzelzellen stecken und dann jeden einzeln verhören – bis uns einer erzählt, dass ihr drei das Haus in der Geary Street angezündet habt. Dann werden wir den zweien, die alles geleugnet haben, die Hölle heißmachen, während der Geständige glimpflich davonkommen wird.«

»Sie glauben wohl, Sie wären ein ganz Cooler, wenn sie drei Kinder aufs Revier schleppen«, sagte Earl.

»Sind das wirklich die taffsten Kids, die ihr auftreiben konntet?«, wandte sich Jesse zu Simpson.

»Drei der taffsten Kids in ganz Paradise«, sagte Simpson.

»Ich frage mich, was für eine Figur sie wohl abgeben werden, wenn wir sie nach Lancaster schicken«, sagte Jesse.

Simpson und DeAngelo lachten.

»Wenn man sie in die Frauenabteilung steckt«, sagte Simpson, »wären sie bestimmt die drei Nesthäkchen.«

Jesse nickte.

»Ihr glaubt wohl, ihr wärt harte Jungs, nur weil die Kinder auf dem Schulhof Angst vor euch haben. Oder weil ihr euch traut, Feuer in einem Haus zu legen. Harte Jungs aus der Provinz, das seid ihr.« Er schnaubte abfällig. »Aber wenn wir euch wegstecken, findet ihr euch plötzlich unter Leuten wieder, die eine Rasierklinge im Hut tragen – und die euch für 'ne Packung Zigaretten die Augäpfel aufschlitzen. Diese Jungs werden euch zum Frühstück verspeisen.«

»Ich will …«, sagte Earl.

Jesse schnitt ihm das Wort ab. »Ist mir egal, was du willst«, sagte er. »Schaff sie raus, Suit.« Simpson und DeAngelo führten die Kinder hinaus. Zehn Minuten später war Simpson zurück.

»Die Hopkins-Kids haben schon Schiss«, sagte er. »Als wir sie in die Zellen sperrten, konnten sie es nicht mehr verbergen. Jencks hingegen ist der Harte.«

»Ja«, sagte Jesse. »Fiel mir auch auf.«

»Allzu viel Zeit haben wir nicht, Jesse«, sagte Simpson. »Einer der Eltern wird früher oder später aufkreuzen. Vielleicht sind sie von einem der Nachbarn benachrichtigt worden, und wenn sie kommen, kommen sie garantiert mit einem Anwalt.«

»Wir werden's schon irgendwie hinbekommen«, sagte Jesse. »Hast du sie in Einzelzellen gesteckt?«

»Ja.«

»Und die Zellen nicht abgeschlossen?«

»Ja.«

»Ist ihnen das bewusst?«

»Nein.«

Jesse grinste.

»Und Jencks ist in der hintersten Zelle?«

»Ja.«

»Okay«, sagte Jesse, »dann bring ihn jetzt rein. Und sorg dafür, dass die beiden anderen ihn sehen.«

Als Jencks in sein Büro trat, schickte Jesse Simpson hinaus und wies auf den Stuhl vor seinem Schreibtisch. Jencks setzte sich.

Er zeigte keine Anzeichen von Nervosität, als Jesse ihn anschaute.

»Kein bisschen Angst?«, fragte Jesse.

Jencks schüttelte den Kopf.

»Ich bin noch Jugendlicher«, sagte er. »Sie können mir nichts anhängen.«

»Dir ist aber schon bewusst, dass einer der Hopkins-Jungs dich verpfeifen wird?«, sagte Jesse.

»Niemand wird niemanden hier verpfeifen.«

Jesse lächelte und schüttelte den Kopf.

»Wenn du mal einer von den Bösen werden willst, Snapper, solltest du erst mal die Grundregeln lernen: Jeder verpfeift jeden. Ist alles nur eine Frage der Zeit und des Drucks.«

Jencks lehnte sich in seinem Stuhl zurück, faltete die Hände hinterm Kopf und schaute Jesse wortlos an. Er trug ausgebeulte Jeans, übergroße Turnschuhe und ein Foofighters-T-Shirt. Jesse vermutete, dass es sich bei den Foo Fighters um eine Rockgruppe handeln musste.

»Du bist aus hartem Holz geschnitzt«, sagte Jesse.

»Was mir durchaus sympathisch ist. Und deshalb wollte ich dir auch den ersten Schuss geben: Du erzählst mir von dem Feuer – und kannst sofort nach Hause gehen.«

»Auch wenn ich selbst dran beteiligt gewesen wäre?«

»Zwei von dreien ist doch auch schon ein Erfolg«, sagte Jesse.

»Tolle Rechtsordnung«, sagte Jencks.

»Ich erzähl dir mal, wie ich mir den Ablauf vorstelle«, sagte Jesse. »Ihr drei seid einfach mal ins Haus gestiegen, weil es gerade nicht bewohnt war. Und ihr hattet gerade nichts Besseres zu tun. Und als ihr einmal drin wart, dachtet ihr euch, es wäre doch lustig, Schwuchteln auf die Wand zu schreiben. Und dann sagte einer der Hopkins-Kids – Earl, nehme ich mal an –: ›Hey, lasst uns den Laden doch einfach abfackeln.‹ Ich vermute, dass du selbst nicht sonderlich begeistert warst, weil's nun mal eine blöde Idee war, aber du hast mitgemacht, weil sie's ja ohnehin taten. Vielleicht hast du ja sogar versucht, sie davon abzubringen, aber sie wollten nicht hören.«

»Wenn ich sie hätte stoppen wollen, hätten sie auch aufgehört«, sagte Jencks.

Jesse nickte. »Ja, kann ich mir gut vorstellen«, sagte er. »Aber ich bin überrascht, dass du selbst mitmachen wolltest. Deswegen willst du in den Knast wandern? Es war ja nicht mal Geld zu holen, sondern es handelte sich nur um einen bescheuerten Dummejungenstreich. Ich hätte gedacht, du würdest dir höhere Ziele stecken.«

»Haben halt den schwulen Säcken 'ne Lektion erteilt«, sagte Jencks.

»Was denn für 'ne Lektion?«

»’ne Lektion eben«, blieb Jencks stur.

Jesse lachte, doch der Hohn in seinem Lachen war nicht zu überhören.

»Klar doch«, sagte er. »Pass auf: Ich geb dir jetzt noch eine letzte Chance, mir den Vorfall zu schildern. Tust du es, kannst du gehen – wenn nicht, wanderst du in den Knast.«

»Ich wander nicht in den Knast.«

»Und ob«, sagte Jesse. »Und weil du so bescheuert bist, wirst du womöglich sogar der Einzige sein, der dort landet.« Er drehte sich zur Tür und rief: »Suit?«

Simpson öffnete die Tür.

»Bring ihn raus«, sagte Jesse, »und lass ihn laufen.«

Jencks starrte ihn ungläubig an.

»Durch den Hintereingang?«, fragte Simpson.

»Genau.«

»Steh auf«, sagte Simpson und führte Jencks aus dem Büro. Zwei Minuten später war er zurück.

»Haben sie gesehen, wie er rausging?«, fragte Jesse.

»Ja, als ich ihn an ihren Zellen vorbeiführte, hab ich meinen Arm um seine Schulter gelegt«, sagte Simpson. »Und als ich ihn hinten rausließ, hab ich mich sogar mit Handschlag verabschiedet. Sie konnten alles ganz genau sehen.«

»Prima«, sagte Jesse. »Dann bring mir jetzt den Jüngeren.«

»Robbie.«

»Genau«, sagte Jesse. »Verhafte ihn offiziell, informier ihn über seine Rechte und leg ihm Handschellen an.«

Als er kurz darauf mit den Handschellen vor ihm saß,

war Robbie leichenblass und musste mehrfach schlucken. Jesse ignorierte ihn und blätterte in Unterlagen, die auf seinem Schreibtisch lagen. Er zeichnete sie ab, überflog ein weiteres Dokument, zeichnete es ab und legte es in seinen Postausgang.

»Find ich nicht lustig, dass ich Handschellen tragen muss«, sagte Robbie.

»Interessiert mich nicht«, sagte Jesse, blätterte in einer weiteren Akte, schüttelte den Kopf und legte sie auf einen Stapel.

»Würden Sie mir die Handschellen bitte abnehmen?«

Jesse ließ sich vom Aktenstudium nicht abhalten, blickte dann aber schließlich doch zu Robbie hoch.

»Meinst du vielleicht, ich wär Betreuer im Ferienlager oder so was?«, sagte er. »Wir haben dich hier für ein Kapitalverbrechen, Junge. Du wanderst in den Knast.«

»Ich hab doch nichts getan«, sagte Robbie. Er sprach stockend und Jesse war sich sicher, dass bald die ersten Tränen fließen würden. »Ich mag diese Handschellen nicht.«

»Die erste Lektion, die du als schwerer Junge lernen musst«, sagte Jesse, »sieht wie folgt aus: Ab sofort interessiert sich kein Schwein mehr dafür, was du magst oder nicht magst. Du bist hier nicht zu Hause bei Mama, sondern steckst jetzt im großen Fleischwolf. Soll ich dir einen Anwalt besorgen?«

Jesse beugte sich wieder über seine Papiere. Robbie starrte ihn an, und als er zitternd zu sprechen begann, waren Tränen in seinen Augen.

»Aber ich hab doch nichts getan«, sagte er.

»Das entspricht nicht den Fakten, die mir vorliegen«, sagte Jesse gedankenverloren und schaute sich den Handzettel mit einer Missing-Person-Anzeige an. »Hab gehört, dass du gesprayt hast, dass du das Benzin ausgeschüttet und auch das Streichholz gezündet hast.«

»Nein!« Robbies Stimme überschlug sich.

»Snapper und Earl kamen nur ins Haus, weil sie dich rausholen wollten. Sie wollten dich aufhalten, kamen aber zu spät.«

Robbie konnte die Tränen nicht mehr halten. Jesse schaute zu dem Tonbandgerät, das sich auf seinem Schreibtisch befand und drückte AUFNAHME.

»Nein«, sagte Robbie und brachte zwischen seinen Schluchzern kaum noch ein Wort heraus. »Nein, ich war nicht mal im Haus. Ich stand doch draußen nur Wache.«

»Tatsächlich? Wer hat denn das Feuer gelegt?«

»Ich weiß es nicht. Ich war ja nicht mal in dem Haus. Earl hatte den Benzinkanister.«

»Du behauptest also, dass er und Snapper im Haus waren.«

»Snapper erzählte uns, dass er ein offenes Fenster entdeckt habe, eingestiegen sei und dann die Wände im Wohnzimmer besprayt habe.« Es sprudelte inzwischen aus Robbie heraus, auch wenn er gleichzeitig mit seinen Tränen kämpfte. »Earl hat das Benzin von meinem Vater geklaut, der's für den Rasenmäher benutzt. Er und Snapper befahlen mir, draußen Wache zu schieben und gingen dann ins Haus.«

»Durchs Fenster?«

»Nein, Snapper hatte die Tür von innen geöffnet.«

»Und ihr gingt rein und habt den Laden abgefackelt«, sagte Jesse leise.

»Nein!« Robbie schrie es geradezu heraus. »Nein, ich nicht! Earl und Snapper haben das Feuer gelegt.«

Jesse griff zum Tonbandgerät und drückte auf STOPP. Dann stand er auf, ging um den Schreibtisch und nahm Robbie die Handschellen ab. Er schob einen Karton mit Papiertaschentüchern in seine Reichweite und setzte sich wieder.

»Suitcase?«, rief er.

Die Tür öffnete sich, Simpson kam herein.

»Zeit, um mit Earl zu sprechen«, sagte Jesse.

12

Macklin saß auf der Terrasse vom »Janos«, einem Restaurant in Tucson, Arizona, wo er sich mit einem Indianer namens Crow zum Lunch verabredet hatte. Crow hieß eigentlich Wilson Cromartie, wurde seit Menschengedenken aber nur Crow genannt. Er trug ein weißes Hemd mit kurzen Ärmeln, gebügelte Jeans, frisch polierte Stiefel und einen silberverzierten Gürtel. Alles an ihm schien aus Ecken und Kanten zu bestehen – so als habe man ihn gewaltsam in seinen Körper gepresst. Unter der straffen Haut spannten sich stählerne Muskeln und die Venen in seinen Armen schienen im nächsten Moment bersten zu wollen. Er war nicht viel größer als Macklin, signalisierte aber eine komprimierte Kraft, die nur mühsam unter Kontrolle gehalten werden konnte. Sie tranken Margaritas.

»Und ich soll der Mann mit dem Finger am Abzug sein?«, fragte Crow.

»Nicht nur das«, sagte Macklin. »Ich brauche einen Mann mit Durchsetzungsvermögen – jemand, der seinen Job erledigt und die Crew an die Kandare nimmt.«

»Kannst du das nicht selbst?«

»Könnte ich, aber ich muss schließlich den ganzen Laden am Laufen halten. Außerdem haben die Leute vor mir nicht so viel Schiss wie vor dir.«

»Weil du so aussiehst, als wärst du gerade von einer Elite-Uni gekommen«, sagte Crow.

In seiner Stimme klangen noch undefinierbare Partikel eines indianischen Dialekts mit, auch wenn Macklin genau wusste, dass Crow in seinem Leben noch nie einen Regentanz oder andere indianische Rituale miterlebt hatte.

»Und genau so kling ich auch – was sich für mich immer als äußerst vorteilhaft herausgestellt hat. Aber nichtsdestotrotz brauch ich den Mann mit der Kandare.«

»Und du bist den ganzen Weg nach Tucson gekommen, um mich anzuheuern?«, fragte Crow.

»Nicht um dich anzuheuern, sondern um dir 'nen fairen Schnitt anzubieten«, sagte Macklin. »Ich komme, um dich an dem Beutezug des Jahrhunderts zu beteiligen, aber du tust so, als wolle der weiße Mann gerade dein Land stehlen.«

»Weiße Augen sprechen mit gespaltener Zunge«, antwortete Crow.

»Nun komm mir nicht mit deinem Geronimo-Scheiß«, sagte Macklin. »Ich bin's, Jimmy Macklin. Du kannst doch nicht mal ein Tipi von Pipi unterscheiden, verdammt nochmal.«

Crows Gesichtszüge blieben unbeweglich.

»Tipi größer«, sagte er.

Eine Kellnerin kam und nahm ihre Bestellung entgegen. Die kleinen Vögel, die in den ausgedorrten Sträuchern am Rand der Terrasse saßen, machten einen Heidenlärm.

Als die Kellnerin gegangen war, sagte Crow: »20 Prozent.«

»Ich hab zu viele Ausgaben, Crow. Ich brauch noch einen für die Elektronik, einen fürs Dynamit und einen mit 'nem Boot. Ich kann's mir nicht leisten, dir 20 zu geben.«

»Wie viel nimmst du?«

»Die Hälfte«, sagte Macklin. »Ist schließlich meine Show.«

»Und ich bin deine Nummer zwei?«

»Absolut.«

»20«, sagte Crow.

»Dann bleiben nur 30 Prozent für den Rest«, sagte Macklin. »Ich krieg keine qualifizierten Jungs, wenn sie sich 30 teilen müssen.«

»Dann lüg sie doch an.«

Macklin grinste.

»Woher willst du denn wissen, dass ich *dich* nicht bescheiße, wenn ich dir die 20 verspreche?«

»Weil du mich kennst«, sagte Crow.

Macklin richtete den Zeigefinger auf ihn und tat so, als wolle er die imaginäre Pistole entsichern.

»20 ist gebongt«, sagte Macklin.

13

Zusammen mit einem anderen Rechtsanwalt war Abby Taylor in Jesses Büro aufgekreuzt.

»Man hat mich engagiert, um Carleton Jencks zu verteidigen«, sagte sie. »Dies ist Brendan Fogarty, der die Hopkins-Jungs vertritt.«

Abby trug ein rostbraunes Kostüm mit kurzem Rock und eine Jacke ohne Revers.

»Sind Sie denn Strafverteidiger, Mister Fogarty?«, fragte Jesse.

»Ich bin Charles Hopkins' persönlicher Anwalt«, sagte Fogarty.

»Aber dies ist eine Strafsache«, sagte Jesse.

»Nun«, sagte Abby, »darüber möchten wir gerne mit dir sprechen.«

Abby trug unter ihrem Kostüm garantiert rostbraune Lingerie. Als er sich in der Situation befand, über solche Dinge informiert zu sein, war ihre Unterwäsche stets farblich penibel abgestimmt.

»Schieß los«, sagte Jesse.

»Es sind Kinder«, sagte Abby. »Sie haben eine Dummheit begangen, aber sie haben ihr Leben noch vor sich. Sie anzuklagen, würde alles nur verschlimmern.«

»Hast du schon mit Canton und Brown gesprochen?«, sagte Jesse.

»Ja, sie kamen vorbei und fragten mich, ob ich sie in einer Zivilrechtsklage vertreten würde. Aber zu diesem Zeitpunkt hatte mich bereits die Jencks-Familie verpflichtet.«

»Sie wollen einem Verfahren aus dem Weg gehen?«

»Die Jencks-Familie – und, wie Mr. Fogarty sicher bestätigen wird, die Hopkins-Familie ebenso – ist bereit und willens, eine finanzielle Entschädigung zu leisten.«

»Falls die Anklage ausgesetzt wird?«

»Das wäre unsere Vorstellung«, sagte Fogarty.

»Und was passiert mit den Jungs?«, fragte Jesse.

»Sie bekommen eine zweite Chance.«

»Damit sie ein anderes Haus abfackeln können?«

»Sie sind noch Kinder, Jesse.«

»Und haben ein Haus abgefackelt, weil ihnen die sexuellen Neigungen der Eigentümer nicht in den Kram passten. Was wäre, wenn sie mit deinem Sexleben Probleme hätten?«

Jesse hatte das Gefühl, als wäre Abby kurz errötet, konnte sich aber auch getäuscht haben.

»Nun aber mal langsam, Jesse«, sagte Fogarty.

»Da Sie mich persönlich nicht kennen«, sagte Jesse, »sollten wir es besser bei Chief Stone belassen.«

»Nun spielen Sie mal nicht den harten Hund«, sagte Fogarty. »Mit Ihrer Anklage kommen Sie vor Gericht nie durch. Sie haben die Jungs nicht mal über ihre Rechte aufgeklärt.«

»Man hat sie ihnen vorgelesen, als sie verhaftet wurden«, sagte Jesse. »Und sie haben gestanden.«

»Weil sie genötigt wurden. Sie wurden ohne einen Anwalt verhört. Und dann in eine Zelle geworfen.«

Aus den Augenwinkeln sah Jesse, wie Abby zu Fogarty blickte und den Kopf schüttelte. »Dies ist nun mal ein winziges Revier, Mister Fogarty. Ich musste mit ihnen einzeln reden und hatte keine Möglichkeit, sie anderweitig unterzubringen. Wobei die Zellentüren nicht mal abgeschlossen waren. Und ich bot ihnen bei jeder Gelegenheit an, einen Anwalt anzurufen.«

»In Handschellen?«

»Passiert nun mal, wenn die Anklage einmal erhoben ist«, sagte Jesse.

»Sie suggerierten ihnen, dass Jencks sie belastet habe«, sagte Fogarty.

»Geb ich gerne zu«, sagte Jesse.

»Sie taten so, als würden Sie Jencks laufenlassen, um diesen Eindruck noch zu verstärken.«

»Auch das stimmt«, sagte Jesse. »Er ging zur Hintertür raus und saß dann mit Anthony DeAngelo für eine Stunde im Streifenwagen.«

»Wir haben es hier mit dem gezielten Versuch zu tun, drei Minderjährige zu nötigen und arglistig zu täuschen«, sagte Fogarty. »Sie sollten lieber einem Vergleich zustimmen.«

Erneut schüttelte Abby ihren Kopf, diesmal energischer. Sie wusste nur zu gut, dass Fogartys Taktik bei Jesse keine Wirkung zeigen würde.

»Ich denke auch, dass dein Fall sehr wackelig ist, Jesse«, sagte Abby, »aber das ist nicht der springende Punkt. Der Punkt ist doch der: Willst du den Kindern und ihren Familien das wirklich antun? Die Eltern wollen eine Entschädigung zahlen. Die beiden schwulen Gentlemen können ihr Haus renovieren. Das Leben geht weiter.«

»Und die ‚zwei schwulen Gentlemen', was werden die wohl denken?«

»Sie bekommen immerhin ihr Haus im Top-Zustand zurück«, sagte Fogarty.

»Leute sollten in der Lage sein, mit jedem ficken zu

können, ohne dass gleich ihr Haus abgefackelt wird«, schnaubte Jesse.

Abby wusste, wie stur Jesse sein konnte, aber sie hatte ihn selten so wütend erlebt.

»Und du glaubst, an diesem Zustand würde sich was ändern, wenn du drei Kinder und ihre Familien durch den juristischen Fleischwolf drehst.«

»Ich werd sie aber durch den Fleischwolf drehen«, sagte Jesse.

»Um was zu beweisen?«

»Dass Kinder nicht nach Belieben Mitmenschen misshandeln können, nur um dann von ihren Eltern freigekauft zu werden.«

Die beiden Anwälte schwiegen. Abby wusste, dass weiteres Bohren sinnlos war, doch Fogarty machte noch einen letzten Versuch.

»Sie werden keinen Staatsanwalt finden, der den Fall verfolgt«, sagte Fogarty.

Jesse antwortete nicht.

»Sie werden sich nur zum Idioten machen, weil es gar nicht erst zur Klageerhebung kommt«, sagte Fogarty.

»Ich möchte Ihnen ja nicht zu nahe treten, Herr Anwalt«, antwortete Jesse, »aber in diesem Punkt würde ich mich auf Ihre Einschätzung nicht verlassen wollen.«

14

In Jesses Wohnzimmer hing ein großformatiges Foto von Baseball-Legende Ozzie Smith, das man nicht übersehen konnte, wenn man am Tresen in der Küche saß.

Jesse schaute zu dem Foto hinüber, während er gleichzeitig Soda in seinen großzügig bemessenen Scotch kippte. Er nahm einen Schluck. Wer selbst nicht trinkt, dachte er, wird's nie kapieren. Er wird dieses Gefühl nie kennen. Gelegenheitstrinker, die nur der Geselligkeit wegen trinken, die sich sogar an einer Limo festhalten würden, wenn es nicht so verdammt uncool wäre – diese Leute konnten natürlich nicht nachvollziehen, was es mit diesem ersten Schluck auf sich hatte. Jesse hatte immer das Gefühl gehabt, dass die ersten Schlucke wie das Leben selbst seien: angenehm, weich, temperamentvoll und leicht herb. Jesse verabscheute Menschen, die sich mit diesem Geschmack nicht anfreunden konnten. Wobei sich das größte Glücksgefühl eigentlich immer einstellte, wenn man vom Zustand der Trunkenheit noch weit entfernt war. Mit dem ersten Glas – und der Gewissheit, dass noch weitere folgen würden – kam das Gefühl, mit dem Leben im Einklang zu sein. Nach ein paar Gläsern löste sich diese Magie langsam auf, bis am Ende nur noch die nackte Sucht blieb.

»Musst die Sucht in den Griff bekommen«, sagte Jesse zu Ozzie.

Ozzie, den behandschuhten Arm völlig gestreckt, befand sich parallel zum Boden, ja schien geradezu in der Luft zu schweben. Soweit Jesse bekannt war, hatte Ozzie Smith nie mit einer Sucht zu kämpfen gehabt. Er war der beste *Shortstop*, der je gelebt hat, dachte er – auch wenn ihm umgehend schwante, dass diese Einschätzung vielleicht ein wenig überzogen war. Er war zumindest der beste *Shortstop*, den Jesse je gesehen hatte. Über Marty Marion und Pee Wee Reese konnte er sich kein

Urteil erlauben, von Honus Wagner ganz zu schweigen. Er gönnte sich noch einen Schluck. Sollten sie besser als Ozzie gewesen sein, mussten sie schon auf einem galaktischen Niveau gespielt haben. Aber eines wusste er: Niemand konnte einen Salto rückwärts so perfekt schlagen wie Ozzie.

»Wizard of Oz«, murmelte Jesse.

Wäre er nicht verletzt worden, hätte er da oben mitspielen können, dachte Jesse. Intuitiv hatte er immer gewusst, dass er als *Shortstop* eine große Zukunft gehabt hätte. Ohne seine Verletzung würde er in diesen Tagen wohl gerade seine Baseball-Laufbahn beenden. Wäre vielleicht in den letzten Jahren auf die dritte Base gerückt. Hätte sicher einen *lifetime average* von .275 bis .280 schaffen können. Und zehn, zwölf *home-runs.* Vielleicht wäre er an Ozzies *average* nicht rangekommen, aber er hatte den etwas besseren Wurf-Arm. Konnte von seinem Platz zwischen der zweiten und dritten Base einen *hard ball* punktgenau werfen. Keine Frage: Für einen Defensiv-Spieler war sein *average* ausgezeichnet. Sein Glas war leer. Er ging zum Kühlschrank, holte sich ein paar Eiswürfel und mixte sich einen neuen Drink. Er trank. Ja. Die Welt drehte sich noch.

Wenn er Karriere gemacht hätte, würde er heute nicht sein Geld damit verdienen, Teenagern auf die Pelle zu rücken. »Der gezielte Versuch, Minderjährige zu nötigen und arglistig zu täuschen« – Fogartys Einschätzung traf durchaus zu. Könnte gut sein, dass das Gericht den Fall ablehnt. Hing alles vom Richter ab. Und natürlich auch vom Staatsanwalt, der ihnen zugeteilt würde. Er fragte sich, mit wem Jenn wohl ins

Bett steigen würde. Die Erfahrung sagte ihm, dass sie sich wahrscheinlich an den Chef des Senders halten würde. Andererseits hatte sie behauptet, sich geändert zu haben. Sie hatte erzählt, Doktor St. Claire habe ihr geholfen, ein neuer Mensch zu werden. Es war schwer, eine Frau zu lieben, die mit einem anderen Mann ins Bett ging. Schwer, wenn auch nicht unmöglich. Machbar war alles. Und er selbst war offensichtlich dazu in der Lage. Verdammt noch mal, er war sogar richtig gut in dieser Beziehung.

»Ist doch prima, wenn man zumindest etwas gut kann, Oz«, sagte er.

Hatte mit Abby allerdings auch nicht so recht funktioniert. Sie hatte zwar nicht mit anderen Männern rumgemacht, war aber einfach nicht aus dem richtigen Holz geschnitzt. Im Vergleich zu ihr war Jenn eine harte Nuss. Aber man kann schließlich nicht alles haben, dachte er. Als er 19 war und in Colorado spielte, konnte er einen Salto schlagen, wenn er zu Spielbeginn auf den Platz lief, ganz wie Ozzie Smith. Er machte sich einen weiteren Drink und nahm einen Schluck. Die Wahrheit war natürlich, dass er Abby nie wirklich geliebt hatte. Er mochte sie – und hatte auch versucht, sie ernsthaft zu lieben, weil er das Kapitel Jenn endgültig abschließen wollte. Aber er konnte nicht. War das nicht eine verdammt deprimierende Erkenntnis? Dass er von Jenn einfach nicht loskam? Gott im Himmel, er musste das doch schaffen können! Oder vielleicht nicht? Vielleicht war er ja auch nur betrunken.

Er schaute zum Foto von Ozzie Smith, der mitten im Wurf erstarrt zu sein schien.

»Die Saison ist lang, Oz«, sagte Jesse laut.

Er trank das Glas fast aus.

»Mit der kurzen Football-Saison nicht vergleichbar.«

Er kippte den Rest hinunter, machte sich einen neuen Drink und brachte ihn zum Küchentresen zurück. Er trank einen Schluck und machte mit dem Glas eine Bewegung zum Foto.

»Wir spielen dieses Spiel jeden Tag«, sagte er – und stellte fest, dass er inzwischen nur noch lallte.

15

Macklin hatte frittiertes Hühnchen und Kartoffelpüree bestellt. Er saß mit einem weißen Typen namens JD Harter im »Horse Radish Grill« auf der Powers Ferry Road, die sich im Buckhead-Bezirk von Atlanta befand.

»Wie fett ist fette Beute?«, fragte JD.

Er war klein und schlank und hatte volles, schwarzes Haar, das seine Ohren bedeckte und glatt nach hinten gegelt war. Auf seiner spitzen Nase saß eine schwarze Brille mit rosa Gläsern. Er trug einen graublauen Jogginganzug mit braunen Ziernähten sowie handgeflochtene Ledersandalen ohne Socken.

»Für jeden bleibt mindestens 'ne Million hängen«, sagte Macklin.

JD zog die Augenbrauen nach oben.

»Also voll fett«, sagte er. »Wie viel steckst du dir ein?«

»Mehr als die anderen«, sagte Macklin.

»Hatte ich mir fast schon gedacht«, sagte JD. »Und wie viel ist mehr?«

»Was kratzt dich das, solange du deinen Anteil bekommst?«, antwortete Macklin.

JD zuckte mit den Schultern. »Mir ist ja schon klar, dass ich übern Tisch gezogen werde«, sagte er. »Wollte nur wissen, wie krass.«

Macklin grinste.

»Das Hühnchen ist super, oder?«, sagte JD. Er trank Cola zu seinem Bourbon.

»Perfekt«, sagte Macklin.

»Was passiert, wenn ich mitmache, es am Ende aber keine Million gibt?«, sagte JD. »Wie kann ich dann meinen Anspruch geltend machen?«

»Du könntest versuchen, mich umzulegen«, sagte Macklin.

JD schwieg für einen Moment. Er nahm einen Schluck Bourbon und spülte ihn mit Cola herunter. Dann sagte er: »Klar, kapier ich. Eine bessere Garantie gibt's nicht.«

»Dann bist du also dabei?«, fragte Macklin.

»Was genau sind das für Elektroarbeiten, für die du mich haben willst?«, fragte JD.

»Alarmanlagen, Telefone, Zeitschlösser, Stromkabel – kann noch nicht genau sagen, was auf dich zukommt. Hängt auch davon ab, welche Vorgehensweise du vorschlägst.«

JD nickte. »Wer ist sonst noch an Bord?«

»Faye macht mit«, sagte Macklin.

»Hätt ich mir denken können«, sagte JD.

»Und Crow«, sagte Macklin.

»Der Indianer?«

»Genau.«

»Mein Gott, du fährst wirklich die schweren Geschütze auf.«

»Nur die besten«, sagte Macklin. »Deshalb sitz ich ja auch hier mit dir.«

»Heilige Scheiße«, sagte JD. »Hast du's nur auf die Bank abgesehen?«

»Ich räum alles ab«, sagte Macklin. »Bank, Jachtclub, Fitnessstudio, Restaurant, Immobilienbüro, jedes Haus.«

»Um Gottes willen, sollen wir auf der Insel etwa überwintern?«

»Ich werd schon dafür sorgen, dass wir ausreichend Zeit haben«, sagte Macklin.

»Dachte mir schon so was in der Art«, sagte JD.

»Also? Bis du dabei?«

»Hab ich Bedenkzeit?«

»Nein.«

»Erfahr ich denn wenigstens, um welche Insel es sich handelt?«

»Erst, wenn du's wissen musst.«

»Ich muss es jetzt wissen«, sagte JD.

Macklin grinste ihn wieder an.

»Ich hab mich ungenau ausgedrückt. Ich meinte: Wenn ich es für notwendig halte, dass du's wissen musst.«

»Durch Verplappern hast du dich wohl noch nie in die Scheiße geritten, was?«, sagte JD.

»Sieht ganz so aus«, antwortete Macklin.

»Muss mich also heute entscheiden?«, fragte JD.

»Sollte ich unverrichteter Dinge das Lokal verlassen, bist du aus der Nummer raus«, sagte Macklin. »Ich streich dich von der Liste und klopf beim Nächsten an.«

»Bin ich der Erste, den du fragst?«

»Ja.«

»Und wer ist der Nächste?«

Macklin schüttelte den Kopf. JD nahm einen Schluck von seinem Wild Turkey und behielt ihn für eine Weile im Mund, spülte ihn dann aber wieder mit Cola herunter.

»Warum machst du die Dinge nur so kompliziert, JD?«, sagte Macklin. »Ich roll dir gerade den Teppich in ein sorgenfreies Leben aus, bis ans Ende deiner Tage! Wie kann man da nur so lange rumeiern?«

Die Kellnerin kam, räumte das Geschirr ab und gab ihnen das Dessert-Menü. JD warf einen Blick auf die Karte.

»Pfirsichtorte«, sagte er. »Die ist für mich.«

Macklin sah sich die Karte an, legte sie aber zur Seite. Mit den Ellbogen auf dem Tisch stützte er das Kinn auf seine gefalteten Hände. Er schaute JD unverwandt an. Und wartete.

»Willst du auch die Pfirsichtorte?«, fragte JD. »Sie ist super hier.«

»Klar«, sagte Macklin.

Die Kellnerin nahm die Bestellung entgegen und ging wieder.

»Jimmy, wir sollten mit offenen Karten spielen, okay?«

»Absolut«, sagte Macklin.

»Ohne dir ans Bein pinkeln zu wollen: Du bist nun mal jemand, der immer seinen eigenen Schuh durchzieht.«

»Schuh?«, sagte Macklin.

»Ich meine, niemand weiß so recht, was in deinem

Kopf vorgeht, du rückst nie mit der Sprache raus – und am Ende entwickeln sich die Dinge immer anders, als du sie geplant hast.«

»Faye weiß immer, was in meinem Kopf abläuft«, sagte Macklin.

»Das ist super, Jimmy. Freut mich für sie. Wirklich. Dummerweise ist sie die Einzige.«

»Du traust mir nicht«, sagte Macklin.

»Ohne dir zu nahe treten zu wollen: Nein, Jimmy, ich trau dir nicht.«

»Nun, JD«, sagte Macklin, sein Kinn noch immer auf die gefalteten Hände gestützt, »das ist aber dein Problem.«

»Ich weiß. Ich weiß, dass dir das am Arsch vorbeigeht. Aber das ist ja Teil des Problems, Mann: Dir geht alles am Arsch vorbei.«

JD machte eine Pause und überdachte seine Worte.

»Faye ausgenommen«, sagte er dann.

Macklin wartete noch immer. Die Kellnerin kam mit der Torte. Als sie gegangen war, starrte JD für einen Moment auf den Teller und lehnte sich dann im Stuhl zurück.

»Ich sag dir mal, wie sich für mich die Lage darstellt, Jimmy. Wenn ich dein Angebot annehme, werd ich entweder reich oder pack in die Scheiße. Wenn ich es nicht annehme, werd ich mit Sicherheit nicht reich, aber pack – Ganove, der ich nun mal bin – vermutlich ohnehin in die Scheiße.«

Macklin wartete. JD schob sich einen Bissen in den Mund.

»Und deshalb mach ich mit«, sagte JD.

»Prima. Wie ist die Torte?«

»Fantastisch«, sagte JD.

16

Jesse hatte sich ans hintere Ende der Bar verkrochen – einen Arm auf dem Tresen, in der anderen Hand seinen Scotch – und schaute aufs Meer vor Stiles Island hinaus. Zum alljährlichen Tanzball des Jachtclubs war der Jetset des Ortes erschienen, um hier zu den altmodischen Songs einer Evergreen-Band das Tanzbein zu schwingen. Jesse hasste diese Veranstaltungen und er hasste sie noch mehr, wenn er sie ohne weibliche Begleitung durchstehen musste. Mit ein paar Drinks wäre der Abend vielleicht noch erträglich gewesen, doch auch die musste er sich wohl oder übel verkneifen – was ihm völlig gegen den Strich ging. Aber er war nun mal der Polizeichef und wusste genau, dass es ihm seine Arbeit erleichtern würde, wenn er am gesellschaftlichen Leben des Ortes teilnahm. Also war er hier.

Morris Comden, der Sprecher des Stadtrats, kam zur Bar, um einen Wodka Tonic zu bestellen und mit Jesse ein paar Takte zu plaudern.

»Immer eine tolle Party, nicht wahr, Jess?«

Comden war ein gedrungener, untersetzter Mann mit einem prominenten Kinn und tiefsitzenden Augen. Jesse hatte aus seinem Mund noch nie ein vernünftiges Wort gehört.

»Kann man wohl sagen, Morris.«

Jesse hasste es, Jess genannt zu werden.

»Schauen Sie sich nur die Damen in ihren schicken Ballkleidern an«, sagte Comden. »Wenn ich Junggeselle wäre wie Sie, würd ich gleich eine Handvoll von ihnen übers Parkett wirbeln, das versprech ich Ihnen.«

»Sie und Mrs. Comden wirbeln aber auch nicht schlecht«, sagte Jesse.

Mrs. Comden war eine schmallippige Frau, größer als ihr Gatte, die grundsätzlich auf Make-up verzichtete. In ihrem Gesicht spiegelte sich so etwas wie konstante Empörung wider. Den Comdens beim Tanzen zuzuschauen, dachte Jesse, war eigentlich die reinste Tortur.

»Läuft eigentlich was zwischen Ihnen und der kleinen Anwältin?«, fragte Comden, während er gleichzeitig an seinem Wodka nippte.

»Abby?«, sagte Jesse. »Sollte wohl nicht sein.«

Jesse drehte sein Glas langsam in den Händen. Je länger er den nächsten Schluck hinauszögerte, desto länger würde der Drink reichen. Comden kannte derlei Zurückhaltung anscheinend nicht, sondern hielt sich zügig an seinen Drink. Wenn Morris schnell war, dachte Jesse, könnte er sich vielleicht sogar noch einen zweiten Drink reinpfeifen, bevor er zurück an seinen Tisch musste. Jesse musste innerlich grinsen. *Eingeweihte unter sich.*

»Habe gehört, dass Ihre Ex an die Ostküste gekommen ist, um hier im Fernsehen zu arbeiten«, sagte Comden.

»Sie arbeitet bei den Wetternachrichten«, sagte Jesse, »bei Channel 3.«

»Sehen Sie sie gelegentlich?«

»Manchmal.«

Sie schwiegen für einen Moment. Comden trank den Rest seinen Glases in kurzen, schnellen Zügen. Jesse wusste genau, dass Comden die Frage auf der Zunge lag, ob sie auch wieder zusammen ins Bett gehen würden, doch er fand keinen Dreh, die Frage wirklich zu stellen.

»Nun«, sagte Comden, »muss schon ein seltsames Gefühl sein, sich nach der Scheidung wieder zu treffen, zumal Sie zwischenzeitlich ja eine Freundin hatten. Ist Ihre Ex denn wieder mit jemandem, äh, liiert?«

»Ja, ein bisschen seltsam ist es schon«, sagte Jesse.

Comdens Augen wanderten zum Barkeeper. Als er seine Aufmerksamkeit gefunden hatte, signalisierte er einen weiteren Drink.

»Ja, kann mir gut vorstellen, dass es seltsam ist«, sagte Comden.

Der Barkeeper brachte einen frischen Wodka Tonic und Comden griff danach, als würde er sich anderenfalls umgehend in Luft auflösen.

»Seltsam«, sagte Jesse.

»Verdammt seltsam.«

Jesse nickte.

»Nun, ich kann meine Braut nicht zu lang allein lassen«, sagte Comden. »War schön, Sie zu sehen, Jess.«

»Und mit Ihnen zu reden, Morry.«

Er wusste natürlich, dass Comden lieber Morris genannt werden wollte. Es war Spätsommer und die Sonne stand noch immer über dem Horizont. Ihre letzten Strahlen gaben dem dunklen Wasser des Hafens einen schimmernden Glanz. In einer halben Stunde würde die Sonne verschwunden sein, um dem dunklen Blau des

Abends Vortritt zu lassen. Jesse nippte an seinem Scotch. Wenn er nach Hause kommen und dann noch den Wunsch verspüren würde, könnte er sich vor dem Schlafengehen ein paar vernünftige Drinks genehmigen. Eine große, attraktive Frau mit einer gesunden Bräune trat an die Bar und bestellte einen Absolut-Martini mit extra Oliven. Jesse lächelte sie an. Sie war vielleicht fünf Jahre älter als er, hatte platinblondes Haar und trug reichlich Make-up, das jedoch gekonnt aufgetragen war. Einen Ehering trug sie nicht.

»Ist es nicht furchtbar hier?«, sagte sie.

»Der Martini sollte es etwas erträglicher machen«, sagte Jesse.

»Aber nur, wenn ich genug davon trinken könnte.«

»Und Sie können nicht?«

Sie lächelte und schüttelte den Kopf.

»Ich bin hier, weil es gut fürs Geschäft ist, sich hier sehen zu lassen«, sagte sie. »Aber keiner von uns beiden darf es sich erlauben, in der Öffentlichkeit angetrunken gesehen zu werden.«

»Kennen Sie denn mein Geschäft?«

»Natürlich. Sie sind der Polizeichef hier.«

»Und Sie?«, fragte Jesse.

»Ich verkaufe Immobilien auf Stiles Island. Ich habe zwei potenzielle Käufer im Schlepptau, die ein bisschen rumlaufen und ein Gefühl für ihre möglichen Nachbarn bekommen wollen.«

Sie trug ein schlichtes, schwarzes Kleid mit schmalen Trägern, das aufreizend raschelte, wenn sie sich bewegte. Jesse war sich sicher, dass sie irgendeine Form von Fitness betrieb.

»Die Leute von Stiles Island kommen doch gewöhnlich nicht zu solchen Veranstaltungen«, sagte Jesse.

»Das hab ich den beiden auch gesagt, aber sie meinten, sie wollten ein Feeling für die ganze Stadt bekommen.«

»Möglicherweise bekommen sie jetzt aber kalte Füße«, sagte Jesse.

»Zu spät. Sie sind schon voll im Getümmel«, sagte die Frau. »Wir müssen's nehmen, wie's kommt.«

Sie streckte ihre Hand aus.

»Marcy Campbell.«

Jesse nahm ihre Hand und schüttelte sie.

»Jesse Stone«, sagte er.

Sie drehte sich zur Tanzfläche um und berührte ihn dabei mit dem Ellbogen. Sie war nur ein paar Zentimeter kleiner als er. Ihr Haar roch nach Veilchen, dachte Jesse, oder jedenfalls so, wie er sich den Geruch von Veilchen vorstellte.

»Wissen Sie, wie Veilchen riechen?«, fragte er.

»Nein, aber dafür kann ich den Geruch von Champagner auf der Stelle erkennen«, sagte sie.

»Ich mag Ihre Prioritäten«, sagte er.

»Auch wenn das Leben hektisch ist«, sagte sie, »der Geruch von Schnaps ist immer eine willkommene Ablenkung.«

Jesse lächelte. Gemeinsam schauten sie den Paaren beim Tanzen zu. Die Band spielte »Tie A Yellow Ribbon 'Round The Old Oak Tree«. Die Männer trugen überwiegend weiße Dinnerjackets, die meisten Frauen bodenlange Kleider, oft mit dezenten Blumenmotiven, gerafften Schultern und Schleifchen an den unmöglichsten Stellen. Man glaubte sich auf eine Studentenparty im Altersheim versetzt.

»Mein Gott, schauen Sie sich nur diese komischen Kleider an«, sagte Mary.

»Schön bunt.«

»Schauen Sie sich nur dieses Kleid dort an, mit der Schleife direkt auf dem Arsch«, sagte Marcy. »Wenn Sie einen derartigen Arsch hätten – würden Sie dann auch noch eine Schleife draufpappen, um noch mehr Aufmerksamkeit auf ihn zu lenken?«

»Ich möchte mich mit ihrem Arsch lieber nicht weiter beschäftigen«, sagte Jesse.

Marcy lachte und schob sich eine Olive aus ihrem Martini in den Mund, während Jesse vorsichtig an seinem Scotch nippte.

»Eins kapier ich nicht«, sagte Marcy. »All diese Frauen haben so viel Knete und so viel Zeit, weil natürlich keine von ihnen arbeitet. Könnte man da nicht erwarten, dass sie ein bisschen attraktiver aussehen, als sie es tatsächlich tun?«

»Nun, sie sind ja nicht gerade alle mit Tom Selleck verheiratet«, sagte Jesse.

»Mag sein«, sagte Marcy, »aber manchmal ist es mir wirklich ein Rätsel. Schauen Sie sich doch nur diese Leute an! Tanzen zu scheußlicher Musik, tragen scheußliche Kleider, unterhalten sich über tödlich langweilige Dinge – sind diese Leute überhaupt in der Lage, so etwas wie Spaß zu haben?«

»Vielleicht halten sie es ja für Spaß«, sagte Jesse.

»Aber …« Marcy schüttelte den Kopf. »Stellen Sie sich nur einmal vor, wie trist ihr tägliches Leben aussehen muss, wenn sie das hier Entspannung nennen.«

»Besser als gar keine Entspannung«, sagte Jesse.

»Aber das ist ja das Trauerspiel. Sie glauben, sie hätten Spaß, haben ihn aber nicht. Können Sie sich diese Leute im Bett vorstellen?«

»Noch eine Sache, über die ich lieber nicht nachdenken möchte.«

»Die meisten Männer und Frauen leben ihr Leben im Zustand stiller Verzweiflung«, sagte Marcy.

»Das ist doch ein Zitat von irgendwem, oder?«, sagte Jesse.

Marcy lachte.

»Henry David Thoreau«, sagte sie. »Ich hab's nur etwas abgewandelt.«

»Und wie sieht's mit Ihnen selbst aus?«

»Mit mir? Meine Verzweiflung ist in jedem Fall nie still«, sagte Marcy.

»Was machen Sie denn, um Spaß zu haben?«

»Ich esse, trinke, mache Sport, gehe einkaufen, verreise, lese, unterhalte mich mit interessanten Leuten und habe Sex.«

»Bingo!«, sagte Jesse.

»Sollten wir etwa ein gemeinsames Interesse gefunden haben?«, fragte Marcy.

»Gibt's einen besonderen Kandidaten?«, sagte Jesse.

»Mit dem ich Sex habe?«

»Genau.«

Marcy lachte. Ihr Lachen kam spontan und natürlich, auch wenn Jesse bemerkte, dass sie beim Lachen zu erröten schien.

»Sie sind alle besonders«, sagte sie.

»Keinen Ehemann?«, fragte Jesse.

»Nicht mehr.«

»Festen Boyfriend?«

»Zurzeit nicht. Und wie sieht's bei Ihnen aus?«

»Bin geschieden«, sagte Jesse.

»Wusste ich schon. Freundinnen?«

»Nee.«

»Was meinen Sie: Haben wir es lange genug in diesem Laden hier ausgehalten?«, fragte Marcy.

»Vollkommen.«

»Dann sollten wir vielleicht woanders hingehen und uns einen richtigen Drink genehmigen.«

»Was ist mit Ihren Kunden?«

»Sie haben ihr eigenes Auto. Ich werd mich nur schnell von ihnen verabschieden.«

Jesse fixierte die schwingenden Hüften unter dem engen Kleid, als sie mit ihrem Martini über die Tanzfläche schritt. Sie sprach mit einem gut aussehenden Paar, das in der Nähe der Büffets stand. Schauen mehr nach Palm Beach als nach Stiles Island aus, dachte Jesse. Aber vielleicht waren sie ja geborene Sommerfrischler. Der Mann küsste Marcy auf die Wange und sie kam über die Tanzfläche zu ihm zurück. Jesse war sich relativ sicher, ihren Körper auch bald ohne störendes Kleid sehen zu können. Der innere Druck angesichts eines möglichen Abenteuers, der sich bereits bei ihrem ersten Kontakt eingestellt hatte, schwoll merklich an. Er hatte keine Einwände, ja liebte diese Spannung sogar. Kein Grund zur Hast. Er genoss es, den Ereignissen entgegenzusehen. Marcy stellte ihr leeres Glas auf den Tresen.

»Sollen wir?«, sagte sie.

Jesse kippte den Rest seines Drinks hinunter und stellte das Glas neben ihres.

»Darauf kannst du Gift nehmen«, sagte er.

17

»Siehst du den Typen da drüben, der mit Marcy redet?«, fragte Macklin.

»Hübscher Junge«, sagte Faye.

»Was ist an ihm denn so hübsch?«, sagte Macklin.

»Er ist schlank, schaut aber kräftig aus. Hat ein sympathisches Gesicht. Volles Haar. Sieht irgendwie, ich weiß nicht … attraktiv aus. Ein hübscher Junge eben.«

»Was glaubst du, womit er wohl sein Geld verdient?«, fragte Macklin.

»Sieht wie ein professioneller Sportler aus.«

»Er ist der Polizeichef«, sagte Macklin.

»Dafür ist er aber noch sehr jung«, sagte Faye. »Woher weißt du, dass er der Polizeichef ist?«

»Ich hab das Revier unter die Lupe genommen, damit ich mich mit den Polizisten vertraut mache, und er lief ständig rein und raus. Keine Uniform, ziviles Auto, und er bewegt sich halt so, als würde er ‚Das ist mein Territorium' signalisieren. Bin daraufhin zur Bücherei gegangen, hab mir die Info-Seite der städtischen Verwaltung angeschaut – und schon war er da: Jesse Stone, Chef der örtlichen Polizei.«

»Dir entgeht aber auch nichts.« In Fayes Stimme klang Bewunderung mit.

»Nichts, was ich wissen muss.«

Faye wusste nur allzu gut, dass er genau dieses Image von sich selbst pflegte: ein Mann, der auf alle Eventualitäten vorbereitet ist. Aber Faye wusste auch, dass es die Vorbereitungen eines Coups waren, die ihn immer besonders animierten. Sie hatte ihm nie die Frage gestellt: »Wenn du so gottverdammt gut bist, warum hast du dann dein halbes Leben im Knast verbracht?« Es hätte ihn völlig fertiggemacht, wenn sie weniger von ihm überzeugt gewesen wäre, als er es selbst war. Hauptsache, er war noch immer am Leben. Hauptsache, sie hatte ihn noch immer bei sich.

»Davon abgesehen, dass er hübsch ist – was hast du sonst für einen Eindruck von ihm?«, fragte Macklin.

»Er sieht so aus, als wisse er, was er tut«, sagte Faye.

»Wie kommst du darauf?«

»Er sieht anders aus als die anderen Männer hier«, sagte Faye, »und diese Leute machen nun wirklich nicht den Eindruck, als wüssten sie, was sie tun.«

Macklin lachte und legte seinen Arm um ihre Schulter. Er drehte sie langsam zu sich herum und begann mit ihr zum »Tennessee Waltz« zu tanzen.

»Nun, wir werden uns genau anschauen, was der gute Mann wirklich draufhat«, sagte Macklin.

»Mach bloß kein Spiel aus der Geschichte, Jimmy.«

»Spiel?«

»Wer ist besser – du oder der Cop? Greif dir das Geld, und dann hauen wir ab.«

Macklin nahm sie fest in den Arm und drückte sie an sich. Sie rieb ihre Wange zärtlich gegen seine.

»Mach dir keine Gedanken«, sagte Macklin. »Wir

ziehen die große Nummer durch – und dann suchen wir uns ein warmes Plätzchen in der Sonne, wo wir am Strand sitzen und Daiquiris trinken.«

»So machen wir's«, sagte sie leise.

»Du und ich, Baby«, sagte Macklin.

»Genau.«

»Nur du und ich, bis ans Ende der Tage.«

Faye sagte nichts.

»Eine lange Zeit – nur wir, Faye«, sagte er.

»Lass dich nur nicht auf ein Kräftemessen mit dem Cop ein«, sagte Faye.

»Sorg dich nicht«, sagte Macklin. »Ich hab das Ding komplett im Griff. Wir werden keine Fehler machen.«

Faye sagte nichts mehr, als sie sich langsam über die Tanzfläche bewegten. Sie drückte ihr Gesicht gegen das seine und schloss die Augen.

18

Sie saßen auf der Veranda von Marcys kleinem Cottage am Strawberry Point, der sich im Osten der Stadt befand, gleich hinter dem schmalen Hafenausgang und über den rostfarbenen Felsen, gegen die der Atlantik unbarmherzig anbrandete. Jesse trank Bier aus der Flasche, während sich Marcy ein Glas Weißwein eingegossen hatte.

»Ich dachte, du wärst auf Scotch geeicht«, sagte sie.

»Bin ich auch, aber ein Bier tut's auch«, sagte Jesse. »Und ich dachte, du würdest nur Martini trinken.«

»Tu ich auch«, sagte Marcy und lächelte. »Aber ein Wein tut's auch.«

Es gab keine Beleuchtung auf der Veranda, aber nach einer Weile hatten sich ihre Augen an die Dunkelheit gewöhnt. Im fahlen Licht des Mondes konnten sie nicht nur ihre eigenen Silhouetten ausmachen, sondern auch die weiße Gischt der heranrollenden Wellen.

»Weißt du, warum wir im Jachtclub anders mit dem Alkohol umgingen?«, fragte Marcy.

»Weil wir genau wussten, dass wir uns nicht betrinken konnten. Also versuchten wir, das Optimum aus dem Drink rauszuquetschen.«

»Ich kann's nicht glauben«, sagte sie. »Du kennst also auch das Gefühl.«

Jesse grinste. »Ich kenne vieles«, sagte er.

»Und bescheiden ist er auch«, sagte Marcy.

Jesse hatte sein Jackett abgelegt und es über die Lehne eines Stuhles gehängt, der zu seiner Linken stand. Marcy konnte den Kolben seines Revolvers sehen, der an Jesses rechter Hüfte aus der Hose ragte.

»Du trägst eine Waffe«, sagte sie.

»Ich bin ein Cop.«

»Trägst du sie immer?«

Jesse nickte.

»Ich bin immer ein Cop«, sagte er.

»Und was bist du in diesem Moment?«, fragte sie.

Jesse trank aus seiner Flasche.

»Neugierig.«

Beide lachten.

»Du zuerst«, sagte Marcy. »Erzähl mir was von dir.«

»Ich war Cop in Los Angeles. Ich bin 35 und geschieden.«

»Ich bin älter als du«, sagte Marcy. »Warst du immer ein Cop?«

»Nein, ich war zunächst Baseballspieler, handelte mir dann aber eine Verletzung ein.«

»Hast du professionell gespielt?«

»Ja.«

»Warst du halbwegs gut?«

»Ich war sehr gut.«

»Wie hast du dich verletzt?«

»Es war bei einem *Double Play.* Der *Runner* traf mich frontal und ich knallte auf meine Schulter.«

»Was ist mit deiner Scheidung?«

»Ich war mit einem Sternchen verheiratet«, sagte Jesse. »Sie wollte ein Star werden und ging deshalb mit Produzenten ins Bett.«

»Hast du deshalb mit dem Trinken angefangen?«

»Hab ich mir auch einzureden versucht«, sagte Jesse. »Stimmt aber nicht. Ich habe immer gern getrunken.«

»Aber du hast es inzwischen unter Kontrolle?«

»Meistens jedenfalls«, sagte Jesse.

»Und hast du deine Ex endgültig abgehakt?«

»Nein.«

»Du liebst sie noch immer?«

»Vielleicht.«

»Dann hast du sicher ein Problem, dich auf andere Frauen einzulassen?«

Jesse lächelte. »Nicht auf der Kurzstrecke.«

Marcy lächelte in die Dunkelheit zurück.

»Ich habe noch nie einen Mann getroffen, der mit einer kurzen Affäre Probleme hatte«, sagte sie.

Sie nippte am Wein, während er zu seinem Bier griff.

Unter ihnen schlug das Meer hypnotisch gegen die teilnahmslosen Felsen.

»Und ich hab 'ne Menge kennen gelernt«, sagte sie.

Jesse wartete. Sie war an der Reihe.

»Ehrlich bist du jedenfalls«, sagte Marcy. »Die meisten Männer hätten mir wahrscheinlich nichts von ihrer früheren Frau erzählt, sondern mir geschworen, dass sie mich ewig lieben würden.«

»Um dich ins Bett zu lotsen«, sagte Jesse.

»Natürlich.«

»Was nicht bedeutet, dass ich das nicht auch möchte«, sagte Jesse.

»Nein, ich weiß, dass es das nicht bedeutet«, sagte Marcy. »Aber wenn ich zufällig auf der Pirsch nach einem Ehemann wäre und mein Bett der Köder, hättest du die schnelle Nummer gerade gründlich vermasselt.«

»Wie gut, dass es nicht umgekehrt ist«, sagte Jesse.

Marcy musste lachen. Jesse mochte ihr ungekünsteltes Lachen und lachte mit – über seine unverfrorene Reaktion, aber auch, weil das gemeinsame Lachen ansteckend und befreiend war.

»Dann schauen wir mal, was aus dem ›umgekehrt‹ wird«, sagte Marcy.

»Bist du denn auf der Pirsch nach einem Ehemann?«, fragte Jesse.

»Nein, ich war verheiratet«, sagte sie. »Mit 18. Ich habe zwei Kinder, die aufs College gehen – meine Tochter besucht Colby, mein Sohn Wesleyan.«

»Klingt verdammt teuer«, sagte Jesse.

»Ihr Vater kann es sich leisten.«

»Er unterstützt sie?«

»Die ganze Zeit. Ich habe sie großgezogen, er hat dafür gezahlt. Er war immer sehr großzügig in dieser Beziehung.«

»In welcher Beziehung war er denn nicht so gut?«

»Er war Doktor, ist es noch immer. Sehr erfolgreich. Neurochirurg. Und er fickte jede Krankenschwester, die für 20 Sekunden stillhielt.«

»Wie in den Arzt-Witzen«, sagte Jesse.

»Exakt wie in den Witzen«, sagte Marcy. »Wobei er kein übler Mann ist. Er ist definitiv großzügig und auf seine Art auch ein guter Vater. Aber wenn der Schwanz ruft, setzt alles aus.«

»Wann hast du dich scheiden lassen?«

»Vor zehn Jahren.«

»Bist du emotional drüber weg?«

»Ja.«

»Und willst wieder heiraten?«

»Nein.«

Jesse trank den Rest des Bieres und stellte die Flasche auf dem Tisch ab.

»Nun«, sagte er, »hallo.«

»Hi.«

Beide mussten sie wieder lachen. Marcy trank von ihrem Wein.

»Hier ist mein Vorschlag«, sagte sie. »Ich mag Männer, ich mag Wein und ich mag Sex. Im Augenblick fühle ich mich wirklich wohl und hoffe, dass ich mich in Kürze noch wohler fühle. Ich werde mich nicht in dich verlieben und gehe davon aus, dass du's auch nicht tust. Und unter der Voraussetzung, dass du Interesse hast, können wir tollen, unkomplizierten Sex haben

– ohne jede Verpflichtung. Und wir könnten Freunde werden.«

Jesse lehnte sich im Stuhl zurück und schaute sie an. »Keine Einwände meinerseits.«

Er sah sie im Halbdunkel noch immer an. Für eine Weile waren sie beide still, bis sie sagte: »Studierst du die Auslage?«

»Nein. Okay, vielleicht. Aber mir ging eigentlich nur durch den Kopf, wie unglaublich unverblümt du bist.«

»Hatte einen guten Seelenklempner«, sagte Marcy.

»Der Seelenklempner hatte einen guten Patienten«, sagte Jesse.

»Stimmt auch wieder«, sagte Marcy.

Sie stand auf, ging zum Geländer der Veranda, presste ihre Hüften dagegen und trank noch einen Schluck Wein.

»Das Problem mit der Unverblümtheit ist nur, dass der nächste Schritt schnell etwas abrupt wirken kann«, sagte sie. »Also: Ich werd jetzt eine Dusche nehmen. Hast du Lust, mich zu begleiten?«

»Und ob«, sagte Jesse.

19

»Ich brauch 'nen Typen, der's richtig knallen lassen kann«, sagte Macklin.

Er lehnte gegen das Geländer am Hafen von Baltimore, schaute zum Aquarium hinüber und sprach zu einem großen, knochigen Rotschopf namens Fran.

»Soso«, sagte Fran.

Auf seiner Nase saß eine kleine, runde, goldgerahmte Brille, sein dickes, rotes Haar war zu einem Pferdeschwanz zurückgekämmt. Er trug ein grünes Hemd mit kurzen Ärmeln, Khakis, bequeme Slipper und einen goldenen Ohrring. Seine Arme waren mit Sommersprossen übersät.

»Du bist der Beste, den's gibt.«

»Stimmt«, sagte Fran. »Was hast du denn in der Peilung?«

»Ich will eine Brücke hochgehen lassen.«

»Legal?«

»Natürlich nicht.«

»Was sonst noch?«

»Noch ein paar andere Sachen. Ich halt dich auf dem Laufenden, wenn's soweit ist.«

»Vielleicht sollte ich das wissen, um mich entscheiden zu können, ob ich den Job mache.«

»Der Job bringt immerhin mehr als eine Mio ein.«

»Zusammen?«

»Für jeden.«

Ein Wassertaxi landete am Dock unter ihnen. Einige Touristen stiegen aus und kletterten die Stufen zum Harbor Place hinauf.

»Für jeden ist gut«, sagte Fran. »Wer ist sonst noch dabei?«

»Bislang Crow, JD, Faye und ich«, sagte Macklin.

»Sie hat auf dich gewartet?«

»Ja.«

Fran nickte.

»Wo soll's über die Bühne gehen?«, fragte er.

Macklin lächelte und schüttelte den Kopf.

»Denk lieber an die Mio«, sagte er. »Das ist alles, was du wissen musst.«

»Du würdest nicht Crow anheuern, wenn du nicht mit dicker Luft rechnen würdest«, sagte Fran.

»Lieber ihn an Bord haben und ihn nicht brauchen«, sagte Macklin, »als ihn zu brauchen, ihn aber nicht an Bord zu haben.«

»Mag sein«, sagte Fran. »Wie viel Leute brauchst du denn insgesamt?«

»Dich und noch einen weiteren«, sagte Macklin.

»Ich bin inzwischen verheiratet«, sagte Fran.

»Glückwunsch.«

»Vier Kinder.«

»Nicht zu glauben«, sagte Macklin.

»Seit ich aus dem Bau bin, lass ich die Finger von den krummen Sachen. Arbeite für die Stadt, saniere vorwiegend Slums.«

»Und machst einen guten Schnitt?«

»Mehr ein Schnittchen«, sagte Fran. »Wie lang soll die Aktion denn dauern?«

»Du wirst wahrscheinlich eine Woche, zehn Tage weg sein.«

»Zehn Tage?«

»Es ist ein fetter Job. Du wirst schon deine Zeit brauchen.«

»Zehn Tage«, sagte Fran. »In der Zeit jag ich ganz Baltimore in die Luft.«

»Du wirst dir das Gelände anschauen müssen«, sagte Macklin. »Dann entscheiden, was du brauchst. Und die Sachen besorgen. Dann installieren. Es wird schon

’ne Weile brauchen. Kannst du dich selbst für ’ne Mio nicht zehn Tage abseilen?«

»Wenn ich meiner Alten erzähle, dass ich sie und die Kinder für zehn Tage allein lasse, wird sie im Sechseck springen«, sagte Fran.

»Mit deiner Frau musst du schon selbst klarkommen«, sagte Macklin.

Die beiden Männer schwiegen und legten ihre Arme aufs Geländer. Unter ihnen schlug das vermüllte Meerwasser gegen den Pier. Überall durchquerten kleine Boote den Hafen, während hinter ihnen lärmende Teenager den Harbor Place in Beschlag genommen hatten.

»Okay«, sagte Fran. »Mit meiner Frau krieg ich das schon geregelt.«

Macklin grinste und streckte seine Hand aus. Fran schüttelte sie langsam.

»Ich meld mich«, sagte Macklin.

20

Das Observieren war die simpelste Sache der Welt: Lass dich nicht ertappen und halt einfach die Augen auf. Er hatte es in Los Angeles oft genug gemacht und wusste, dass es eigentlich nur einen Feind gab: die Langeweile. Heute Abend in Back Bay, direkt vor Jenns Apartment, war die Langeweile aber kein Thema. Jesse hatte einen Parkplatz an einem Hydranten gefunden, mit freiem Blick auf Jenns Haustür. Als er im Dunkel hier saß und wartete, stürzte eine Gefühlslawine auf ihn herab, für die er keine plausible Erklärung fand. Da war Nervosität, Aggressivität und eine Art von Anspannung, die zumindest teilweise eine sexuelle Komponente zu haben schien – und gleichzeitig fühlte er eine unerklärliche Mischung aus Gelassenheit, Neugier, Hoffnung, Schuldgefühlen und einer inneren Stärke, die er nicht zu deuten vermochte.

Eine Nummer zu groß für mich, sagte er zu sich selbst und lehnte sich im Sitz zurück. Er hatte den Motor ausgeschaltet, weil ein laufender Motor für jede Überwachung natürlich Gift ist. Auch das Radio blieb stumm. Er saß einfach nur da und wartete. Die Passanten auf dem Bürgersteig gingen achtlos an seinem Wagen vorbei. Back Bay war eine betuchte Gegend und viele gut gekleidete, gut aussehende junge Menschen waren in den vierstöckigen Backsteinhäusern der Beacon Street zu Hause. Es war später Abend und viele kamen gerade vom Dinner zurück oder aus dem Kino oder spät von der Arbeit. Elegante Damen in Stöckelschuhen gingen mit ihrem Hund Gassi, eine Plastiktüte zur Hand, um die tierische Notdurft umgehend zu entsorgen.

Hundescheiße macht vor sozialen Schranken nicht Halt, dachte sich Jesse.

Er schaute auf seine Uhr. Halb zehn. Wenn sie um sieben den Fernsehsender verlassen hatte und mit jemandem essen gegangen war, müsste sie um diese Zeit eigentlich nach Hause kommen. Es sei denn, sie würde woanders übernachten. Er atmete tief ein und ließ die Luft mit einem unhörbaren Pfeifen wieder durch die Lippen hinaus.

Er spürte das vertraute Gewicht seines Revolvers an

der rechten Hüfte. Wenn sie mit einem anderen Macker aufkreuzen würde, könnte er ihn theoretisch einfach umlegen. Dunkel ahnte er, dass mit dem Schuss auch ein Knoten in seinem Inneren platzen würde, und malte sich mit wachsender Begeisterung dieses befreiende Gefühl aus: Ja, er würde es geradezu als eine emotionale Ejakulation empfinden. Doch dann was? *Hey Liebling, ich hab grad deinen Boyfriend ins Jenseits befördert. Wollen wir beide jetzt nicht wieder zusammenkommen?* Würde wohl kaum funktionieren. Und ihn außerdem hinter Gitter bringen. Selbst einem Polizeichef war es verboten, andere Männer umzubringen, nur weil sie an seiner Ex rumfummelten. Er hätte es vielleicht geschafft, den Mord unbeobachtet zu begehen und keine Spuren zu hinterlassen. Aber wie viele Kandidaten sollte er auf diese Weise denn entsorgen? Würde Jenn nicht irgendwann misstrauisch werden, wenn einer nach dem anderen über den Jordan ging? Und wie oft würde er unbehelligt davonkommen? Wenn ein Mann ermordet wurde, schauten sich die Cops nun mal bevorzugt jene Männer an, die ebenfalls ein Verhältnis mit der betreffenden Dame hatten. Zögerlich verabschiedete er sich von seinen anregenden Gedankenspielen – wohl wissend, dass er letztlich eh nicht zu einem Mord fähig war. *Aber warum war er denn hier?* Er zuckte im Dunkeln mit den Schultern. *Wissen ist immer noch besser, als im Dunkeln zu tappen.*

Jenn bog um die Ecke der Dartmouth Street und schlenderte die Beacon Street hinunter – in Begleitung eines klein gewachsenen Mannes. Sie hielten Händchen. Jesse erkannte Jenn bereits an ihrem Gang, bevor er ihre Gesichtszüge ausmachen konnte. Als sie näher kamen, sah Jesse, dass es sich bei dem Mann um Tony Salt handelte, den Moderator der Abendnachrichten. Er war erheblich kleiner, als er auf dem Bildschirm wirkte. Kleiner auch als Jenn. Aber er hatte einen mächtigen Kopf, ein prominentes Kinn und ein maskulines Lächeln, das sich in die Falten um seinen Mund eingegraben hatte. Irgendwie aber bewegte er sich unnatürlich und Jesse brauchte nicht lange für die Feststellung, dass Tony Salt auf hochhackigen Cowboyboots durch die Welt stolzierte. *Herr im Himmel! Barfuß könnte er sogar unter einem Barhocker durchmarschieren,* dachte er.

Sie gingen eng nebeneinander und berührten sich mehrfach an den Schultern. Jenn war wild am Gestikulieren, wie sie es immer tat, wenn sie ihren Worten Nachdruck verleihen wollte. Tony Salt hörte ihr aufmerksam zu, nickte gelegentlich und lachte. Sie kamen an dem Wagen vorbei, in dem Jesse in völliger Dunkelheit saß, und bogen kurz danach zu Jenns Haustür ein. Jesse war so gebannt, dass er nicht einmal bemerkte, dass er unbewusst seinen Revolver gezogen hatte. Erst als er sich im Sitz drehte und die Waffe mit einem leisen Klack das Lenkrad berührte, fiel ihm der Revolver überhaupt auf. Er legte die Hand mit der Waffe auf die Kopfstütze des Sitzes und zielte auf den Rücken von Tony Salt – auch wenn er wusste, dass er natürlich nicht abdrücken würde. Er nahm genau die Mitte zwischen seinen Schulterblättern aufs Korn, die breit und einladend in seinem Visier auftauchten. Auch als Jenn umständlich nach ihren Schlüsseln suchte, hielt er den Revolver im Anschlag. Jenn brauchte immer eine

Weile, um ihre Schlüssel aus der Tasche zu fischen. Und wenn sie die Schlüssel dann fand, wusste sie nie, welcher Schlüssel ins Schlüsselloch passte – und brauchte eine weitere Weile, bis sie alle Schlüssel durchprobiert hatte. Jesse fand es immer rührend, dass sie nie den richtigen Schlüssel fand – und sie oft genug auch verlegte oder verlor. Göttliche Wesen hatten für so banale Dinge wie Schlüssel nun mal keinen Sinn.

Tony Salt stand unmittelbar neben Jenn, als sie ihr Glück mit dem Schlüsselbund versuchte. Jesse wusste, dass sie sich bei der geringsten Bewegung gegenseitig berührten. Er bemerkte auch, dass er selbst inzwischen kaum noch atmete. Angesichts seines Gemütszustandes war er geradezu überrascht, dass die Hand mit dem Revolver völlig ruhig war. Er kniff die Augen zusammen. Natürlich war die Entfernung zu groß und das Licht nicht ausreichend, aber er hatte das Gefühl, als könne er die Fasern in Tony Salts Tausend-Dollar-Jackett ausmachen.

Jenn fand endlich den passenden Schlüssel und öffnete die Tür. Sie gab Tony Salt einen Kuss und ging hinein. Er folgte ihr. Die Tür war noch geöffnet, als sie sich im beleuchteten Treppenhaus umarmten. Jenn machte sich klein, um sich beim Küssen nicht zu Tony Salt herunterbeugen zu müssen. Jesse konnte noch sehen, wie Salts Hände über ihren Hintern fuhren. An einem der Finger saß ein klobiger Ring, der im Hausflur-Licht funkelte.

Dann lösten sie ihre Umarmung.

Die Haustür fiel ins Schloss.

»Bumm«, sagte Jesse.

21

»Du bist das letzte Teil in meinem Puzzle«, sagte Macklin zu Freddie Costa.

Sie saßen in Macklins Mercedes auf einem Parkplatz beim Pier von Mattapoisett, rund 90 Minuten südlich von Boston.

»Du brauchst einen Typen, der sich speziell mit der felsigen Küste dort oben auskennt«, sagte Costa, »der die Gewässer im Schlaf kennt. Ich bin noch nie in dieser Ecke gesegelt.«

»Ich kenn aber nun mal keinen Typen aus der Gegend«, sagte Macklin. »Die Flüsse im Mekong-Delta kanntest du früher ja auch nicht, oder? Außerdem bist du der beste Segler, den ich kenne, der gleichzeitig krumme Dinger dreht.«

»Danke für die Blumen«, sagte Costa. »Sollte ich den Job übernehmen, brauche ich aber vorher genügend Zeit, um mir die Gegend anzuschauen und ein paar Seekarten zu studieren – nicht nur Paradise, sondern die ganze Ecke dort oben.«

»Klar«, sagte Macklin. »Deshalb red ich ja frühzeitig mit dir, damit du einen Plan ausarbeiten kannst.«

»Was aber Geld kostet«, sagte Costa.

»Man muss investieren, um Geld zu verdienen«, antwortete Macklin.

»Ich muss Sprit kaufen. Zahle noch immer mein Boot ab. Und muss meiner Alten auch ein bisschen Geld dalassen.«

»Hast du denn nichts auf der hohen Kante?«

Costa lachte.

»Ich und hohe Kante?«

Macklin zuckte die Achseln. »Kapier ich ja«, sagte er, »ich hab auch keine Reichtümer gebunkert.«

»Ohne einen Vorschuss werd ich dir nicht helfen können«, sagte Coast.

Macklin schwieg. Der Hafen rund um den Pier war vor allem von kleinen Segelbooten bevölkert. Einige schaukelten mit nackten Masten an ihren Anlegeplätzen und zerrten an der Vertäuung. Andere waren draußen auf See, während das Ruderboot, das man zum Erreichen des Stegs benötigte, nun den freien Anlegeplatz reservierte. Zwei Kinder hockten am Ende des Piers und fischten. Ein großes altes Chris-Craft mit glänzenden Schmuckblenden aus Mahagoni tankte gerade am Ufer auf.

»Was fängt man denn hier so?«, fragte Macklin.

»Die Kinder? Brassen, wenn sie Glück haben. Meist holen sie aber nur Pufferfische raus.«

»Kann man die essen?«

»Brassen ja, aber die Pufferfische benutzen sie nur, um sie aufzublasen und dann auf die Wasseroberfläche zu werfen.«

»Klingt wie ein Heidenspaß«, sagte Macklin.

»Du weißt doch, wie Kinder sind.«

»Nein«, sagte Macklin. »Weiß ich nicht.«

Sie schwiegen wieder. Ein Ruderboot landete auf dem Kiesstrand zu ihrer Rechten und zwei Männer sprangen heraus, um das Boot an Land zu ziehen. Sie ließen das Boot zurück, nahmen die Riemen aber mit. Das Chris-Craft hatte aufgetankt und stach langsam wieder in See.

»Okay«, sagte Macklin schließlich. »Ich kann dir fünf Riesen vorschießen.«

»In bar«, sagte Costa.

»Was glaubst du denn? Meinst du, ich würd dir 'nen Scheck ausstellen?«

»Möchte nur alle Unklarheiten aus dem Weg räumen«, sagte Costa.

»Ich könnte in die Betreff-Zeile ja schreiben: *Vorschuss auf einen Raubzug*«, sagte Macklin.

»Hast du die Knete dabei?«

»Nein.«

»Wann kommst du damit rüber?«

»Du fährst mit dem Boot hoch …«, sagte Macklin, doch Costa schüttelte den Kopf, bevor er überhaupt aussprechen konnte, »… und ich bezahl dich, wenn du ankommst.«

»Das Boot und ich bleiben hier«, sagte Costa. »Bis ich die fünf Riesen habe.«

Macklin kannte Costa schon seit geraumer Zeit. Er war ein harter Hund und sah auch genauso aus: gedrungen, bullig, mit riesigen Pranken an seinen muskulösen Armen und einer Haut, die von einem Leben auf See dunkel gegerbt war. Wenn er sich einmal was in den Kopf gesetzt hatte, marschierte er wie ein Bulldozer los und ließ sich von nichts aufhalten – schon gar nicht vom Gesetz. Costa hatte vor Macklin keine Angst, wahrscheinlich nicht mal vor Crow. Man konnte nur sein Spiel mitspielen oder ihn umbringen, dachte Macklin, und er war noch nicht an dem Punkt, wo er ihn umbringen wollte.

»Montagmittag«, sagte Macklin.

»Mit dem Geld?«

»Mit dem Geld.«

»Gut«, sagte Costa.

»Bis wann kannst du hochkommen?«

»Nach Paradise?«

»Ja.«

»Wenn du mir Montag die Knete gibst, leg ich Dienstag früh ab. Werd durch den Kanal schippern.«

»Gut«, sagte Macklin.

Costa nickte. Er stieg aus dem Wagen aus und schloss die Tür. Macklin legte den Gang ein, rollte rückwärts aus der Parklücke, machte einen U-Turn und fuhr los. Im Rückspiegel sah er, dass sich Costa noch immer nicht bewegt hatte.

22

Copley Place war ein exklusiver Shopping-Komplex mitten in Boston und besaß ein Ambiente, das Jesse bereits aus all den schnieken Shopping-Malls kannte, die er in seinem Leben besucht hatte. Wer den Fuß in einen dieser Konsumtempel setzte, ging es ihm durch den Kopf, konnte sich eigentlich überall in der westlichen Zivilisation wähnen. Er war nun schon drei Stunden hier, trottete tapfer hinter Jenn her, trug ihre Einkaufstüten und kam sich fast wie ein Ehemann vor – ein Gefühl, das ihm nicht einmal unangenehm war. Aber er wusste, dass er früher oder später mit seinem dreckigen kleinen Geheimnis rausrücken musste – und hatte eine Heidenangst. Gewöhnlich hatte er seine Angst routiniert im Griff: Er wusste, sie war da, aber er ließ sich davon in seinem Verhalten nicht weiter beeinträchtigen. Diesmal war es, als würde die Angst ihn paralysieren.

»Du musst ja schwer Kohle verdienen«, sagte er.

Sie saßen an einem künstlichen Wasserfall, der sich neben dem Aufzug im ersten Stock befand.

»Ich bekomme vom Sender einen Kleidungszuschuss«, sagte Jenn, »und hab ihn noch nicht aufgebraucht. Wird dir langweilig?«

»Nein«, sagte Jesse. »Ich bin gern mit dir zusammen.«

Jenn lächelte, aber er hatte den Eindruck, als sei ihr Lächeln nicht so recht überzeugend. Sie schaute auf die Dekoration in einem der Schaufenster.

»Was hältst du von dem kleinen Anzug dort drüben?«, sagte sie. »Der mit den grauen Streifen.«

»Würde dir sicher gut stehen.« Er hielt den Atem an. »Ich hab dich neulich verfolgt, als du mit Tony Salt unterwegs warst.«

Jenn schaute weiterhin auf den Anzug mit den grauen Streifen, drehte dann aber langsam ihren Kopf zu ihm.

»Du hast mich verfolgt?«

»Genaugenommen hab ich dein Apartment überwacht. Hab gesehen, wie ihr kamt und wie er mit reinging.«

»Und?«

»Er blieb die Nacht da.«

Jenn lehnte sich auf der Bank zurück, starrte ihn aber immer noch an.

»Jesse«, sagte sie schließlich, »was … was zum Teufel fällt dir ein?«

Jesse biss die Zähne zusammen.

»Ich weiß es nicht«, sagte er. »Ich komm mir beschissen vor.«

Kein Zittern in seiner Stimme. Jenn starrte ihn noch immer an. Eine Frau mit zwei kleinen Kindern kam und ließ sie Cent-Stücke in den Brunnen werfen. Sie ging weiter, doch die Kinder wollten noch bleiben. Eine lautstarke Diskussion folgte. Die Kinder zeterten, doch die Mutter zog sie schließlich weg.

»Du … hast … das … Recht«, sagte Jesse langsam, »mit jedem … auszugehen … und … mit jedem … zu schlafen.«

»Exakt«, sagte Jenn. »Dieses Recht habe ich.«

»Ich weiß nicht, warum ich's getan habe«, sagte Jesse.

»Ich weiß nicht, warum du's mir erzählst«, sagte Jenn.

»Weil es die Wahrheit ist.«

»Muss ich denn immer die ganze Wahrheit wissen?«

»Weiß nicht«, sagte Jesse, »aber ich muss jedenfalls mit der ganzen Wahrheit raus.«

Jenn lächelte. »Zumindest wissen wir nun, dass es dein Problem ist und nicht meins«, sagte sie.

Jesse starrte auf den künstlichen Wasserfall, der geräuschlos im künstlichen Brunnen verschwand.

»Ich werd's nicht wieder tun«, sagte er schließlich.

Jenn konnte sehen, wie sich die Muskeln seines Unterkiefers verhärteten.

»Die Wahrheit sagen?«

Jesse schüttelte den Kopf.

»Das werd ich auch weiterhin machen«, sagte er. »Aber ich werd dir nicht mehr nachspionieren.«

»Warum musst du mir die Wahrheit erzählen, selbst wenn es eine unangenehme Wahrheit ist?«

Jesse schüttelte den Kopf, als wolle er nach durchzechter Nacht einen klaren Gedanken fassen. Jenn erinnerte sich daran, wie verbissen er sein konnte – was durchaus seine positiven Seiten hatte, aber nicht immer.

Noch einmal hakte sie nach: »Wo steht es geschrieben, dass du mir immer die Wahrheit sagen musst?«

»Ich mag keine Geheimnisse«, sagte Jesse.

Seine Stimme klang, als würde er die Worte einzeln durch den Mund pressen. Mein Gott, dachte Jenn, wie schwer ihm das alles fallen muss. Sie beugte sich vor und berührte seinen Arm.

»Es ist nicht leicht für dich, Jesse«, sagte sie. »Du kämpfst mit dem Alkohol und du kämpfst mit dieser Geschichte hier. Es muss schwer für dich sein.«

»Wenn ich diesen Kampf nicht gewinne, werde ich auch den Kampf gegen den Alkohol verlieren«, sagte Jesse – und wünschte, er hätte die Worte nicht gesagt, kaum dass er sie ausgesprochen hatte.

»Ich weiß, aber dabei kann ich dir nicht helfen«, sagte Jenn. »Ich kann nicht nur mit dir zusammenleben, um dich vom Alkohol abzuhalten.«

»Ich hätte es nicht sagen sollen. Und ich hätte dir auch nicht nachspionieren sollen.« Jesse lachte höhnisch. »Ich hab wohl gerade 'nen super Lauf.«

»So schlimm ist es auch nicht«, sagte Jenn.

»Es war dumm, dir nachzuspionieren«, sagte Jesse.

»Natürlich war es das, aber letztlich ändert es nichts an unserer Beziehung. Ich lass dich nicht fallen, nur weil du dich wie ein Idiot aufgeführt hast.«

Jesse nickte.

»Immerhin machst du inzwischen nicht mehr ständig einen Idioten aus dir«, sagte Jenn.

Jesse grinste ohne rechte Überzeugung.

»Ich bin mir nicht sicher, ob ich den Teil mit ›nicht mehr‹ besonders mag«, sagte er.

»Dann sagen wir's so: Du machst zumindest im Rahmen deiner Arbeit keinen Idioten mehr aus dir«, sagte Jenn.

Jesse nickte. »Genau deswegen arbeite ich auch.«

23

Als Macklin die Tür ihres Apartments öffnete, sprang ihn Faye geradezu an und umklammerte mit ihren Beinen seine Hüften. Sie trug einen Morgenmantel aus Seide und nichts darunter.

»Holla«, sagte Macklin. »Lass mich zumindest die Tür zumachen.«

Er hatte keine Probleme, sie in seinen Armen zu tragen.

Als sich ihre Lippen berührten, flüsterte sie: »Willkommen zu Hause. Wie wär's mit 'nem kleinen Fick?«

»Um ehrlich zu sein«, sagte Macklin, »ging mir gerade genau das Gleiche durch den Kopf.«

Sie drückte ihren Mund auf den seinen, während er sie zum Schlafzimmer trug und aufs Bett legte – und ließ ihn selbst dann noch nicht los.

»Faye«, sagte er und löste sich aus ihren Armen. »Ich sollte mir vielleicht erst die Klamotten ausziehen.«

»Dann mach aber schnell«, sagte sie und öffnete ihren Morgenmantel.

Sie war im Bett neugierig und experimentierfreudig und mochte es, ungewohnte Positionen zu testen. Wann immer sie von neuen Sex-Praktiken oder einem revolutionären Erotik-Spielzeug hörte, wollte sie es umgehend ausprobieren. Es gab irgendwie etwas Befreites, Gelöstes, Verspieltes in ihrer Sexualität – und Macklin hatte oft den Eindruck, als würde sie beim Sex lachen, auch wenn er wusste, dass das nicht der Fall war. Als sie mit ihrer Nummer durch waren, lagen sie nebeneinander im Bett und schauten auf ihr Spiegelbild an der Decke.

»Bist du jetzt für 'ne Weile entspannter?«, fragte Macklin.

»Aber nur für 'ne Weile«, sagte Faye. »Hast du Hunger?«

»Herrgott, Faye«, sagte Macklin. »Eins nach dem anderen. Lass mich erst mal ein bisschen ausruhen.«

»Das Abendessen steht bereit, wann immer du Lust hast.«

»Die leckere Vorspeise hast du ja schon serviert«, sagte Macklin.

»Hast du die Leute bekommen, die du haben wolltest?«

»Ja. An Crow lag mir am meisten. Ich hab JD für die elektrischen Sachen, Fran fürs Dynamit und Freddie Costa mit seinem Boot.«

»Das bedeutet, wir teilen durch fünf«, sagte Faye.

»Falls nicht einer von ihnen ausfällt«, sagte Macklin.

Sie schauten sich im Spiegel an der Decke an.

»Hältst du das denn für möglich?«

Macklin lächelte und zuckte mit den Schultern: »Wer weiß das schon?«

Noch immer schaute Faye ihn im Spiegel an. »Du bist ein gewissenloser Hund, Jimmy.«

»Nicht immer«, sagte Macklin und gab ihr einen Klaps auf die Hüfte.

»Nein«, sagte Faye. »Nicht immer.«

Sie legte ihren Kopf auf seine Schulter und schwieg. Faye wusste nur allzu gut einzuordnen, was es mit dem »nicht immer« auf sich hatte. Er liebte sie, liebte sie im Rahmen seiner Möglichkeiten, aber Jimmy war nicht gerade zu den großen Gefühlen fähig. Seine intensivsten Emotionen waren Anspannung und Langeweile – und sein ganzes Leben bestand eigentlich nur darin, das eine zu forcieren, um das andere zu verhindern. Was auch der Grund war, warum die Zeit im Knast für ihn absolut tödlich war. Sie wusste nicht, wie er im Knast mit der Langeweile umging, aber sie wusste, dass es das Risiko war, das seinem Leben überhaupt einen Sinn gab. Die Wahrscheinlichkeit war groß, dass er sich eines Tages übernehmen würde. Sie wusste auch, dass er es mit der sexuellen Treue nicht wirklich ernst nahm. Es hatte überhaupt nichts damit zu tun, ob er sie liebte oder nicht – was zählte, war allein der spontane Impuls und der Wunsch, eine Frau zu erobern. Sie hasste es, sich dieser Tatsache bewusst zu sein, aber sie hatte schon früh in ihrem Leben gelernt, dass man die Dinge so nehmen musste, wie sie kamen. Und sie wusste, dass sie ihn liebte, sie wusste, dass er sie nie verlassen würde – und versuchte, das Beste daraus zu machen. Als sie im Spiegel ihre beiden nackten Körper sah, dachte Faye, dass es wohl das ist, was das Leben überhaupt ausmacht: sich das zu nehmen, was realistisch ist, und dann das Optimum rauszuholen.

»Was gibt's denn zum Abendessen?«, fragte Macklin.

»Schweine-Eintopf mit Paprika«, sagte Faye. »Und ich hab einen großen Krug Sangria gemacht.«

»Faye«, sagte Macklin, »du bist einfach die Beste.«

Faye wusste, dass er's wirklich so meinte – auch wenn er nie sagen würde, dass sie die einzige Frau in seinem Leben sei.

»Ich weiß«, sagte Faye. »Bin ich.«

24

Jesses Büro platzte aus allen Nähten. Er selbst residierte hinter seinem Schreibtisch, während Nick Petrocelli, der neue Justizreferent von Paradise, zu seiner Rechten saß. Vor ihnen, in einem Halbkreis, die beiden Hopkins-Jungs, ihr Vater Charles, ihre Mutter Kay und ihr Anwalt Brendan Fogarty. Dahinter, in einem zweiten Halbkreis, hatten Carleton Jencks sr., Carleton Jencks jr., auch Snapper genannt, und ihre Anwältin Abby Taylor Platz genommen. Während er vorgab, sich an der Lippe zu kratzen, zeigte Earl Richtung Jesse den Stinkefinger. Er und Robbie grinsten sich an, während Snapper regungslos ins Nichts starrte.

»Wie Sie wissen, Stone«, sagte Fogarty, »und worauf ich Sie ja schon hingewiesen hatte, wird die Staatsanwaltschaft den Fall nicht weiterverfolgen, weil Ihre Ermittlungsmethoden einfach unsauber waren.«

Jesse verzog keine Miene und kippte seinen Drehstuhl leicht nach hinten. Er schaute Fogarty so an, wie er es mit den Gang-Mitgliedern in South Central praktiziert hatte: Es war die versteinerte Miene, die sich jeder Großstadt-Cop zulegte, wenn er erst einmal einen Monat Streife gefahren war. Petrocelli, ein dunkelhaariger junger Mann mit einem dicken, schwarzen Brillengestell, gab sich ebenso ungerührt und schaute gelangweilt durch das Seitenfenster in die Dämmerung hinaus. Jesse wusste noch nicht, was er von ihm halten sollte. Petrocelli hatte vor nicht allzu langer Zeit seinen Abschluss auf der Harvard Law School gemacht, kurzzeitig als Staatsanwalt in Suffolk County gearbeitet und dann für eine große Bostoner Firma als Anwalt. Er war nach Paradise gezogen und hatte sich als freiwilliger, unbezahlter Justizreferent in den Stadtrat wählen lassen, nachdem Abby dort ausgeschieden war. Jesse war sich ziemlich sicher, dass er noch keine 30 Jahre alt war. In seinem Auftreten schwang eine Spur elitäre Hochnäsigkeit mit, und bei den wenigen Anlässen, bei denen Jesse mit ihm zu tun hatte, schien er von seinem Job gelangweilt und unterfordert zu sein. Jesse bemerkte, dass ihn Fogarty mit kaum verhülltem Spott taxierte. Selbst Abby, die gewöhnlich der Inbegriff von Korrektheit war – von intimen Situationen abgesehen, die nur Jesse vertraut waren –, schien Petrocelli mit Achtlosigkeit zu strafen. Andererseits, dachte Jesse, hatte der Bursche vielleicht mehr drauf, als man es auf den ersten Blick annehmen konnte.

»Und«, fuhr Fogarty fort, »es ist die gleiche illegitime Behandlung dieser Jungs, die uns heute hier zusammengebracht hat. Wir beabsichtigen, Sie zu verklagen – auf unrechtmäßige Inhaftierung und Freiheitsberaubung.«

Jesse wandte seinen Blick kurz von Fogarty und schaute zu Abby hinüber. Sie nickte.

»Wir schließen uns dieser Klage an, Jesse«, sagte sie.

Jesse sagte nichts. Seine Augen waren wieder auf Fogarty fixiert.

»Haben Sie irgendetwas zu sagen?«, fragte Fogarty.

Jesse schaute zu Petrocelli hinüber.

»Nick?«

»Wir leben in Amerika, Jesse. Du kannst sagen, was du willst.«

Jesse nickte, als sei es ein bemerkenswert weiser Rat. Er nickte noch immer, als er die Anwesenden einzeln ins Visier nahm.

»Aus welchem Grund sind Sie hier?«, fragte er.

»Ich habe Ihnen schon gesagt …«, hob Fogarty an.

Jesse unterbrach ihn. »Niemand ist deswegen hier. Es hätte gereicht, wenn Sie mir diesbezüglich die schriftlichen Unterlagen zugestellt hätten. Also: Warum sind Sie hier?«

»Nun«, sagte Kay Hopkins, »ich kann Ihnen genau sagen, warum ich hier bin.«

»Kay …«, raunte ihr Ehemann.

»Ich lass mir von dir nicht über den Mund fahren«, ereiferte sie sich. »Ich bin gekommen, um dem Mann in die Augen zu sehen, der zwei kleine Kinder misshandelt hat.«

»Misshandelt?«, sagte Jesse.

»Unrechtmäßig verhaftet, unrechtmäßig inhaftiert,

grundlos schikaniert und zu Tode verschreckt – wie würden Sie das denn nennen?«

»Hab ich euch Jungs erschreckt?«, sagte Jesse zu den Hopkins-Kindern.

»Aber sicher«, sagte Earl. »Wir waren zu Tode erschrocken, oder nicht, Robbie?«

»Zu Tode erschrocken«, wiederholte Robbie und konnte sich das Kichern nicht verkneifen.

Jesse nickte und schaute ihre Mutter an.

»Unterstehen Sie sich, mit ihnen zu sprechen«, sagte sie.

»Wenn sie nicht den Mund aufmachen sollen – warum haben Sie sie dann überhaupt mitgebracht?«

»Ich wollte, dass sie aus erster Hand lernen, dass unser Rechtssystem funktioniert. Dass sie Eltern haben, die für dieses Recht aufstehen und eintreten. Dass die Brutalität der Polizei völlig inakzeptabel ist.«

»Sehen Sie das genauso?«, fragte Jesse Charles Hopkins.

»Ich glaube, dass meine Söhne schlecht behandelt wurden«, sagte Hopkins. »Ich möchte, dass ihnen Recht widerfährt.«

»Wie sieht's mit dir aus, Jencks?«

»Ich hab mir noch kein Urteil gebildet, warum ich hier bin«, sagte Jencks. »Ich höre zu.«

Jesse lehnte sich in seinem Stuhl ein Stück weiter zurück. Petrocelli schien fast eingeschlafen zu sein. Er hatte einen Ellbogen auf Jesses Schreibtisch gelegt, stützte sein Kinn mit der Faust ab und schien ins Leere zu starren. Jesse schaute sich noch einmal die Eltern an. Charles Hopkins trug Krawatte und einen gut sitzenden

Anzug. Er war ein schlanker, aber unsportlich wirkender Mann, der seine Haare auf der linken Seite gescheitelt hatte, sie dann aber nach rechts kämmte, um seine Glatze zu verbergen. Seine Frau trug einen schicken Businessanzug, war aber so übergewichtig, dass die Hose an ihren Hüften ausbeulte. Sie hatte reichlich blondes Haar, dick aufgetragenen Lidschatten und einen harten Mund. Snappers Vater war ein schwergewichtiger Mann mit kräftigen Händen, einem Stiernacken und kurz geschorenen Haaren. Er trug Stiefel, Khakis und ein kurzärmliges weißes Hemd, das am Kragen offen war. Seine Unterarme waren muskulös und offensichtlich harte Arbeit gewohnt.

»Was habt ihr Jungs also bisher gelernt?«, fragte Jesse.

»Dass Sie uns nicht einfach rumkommandieren können – und dann meinen, Sie kämen ungeschoren aus der Nummer raus«, sagte Earl.

»Genau das hab ich auch gelernt«, fügte Robbie hinzu.

Jesse schaute zu den Eltern.

»Reicht Ihnen das?«, fragte er.

»Nein«, sagte Kay Hopkins. »Ich verlange, dass Sie sich bei den Jungen entschuldigen.«

»Mrs. Hopkins«, sagte Fogarty und streckte einen Arm aus, als wolle er sie in Schach halten.

»Wir haben Sie engagiert, Fogarty«, sagte Kay Hopkins, »und nicht umgekehrt. Ich rede, wann immer ich reden will.«

»Mrs. Hopkins, als Ihr Anwalt …«

»Nun seien Sie schon still. Stone, sind Sie bereit, sich zu entschuldigen?«

»Ich bin bereit, zu reden«, sagte Jesse. »Wenn man mir nicht ständig ins Wort fällt.«

Carleton Jencks meldete sich zu Wort. »Ich möchte hören, was er zu sagen hat.«

Er besaß eine tiefe Stimme und verbreitete eine natürliche Autorität.

»Gibt es sonst noch jemanden, der etwas zu sagen hat?«, fragte Jesse. »Ich mag es nicht, ständig unterbrochen zu werden.«

Er schaute in die Runde, doch niemand rührte sich. Draußen war es inzwischen dunkel geworden.

»Okay, dann sage ich Ihnen mal, was ich weiß. Ich weiß, dass es zwei unfassbar nette Typen gibt, die zufrieden und glücklich lebten und sich in ihrem hübschen Haus unfassbar wohlfühlten – bis diese drei Jungs kamen und es grundlos abfackelten.«

»Das können Sie nicht beweisen«, sagte Kay.

»Hab auch nicht behauptet, dass ich das kann«, antwortete Jesse. »Ich hab nur gesagt, dass ich es weiß. Robbie hat es mir erzählt.«

Jesse lehnte sich über seinen Schreibtisch und drückte die Taste des Tonbandgerätes.

»*Nein!*« Es war eindeutig Robbies Stimme. *»Nein, ich war nicht mal im Haus. Ich stand doch draußen nur Wache.«*

»Tatsächlich? Wer hat denn das Feuer gelegt?«

»Ich weiß es nicht. Ich war ja nicht mal in dem Haus. Earl hatte den Benzinkanister.«

»Du behauptest also, dass er und Snapper im Haus waren.«

»Snapper erzählte uns, dass er ein offenes Fenster ent-

deckt habe, eingestiegen sei und dann die Wände im Wohnzimmer besprayt habe. Earl hat das Benzin von meinem Vater geklaut, der's für den Rasenmäher benutzt. Er und Snapper befahlen mir, draußen Wache zu schieben, und gingen dann ins Haus.«

»Durchs Fenster?«

»Nein, Snapper hatte die Tür von innen geöffnet.«

»Und ihr gingt rein und habt den Laden abgefackelt.«

»Nein!« Robbies panische Stimme wirkte in Jesses überfülltem Büro beklemmend. *»Nein, ich nicht! Earl und Snapper haben das Feuer gelegt.«*

Jesse beugte sich nach vorne und schaltete das Aufnahmegerät ab.

»Scheiß Petzer«, zischte Snapper.

»Er lügt wie gedruckt«, sagte Earl. »Wichser.«

Carleton Jenks legte eine Hand aufs Knie seines Sohnes.

»Wir sind hier, um zuzuhören«, sagte er bedächtig, »nicht, um Reden zu schwingen.«

»Das ist kein zulässiges Beweismaterial«, sagte Kay Hopkins. »Sie haben ihn nur durch Einschüchterung zu dieser Aussage bewegt.«

»Kay«, mahnte Fogarty.

»Halten Sie den Mund«, fauchte Kay zurück.

»Du warst also gar nicht im Haus?«, sagte Jesse zu Earl.

»Nein.«

Jesse seufzte, spulte das Aufnahmegerät ein Stück nach vorne und drückte die PLAY-Taste.

»Snapper hat mich dazu gezwungen«, hörte man Earls schluchzende Stimme. *»Wir wollten uns im Haus nur*

mal umsehen, und als wir erst einmal drin waren, zwang mich Snapper, ihm zu helfen.«

»Hören Sie auf damit«, sagte Kay Hopkins. »Halten Sie das Band an.«

Jesse lehnte sich wieder nach vorne und drückte auf Stopp.

Kay Hopkins war blass im Gesicht, ihre Schultern schienen leicht zu zittern. Nick Petrocelli hatte seine Füße auf die Fensterbank gelegt und die Augen geschlossen.

»Ich hab das nie gesagt«, sagte Earl.

»Hast du wohl, du Lügner«, sagte Robbie.

»Du bist der Lügner«, sagte Earl.

Kay Hopkins drehte sich um und ohrfeigte den Sohn, der ihr am nächsten saß. Es war Earl. Tränen schossen in seine Augen. Sein Gesicht rötete sich.

»Kay!«, rief ihr Ehemann.

»Ihr Miststücke«, schnauzte sie ihre Söhne an. »Seht ihr, zu was ihr mich treibt? Macht es euch Spaß, mich in diesem Zustand zu sehen?«

»Um Gottes willen, Kay!« Fogarty schrie schon fast. »Halten Sie augenblicklich Ihren Mund.«

Sie wirbelte in ihrem Stuhl herum, als wolle sie ihm auch eine Ohrfeige verpassen. Ihr Mann stand auf und legte seine Hände auf ihre Schultern. Hoffentlich hat sie nicht auch noch eine Waffe dabei, ging es Jesse durch den Kopf.

»Mrs. Hopkins«, sagte Jesse, »entweder Sie kriegen sich wieder in den Griff, oder aber ich muss Sie wegen einer Tätlichkeit an einem Minderjährigen verhaften.«

Kay würdigte ihn keines Blickes. Sie drehte ihre

Schultern, um die Hände ihres Mannes abzuschütteln, und schaute zu Abby Taylor.

»Verdammt noch mal, was ist mit Ihnen? Sie sind schließlich eine Frau.«

»Ich glaube, Sie sollten sich beruhigen, Mrs. Hopkins, und Ihren Anwalt sprechen lassen. Ich kenne Chief Stone. Er wird genau das tun, was er gesagt hat.«

Petrocelli, der halb liegend auf seinem Stuhl am Fenster hing, regte sich. Er öffnete die Augen und schob die Brille auf seiner Nase zurück.

»Sie werden vermutlich ahnen, Brendan«, sagte er mit einem unverkennbaren New Yorker Akzent an Fogartys Adresse, »was die Grundzüge unserer Verteidigung sein werden, sollten Sie Ihre Klage wegen unrechtmäßiger Inhaftierung tatsächlich einreichen wollen.«

»Spannen Sie mich nicht auf die Folter, Nick.«

»Ungeachtet der rechtlichen Rahmenbedingungen dieses Falles liefert dieses Tonband eindeutiges Beweismaterial, dass Chief Stone und die Polizei von Paradise ausreichend Grund hatten, die Jungs zu verhaften.«

»Was hat das zu bedeuten?«, fragte Kay Hopkins.

»Es hat zu bedeuten, dass er aller Voraussicht nach dieses Tonband dem Gericht vorspielen kann«, sagte Fogarty.

»Darf er das denn?«

»Vermutlich«, sagte Fogarty. »Abby?«

»Ich stimme Ihrer Einschätzung zu«, sagte Abby Taylor.

»Aber Sie können deswegen den Jungs nicht den Prozess machen«, sagte Jencks.

»Nein«, sagte Abby.

Jencks nickte und schaute Jesse an.

»Okay. Mein Sohn und ich ziehen die Klage wegen unrechtmäßiger Inhaftierung zurück.«

Jesse nickte. Jencks sah seinen Sohn an.

»Bei deinem Versuch, ein harter Bursche zu sein, bist du wohl etwas übers Ziel hinausgeschossen«, sagte er. »Wir werden uns darüber noch zu Hause unterhalten.«

»Du bist doch auch ein harter Bursche«, sagte Snapper.

»Vielleicht zu hart«, sagte Jencks. »Auch darüber werden wir uns unterhalten müssen.«

Er stand auf.

»Können wir gehen?«

Jesse nickte erneut. Jencks nahm seinen Sohn am Arm und zog ihn vom Stuhl hoch. Snapper leistete keinen Widerstand. Die väterliche Hand schien ihn auf den Boden der Realität zu bringen.

»Komm, Snap«, sagte Jencks – und sie verließen das Büro, ohne Kay und Charles Hopkins noch einmal anzusehen.

»Ich versteh nicht, warum ihr euch überhaupt mit so einem Jungen abgebt«, sagte Kay. »Keine Mutter, und der Vater arbeitet den ganzen Tag. Kein Wunder, dass er auf die schiefe Bahn gerät.«

»Mrs. Hopkins«, sagte Jesse. »Snapper hat sicher seine Probleme, aber zumindest hat er Rückgrat. Er hat Ihre Söhne nie verpfiffen, und als sie ihm die Sache angehängt haben, hat er es nicht abgestritten.«

»Und?«

»Es sind Ihre eigenen Kinder, die auf der schiefen

Bahn sind. Sie sind die eigentlichen Kriminellen. Sie haben das Haus dieses Paares angesteckt, weil das Paar schwul ist – falls sie überhaupt verstehen, was Schwulsein wirklich bedeutet. Beide wollten sie die Tat nicht zugeben – sie schoben es lieber Snapper in die Schuhe. Oder sich gegenseitig. Von Ehrgefühl oder Loyalität ist da nicht viel zu spüren. Und schon gar nicht von Stolz.«

»Halten Sie mir gefälligst keine Vorträge über meine Kinder«, sagte Kay.

»Der Vortrag ist beendet. Aber eine Warnung möchte ich trotzdem noch aussprechen: Wir werden von nun an ein Auge auf Ihre Jungs werfen. Sollten sie noch einmal mit dem Gesetz in Konflikt geraten, werden wir alles daransetzen, dass sie die höchstmögliche Strafe bekommen.«

»Und ich werde Sie zur Verantwortung ziehen, sollten Sie meine Kinder weiterhin schikanieren.«

»Ich glaube, Sie sollten Ihre Energie sinnvoller dafür verwenden, Ihren Kindern irgendwie zu helfen, Ma'am.«

Für einen Augenblick war es still. Dann meldete sich Petrocelli wieder zu Wort.

»Also«, sagte er, »wollen Sie nun Klage einreichen oder nicht?«

Fogarty schaute zu seinen Klienten. »Ihre Entscheidung«, sagte er.

Kay Hopkins sagte: »Sie sind doch der verdammte Anwalt, Brendan. Wofür bezahlen wir Sie überhaupt?«

»Ich bezahle ihn«, sagte Charles Hopkins. »Nein, wir werden keine Klage einreichen.«

»Dann sehe ich keinen Grund, warum wir uns noch

länger hier aufhalten sollten«, sagte Fogarty und stand auf. »Kann ich Sie im Auto mitnehmen, Abby?«

»Danke. Ich bleib noch ’ne Minute, um mit Nick und Chief Stone zu sprechen.«

»Okay.«

Fogarty schaute zu seinen Klienten.

»Wir sollten gehen«, sagte er.

Charles und Kay Hopkins und ihre Söhne standen auf und verließen wortlos das Zimmer. Fogarty nickte Petrocelli zu, dann Jesse – und schloss die Tür hinter sich.

25

»Wir brauchen mehr Kleingeld für die laufenden Ausgaben«, sagte Macklin.

»An wie viel hast du denn gedacht?«, fragte Crow.

»Wir haben ’ne Menge hungriger Mäuler zu stopfen«, sagte Macklin, »deins eingeschlossen. Aber wir brauchen einfach noch etwas Zeit für die Vorbereitungen. 20 oder 25 Riesen sollten es schon sein.«

»Und, hast du ’ne schlaue Idee?«, sagte Crow.

»Fehlanzeige. Aber du bist doch der Mann mit dem Brecheisen. Kannst du nicht einen kleinen Bruch machen und uns was besorgen?«

Als Crow lächelte, bildeten sich senkrechte Falten an seinen Mundwinkeln. »Kleine Scheine?«, sagte er.

»Wär nicht übel«, sagte Macklin.

»Ich schau mal, was sich machen lässt«, sagte Crow.

Nachdem Crow das Apartment verlassen hatte, ging

Macklin zur Küche, wo Faye Kaffee und Himbeertorte angerichtet hatte.

»Glaubst du wirklich, dass er Geld auftreiben kann?«, fragte sie.

»Klar. Crow ist der Beste.«

»Ich dachte, das wärst du, Jimmy?«

»Nun ja, bin ich auch, aber Crow hält sich nun mal für diesen unerbittlichen Apachen auf dem Kriegspfad.«

»Ist er Apache?«

»Weiß der Teufel«, sagte Macklin. »Er behauptet es jedenfalls.«

»Ich mag ihn nicht«, sagte Faye.

»Faye, niemand auf der ganzen verdammten Welt mag Crow, aber er macht einen super Job und hält Wort.«

»Hat er irgendjemanden?«, fragte Faye.

»So was wie eine Frau oder Freundin?«

»Genau.«

»Keine Ahnung«, sagte Macklin. »Ich weiß nichts über Crow – nur, wozu er in der Lage ist.«

»Menschen zu töten.«

Macklin nickte.

»Er kann dich mit seinen bloßen Händen umbringen, mit einem Gewehr, einem Messer, einer Axt, einem Knüppel, einem Seil, einem Stein, ja selbst einer Socke, die mit Sand gefüllt ist. Er kann dich zu Tode treten, kann dich aus 20 Metern mit dem Messer ins Jenseits schicken, aus 50 Metern mit der Pistole und aus 500 mit dem Gewehr. Er erwischt dich mit Pfeil und Bogen und vermutlich sogar mit einem Speer.«

»Gibt ihm das einen Kick?«, fragte Faye.

»Zumindest kriegt er keine Gewissensbisse«, sagte Macklin.

»Genauso wenig wie du.«

»Stimmt schon, aber er ist anders als ich. Ich hab Jungs gesehen, die wirklich einen Kick dabei kriegen, die sich einen runterholen, wenn sie jemanden umbringen. So einer ist er auch nicht. Er hat halt diese Kriegermentalität: Er macht es, weil er nun mal so ist, wie er ist.«

Macklin schnitt ein weiteres Stück Torte ab und legte es auf seinen Teller. Faye schüttete ihm Kaffee nach.

»Hast du Angst vor ihm?«, fragte sie.

Macklin schaute überrascht.

»Ich? Nein. Du kennst mich doch, Faye. Mir geht alles am Arsch vorbei. Weshalb sollte ich Angst haben?«

Faye lächelte und nickte. Sie hatte nur einen Bissen von der Torte gegessen.

»Was geht dir eigentlich nicht am Arsch vorbei, Jimmy? Ich kenn dich nun schon seit Kindesbeinen und weiß noch immer nicht, ob's überhaupt etwas gibt.«

»Dich zum Beispiel, Faye. Isst du den Kuchen nicht mehr?«

Sie schüttelte den Kopf und Macklin zog sich ihren Teller herüber.

»Das stimmt«, sagte sie. »Wirklich.«

»Es gibt nichts, was mir mehr am Herzen liegt.«

»Geld«, sagte Faye.

»Klar«, sagte Macklin.

»Obwohl das eigentlich auch nicht zutrifft«, sagte Faye. Sie trank einen Schluck Kaffee, hielt die Tasse in beiden Händen vor ihrem Mund und schaute über den

Rand zu Macklin hinüber. »Letztlich ist es nicht mal das Geld.«

»Geld ist schon nicht übel«, sagte Macklin. »Haben wir noch Käse?«

»Im Kühlschrank. Im Seitenfach.«

Macklin stand auf und holte sich den Käse.

»Was du wirklich magst, ist, Geld zu stehlen«, sagte Faye.

»Wenn ich's verdienen müsste, wären wir arm wie eine Kirchenmaus«, sagte Macklin.

»Das glaub ich zwar nicht, aber darum geht's nicht. Du willst es ja gar nicht verdienen. Dafür liebst du dieses Spiel zu sehr: einen Coup zu planen, eine Crew zusammenzustellen, Lagepläne anzufertigen, Waffen zu besorgen – und dann Geld zu stehlen, damit wir über die Runden kommen. Das ist es doch, was dir den größten Kick gibt.«

»Nein«, sagte Macklin, »du bist mir wichtiger als alles andere auf der Welt.«

»Wenn ich dich bitten würde, deine Raubzüge aufzugeben – würdest du's tun?«

Macklin legte seine Gabel auf den Teller und saß für einen Moment schweigend am Tisch.

»Ja«, sagte er schließlich.

Faye ließ sich mit ihrer Antwort noch mehr Zeit.

Dann sagte sie: »Aber … ich werd dich nicht darum bitten.«

26

»Souverän«, sagte Abby, als sie allein in Jesses Büro saßen. »Woher wusstest du, dass sie so ein Dummkopf ist?«

»Wenn man sich ihre Kinder anschaut, konnte man mit ziemlicher Sicherheit davon ausgehen, dass zumindest einer der Eltern ein Dummkopf ist«, sagte Jesse.

»Selbst wenn sie nicht so bescheuert wäre, hätten wir schon einen Weg gefunden, ihnen das Tonband vorzuspielen«, sagte Petrocelli. »Sie hätten so oder so die Klage zurückgezogen, nachdem sie die Aufnahme mit ihren Kindern gehört hatten.«

»Was hältst du von den Kindern?«, fragte Abby.

»Snapper hat vielleicht eine Chance«, sagte Jesse. »Denken Canton und Brown eigentlich noch immer an eine Zivilklage?«

»Ja. Vielen Dank übrigens für die Vermittlung«, sagte Abby. »Ich habe sie an eine Anwältin bei ›Cone, Oakes‹ weiterempfohlen.«

Petrocelli nahm seine Füße von der Fensterbank und drehte sich langsam in seinem Stuhl. Er hatte sich so weit zurückgelehnt, wie es der Drehstuhl erlaubte, und berührte mit seinen Zehenspitzen nur knapp den Boden.

»Glauben Sie, dass sie wirklich klagen werden?«, fragte Petrocelli und blickte an seiner Nase entlang ins Leere.

»Als ich mit ihnen sprach«, sagte Jesse, »waren sie jedenfalls auf 180.«

»Dann wird das Tonband vielleicht doch noch in einem Prozess Verwendung finden«, sagte Petrocelli. »Zu welcher Anwältin haben Sie sie geschickt?«

»Die Frau heißt Rita Fiore«, sagte Abby.

»War mal Staatsanwältin«, sagte Petrocelli. »South Shore?«

»Genau. Norfolk County. Kennen Sie sie?«

»Hat mir vor zwei Jahren einmal den Hosenboden stramm gezogen«, sagte Petrocelli. »Sie hat mehr Haare auf den Zähnen als Jesse.«

»Niemand kann in diesem Punkt Jesse das Wasser reichen«, sagte Abby.

»Glauben Sie, dass das Band in einem Zivilprozess zugelassen wird?«, fragte Jesse.

»Die Zulassungsbeschränkungen sehen dort etwas anders aus«, sagte Petrocelli, »aber wenn jemand das Tonband als Beweismaterial durchboxen kann, dann Rita.«

Sie schwiegen. Niemand konnte sich aufraffen, nach Hause zu gehen. Sie hingen in ihren Stühlen wie Sportler nach einem Match. Jesse stand auf, holte drei Plastikbecher vom Wasserspender und stellte sie auf den Schreibtisch. Er setzte sich, holte eine Flasche »Black Bush« aus einem Schreibtischfach und schüttete ein. Er drückte Abby einen Becher in die Hand, dann Petrocelli. Alle drei nippten an ihren Drinks.

»Ich kenn dich nun wirklich gut, Jesse«, sagte Abby.

»Davon hab ich auch schon gehört«, sagte Petrocelli.

Abby wurde rot und lachte, fuhr dann aber fort: »Dir muss doch bewusst gewesen sein, dass du drauf und dran warst, die Beweislage zu vermasseln.«

»Kann ich davon ausgehen, dass wir hier vertraulich sprechen?«, fragte Jesse.

»Im Moment sind wir drei Freunde, die sich unterhalten«, sagte Abby. »Ich wundere mich, dass du überhaupt fragst.«

»Ich wusste, dass die Jungs die Täter waren, hätte es vor Gericht aber nicht beweisen können. Ich musste sie irgendwie dazu bringen, ein Geständnis abzulegen.«

»Und du hast jedem das Gefühl gegeben, der andere habe gepetzt«, sagte Abby.

»In der Schule nennt man es petzen«, sagte Petrocelli. »Bei der Polizei heißt es verpfeifen.«

»Es ist ein alter Trick, den jeder Cop kennt, und wenn die Kids ein wenig älter und smarter gewesen wären, wären sie auch nicht drauf reingefallen. Snapper ist nicht drauf reingefallen und beim nächsten Mal werden auch die Hopkins-Jungs etwas schlauer sein.«

»Gibt's denn ein nächstes Mal?«, fragte Abby.

»Nur, wenn sie nach diesem Weckruf nicht die Kurve kriegen.«

»Glaubst du daran?«, fragte Abby.

»Nein.«

»Und du kannst ihnen auch nicht helfen?«

»Nein.«

»Er hat alles getan, was er tun konnte«, sagte Petrocelli.

»Klar«, sagte Abby, »und genau deswegen hast du ja auch diesen Weg eingeschlagen: Du wusstest, dass du sie wahrscheinlich nicht vor Gericht zerren konntest, aber dass du mit dem Tonband und ihrem Geständnis vielleicht die Eltern aufschrecken würdest.«

»Ich wollte vor allem eines nicht: dass sie ein Haus

abfackeln und meinen, sie kämen ungeschoren davon«, sagte Jesse.

»Es musste Konsequenzen geben«, sagte Petrocelli, »und mit seinem Vorgehen hat er die Möglichkeit dazu überhaupt erst geschaffen.«

Sie alle dachten darüber nach, während sie an ihrem Whiskey nippten.

»Du hast ein bisschen mehr drauf, als ich zuerst gedacht hatte«, sagte Abby schließlich. »Ich dachte, du wärst nur ein harter Bursche mit einer Ex im Gepäck.«

Jesse nickte. »Die Ex hab ich immer noch«, sagte er.

»Und als letztes Jahr diese Geschichte mit Jo Jo und den Horsemen passierte …« Sie hielt inne und nahm noch einen weiteren Schluck. »Ich hatte die Hosen gestrichen voll.«

Jesse nickte. Es war still im Raum. Petrocelli begutachtete den Boden zu seinen Füßen.

»Es gab 'ne Menge Sachen, die einem Angst machen konnten«, sagte Jesse.

»Vor allem dir.«

»Gehört nun mal mit zum Job«, sagte Jesse.

Abby schaute Petrocelli an. »Haben Sie sich schon mal gefragt, ob er mehr als einen Satz am Stück herausbringen kann?«, fragte sie.

»Ich mag es, wenn sich meine Klienten kurz fassen«, sagte Petrocelli. »Wollten Sie ihm gerade durch die Blume sagen, dass Sie im letzten Jahr einen Fehler begangen haben?«

»Ich wollte mich dafür entschuldigen, ihn falsch eingeschätzt zu haben«, sagte Abby.

Petrocelli grinste und drehte sich leicht zu Jesse herum. »Die ehrenwerte Anwältin will sagen …«, begann er.

»Ich hab sie schon verstanden«, sagte Jesse. Er schaute zu Abby. »Keine Entschuldigung notwendig. Ich bin nun mal ein harter Bursche mit einer Ex.«

»Vielleicht«, sagte Abby.

Und wieder waren sie für eine Weile still, nippten im hell erleuchteten Büro an ihrem Whiskey, bevor sie sich endlich aufrafften und ins Dunkel der Nacht hinausgingen.

27

Crow saß in einer der hinteren Sitznischen eines China-Restaurants auf der Tyler Street. Ihm gegenüber befand sich ein aalglatter Chinese, der angeblich Bo hieß. Bo trug einen silbergrauen Anzug und ein schwarzes Seidenhemd, das bis zum Kragen zugeknöpft war. Hinter der Sitznische stand ein bulliger Chinese an der Wand.

»Du Portugale?«, fragte Bo.

»Apache.«

Bo schaute überrascht.

»Indianer«, sagte Crow. »Ureinwohner Amerikas.«

»Ah«, sagte Bo. »Huren sagen zu Zuhälter, dass du Kilo kaufen willst. Zuhälter sagt es jemand, jemand sagt es mir.«

»So ist es«, sagte Crow.

»Was dagegen, wenn wir untersuchen dich?«

Crow lächelte, stand auf und streckte die Arme aus.

Der bullige Chinese trat an den Tisch, tastete Crow sorgfältig ab und sagte dann etwas auf Chinesisch.

»Du tragen Waffe«, sagte Bo.

»Richtig«, sagte Crow.

Bo zuckte mit den Schultern.

»Kein Problem«, sagte er. »Du haben Geld?«

»Nicht dabei«, sagte Crow.

»Wie du kaufen? Ohne Geld?«

»Hast du das Koks?«, fragte Crow.

Bo lächelte. »Nicht dabei«, sagte er.

»Wie du verkaufen? Ohne Koks?«, sagte Crow.

Bo zuckte mit den Schultern.

»Warum du kommen?«

»Dachte mir, ich könnte einen Blick auf die Ware werfen«, sagte Crow. »Wenn's mir gefällt, kann ich das Geld klarmachen.«

»Du wollen anschauen Koks?«

»Genau.«

»Dann du geben Waffe an Vong«, sagte Bo.

»Kein Problem«, sagte Crow.

Er nahm seine 9 mm Glock von der Hüfte und reichte sie Vong, Kolben voraus. Vong nahm sie und steckte sie in seine Jackentasche.

»Wir gehen«, sagte Bo.

Er verließ das Lokal durch den Vordereingang. Crow folgte ihm, seinerseits gefolgt von Vong. Nebenan war ein Parkplatz. Bo ging zu einem alten Dodge Kombi mit chinesischen Schriftzeichen. Darunter, offensichtlich mit der Hand geschrieben, standen die Worte BESTES OBST UND GEMÜSE. Bo schloss die Hintertür auf, kletterte hinein, schob einige Kisten hin und her und fischte dann eine braune Sporttasche mit grauer Schrift heraus. Er zog sie am Tragegurt zum Ende der Ladefläche und öffnete sie. Im Inneren befanden sich mehrere Kilo eines weißen Pulvers in durchsichtigen Plastikbeuteln.

»Lass mich mal testen«, sagte Crow.

Bo öffnete den Verschluss einer Tüte und Crow entnahm eine Probe.

»Ist schon reichlich gestreckt«, sagte er.

»Sicher, aber ist guter Stoff. Nicht Cut, der …« Bo rollte mit den Augen und tat so, als würde er zu Boden stürzen.

»Hoffen wir's.«

Crow nahm den Beutel und verschloss ihn wieder. Er machte eine halbe Körperdrehung und schlug seine Hacke in Vongs Unterleib. Als Vong sich nach vorne beugte, griff er mit beiden Händen Vongs Genick, machte eine blitzschnelle Bewegung und brach es blitzschnell. Alles ging so schnell, dass Bo gerade einmal halb aus dem Kombi geklettert war, als Crow nach seinen Haaren griff, ihn vollends herauszerrte und seinen Kopf gegen die Stoßstange donnerte. Kopfüber fiel Bo auf den Asphalt. Ohne sich sonderlich zu beeilen, ging Crow zu Vongs Körper und holte sich die Glock aus Vongs Jackett. Er schoss Vong einmal zwischen die bereits leblosen Augen, ging dann zu Bo und jagte ihm eine Kugel in den Hinterkopf. Er legte die Tüte mit Kokain wieder in die Tasche, schloss den Reißverschluss, griff sich die Tasche und ging zum Ausgang des Parkplatzes. In einem Häuschen stand ein Parkplatzwärter, ein schmaler Farbiger mit Rastalocken. Er warf sich zu Boden und versuchte sich zu verstecken. Crow ging zu dem Häuschen und schoss ihm in den Kopf. Er steckte seinen Revolver wieder in das Holster und ging über die Tyler Street zur Kneeland Street, die braune Sporttasche über der Schulter.

28

Jesse stand im News-Studio von Channel 3 und beobachtete Jenn, wie sie fachmännisch Isobaren, heranziehende Tiefdruckgebiete und andere Phänomene erklärte, von denen sie – Jesse war sich sicher – nicht den blassesten Schimmer hatte. Wie ein alter Profi stand sie da vor dem blauen Backdrop und machte ausholende Handbewegungen. Jesse wusste, dass die Fernsehzuschauer statt der blauen Wand dort eine Wetterkarte sehen würden, verstand aber nicht, wie das funktionierte. Interessierte ihn allerdings auch nicht.

Der Regisseur gab ihr das Zeichen für den Kamerawechsel.

»Und damit zurück zu dir, Tony«, sagte Jenn.

Als der Kopf von Tony Salt auf den Monitoren erschien, ging Jenn an den Kameras vorbei auf ihn zu, legte aber ihren Zeigefinger auf die Lippen. Sie stellte sich neben ihn und gab ihm mit der Hüfte einen kleinen Schubs. Sie warteten schweigend bis zum Beginn des Werbeblocks, dann führte sie ihn durch die schwere Studiotür auf den Gang hinaus.

»Hi«, sagte sie.

»Ein Tiefdruckgebiet dominiert unsere Wetterlage?«, sagte Jesse.

Jenn lächelte.

»Sie schreiben es – ich lese es ab«, sagte sie und stellte sich auf die Zehenspitzen, um ihm einen flüchtigen Kuss auf die Lippen zu drücken. »Wo wollen wir essen?«

»Kannst du entscheiden«, sagte Jesse. »Ich tendiere zu Pizza.«

»Weißt du, worauf ich Appetit hätte?«, sagte Jenn. »Die frittierten Muscheln in dem kleinen Restaurant am Hafen.«

»Das ‚Gray Gull'«, sagte Jesse.

»Genau. Würd es dir was ausmachen, den ganzen Weg zurückzufahren?«

»Überhaupt kein Problem«, sagte Jesse.

»Prima. Ich hol nur schnell meine Tasche. Bin gleich zurück. Beweg dich nicht vom Fleck.«

Als ob mir das je in den Sinn kommen würde, dachte Jesse.

Es machte ihm auch nichts aus, die 45 Minuten zurück nach Paradise zu fahren. Er wäre allein mit ihr. Jenn würde sich seitwärts auf den Beifahrersitz hocken, die Beine angezogen, und einfach reden. Er hatte sie immer gerne reden gehört – selbst wenn sie mit jemand anderem telefonierte. Als sie noch verheiratet waren, hatte er ihr gerne zugehört, wenn sie mit ihrem Handy mit ihrem Agenten sprach, ihrem Manager, Casting-Direktor, mit Freundinnen, ja sogar ihrem Friseur.

»Es geht überhaupt nicht darum, den Leuten das Wetter zu erklären«, sagte sie, als sie durch den Callahan-Tunnel nordwärts fuhren. Sie kamen zügig voran, da sich der Berufsverkehr bereits aufgelöst hatte. »Es geht um die Positionierung und Vermarktung der Wetterfee als Teil der gesamten Marketingstrategie«, sagte sie. »Anderenfalls könnte auch der Moderator vom Teleprompter ablesen, ob es morgen regnet oder nicht. Stattdessen gibt es gleich drei gottverdammte Wetterpräsentatoren: Clark für mittags und elf Uhr abends, mich um sechs und Dinah fürs Wochenende. Währenddessen besuche ich Schulen und Straßenfeste oder melde mich live aus irgendeinem Unternehmen. Deshalb mache ich auch nur die Sechs-Uhr-Nachrichten, damit sie mich ausgiebig vermarkten können.«

»Für Clark ist es aber ein langer Arbeitstag«, sagte Jesse.

Jenn nickte.

»Aber er liebt es«, sagte sie. »Bekommt dadurch mehr Zeit vor der Kamera.«

»Und warum haben sie dich engagiert?«

»Weil ich einen hübscheren Arsch habe als Clark.«

»Da ist was dran«, sagte Jesse. »Was ist mit Dinah?«

Jenn zuckte mit den Schultern.

»Mädchen mit hässlichen Hintern werden nicht engagiert.«

Jesse schaute nicht rüber zu ihr, weil er gerade den Verkehr auf der Straße verfolgte.

»Und trotzdem ist sie die Wochenend-Wetterfee«, sagte Jenn.

Auch ohne sie anzusehen, wusste Jesse, was Sache war. Das Funkeln in ihren Augen sagte alles.

Jesse zog tief Luft ein und atmete laut hörbar wieder aus.

»Und was ist mit Tony Salt?«, sagte Jesse. »Ist es was Ernsthaftes?«

»Noch nicht.«

Jesse fühlte die Beklemmung in seiner Brust. Sie begann am Solarplexus und stieg langsam zu seiner Kehle hoch.

»Ich weiß es einfach nicht, Jesse. Es ist nicht mehr als Dating, nichts Ernsthaftes wie zwischen dir und mir – sollte dir das im Magen liegen.«

»Könnte es denn was Ernsthaftes werden?«

»Ich weiß es nicht. Ich kann nichts versprechen. Ich muss die Freiheit haben, mit jedem ausgehen zu können, mit dem ich ausgehen will. Und heute Abend möchte ich mit dir zusammen sein.«

»Ich hab dir auch nicht wieder nachspioniert.«

»Gut.«

Jenn sagte nichts mehr, aber er sah aus den Augenwinkeln, dass sie auf dem Sitz zur Seite rutschte, um ihn besser ansehen zu können.

»Ich schäm mich dafür«, sagte Jesse.

Jenn nickte. »Wissen ist Macht«, sagte sie.

»Das ist genau die Formulierung, die eine Freundin benutzte, als ich ihr davon erzählte.«

»Deine Freundin muss eine Therapie gemacht haben«, sagte Jenn. »Das ist nämlich genau das, was einem die Seelenklempner immer erzählen. Ist es die Anwältin?«

»Nein, sie heißt Marcy Campbell. Verkauft Immobilien.«

»Fickst du mit ihr?«

»Ja.«

»Wieso?«

»Gott im Himmel, Jenn. Erwachsene ficken nun mal.«

»Stimmt, weiß ich. Liebst du sie?«

»Nein. Ich mag sie, sehr sogar. Aber ich liebe sie nicht und sie mich auch nicht.«

Jenn sagte nichts, während Jesse kurz auf den Bell Circle einbog, um dann nordwärts zur Hunderennbahn zu fahren.

»Glaubst du, dass du mir noch einmal nachspionieren wirst?«, fragte Jenn.

»Nein. Du hast mein Wort.«

»Es ist nur menschlich, Jesse.«

»Aber nicht gerade hilfreich«, sagte Jesse.

»Nein, ich muss mein Leben leben können, wie ich es will, und mich nicht in einer Beziehung eingepfercht fühlen.«

»Für immer?«

»Nein, nur so lange, wie ich die Notwendigkeit verspüre.«

»Und weißt du, wann dieser Zeitpunkt eintritt?«

»Nein, und mich zu drängen, bewirkt nur das Gegenteil.«

»Ich weiß.«

»Ich kann dir keine Versprechungen machen, Jesse. Ich kann dir keine Garantien geben. Es macht mich schon unruhig, überhaupt so viel darüber zu sprechen. Du solltest dich einfach daran erinnern, dass es zwischen uns beiden etwas gibt, das ich mit keinem anderen Mann gehabt habe.«

»Liebst du mich?«

»Ja.«

»Darauf kann man immerhin aufbauen«, sagte Jesse.

»Sehe ich auch so. Ich glaube, dass man trotzdem auch andere Leute lieben kann. Ich glaube, man kann mehr als eine Person lieben. Was ich, bislang jedenfalls, noch nicht getan habe.«

»Das ist ermutigend.«

»Ich möchte dir so viel Mut machen wie möglich, Jesse. Ich möchte dich nicht verlieren.«

»Wird nicht passieren«, sagte Jesse.

29

Mrs. Campbell trug einen maßgeschneiderten braunen Hosenanzug mit blauen Nadelstreifen. *Er sitzt verdammt eng, aber verdammt gut,* dachte Macklin. Er wirkte nicht so, als sei er eine Nummer zu klein, sondern saß einfach nur hauteng.

»Wollte nur sicherstellen, dass Sie nichts dagegen haben, wenn ich meinen Bauunternehmer und einen seiner Angestellten mitbringe.«

»Natürlich nicht, Mr. Smith«, sagte Mrs. Campbell.

»Harry.«

Mrs. Campbell lächelte. »Das passiert ständig, Harry. Wir verstehen, dass es eine beträchtliche Investition ist, und bestärken unsere Kunden darin, sich Zeit zu nehmen, damit sie mit ihrer Entscheidung auch glücklich sind. Zufriedene Kunden sind das beste Marketing-Tool.«

»Ich möchte schwören, dass die meisten Kunden außerordentlich zufrieden sind«, sagte Macklin.

Mrs. Campbell erwiderte seinen Blick. Sie schien etwas rot zu werden, dachte er. Er konnte sie riechen: Seife, Shampoo, Parfüm.

»Die meisten jedenfalls«, sagte sie.

»Darf ich Sie Marcy nennen?«, sagte Macklin.

»Bitte.«

»Ich würde gerne einmal das Restaurant hier auf der Insel antesten, Marcy, und esse nun mal ungern allein. Sind Sie frei?«

»Frei wie ein Vogel«, sagte Marcy.

Das Restaurant hieß »Stiles«. Sie bekamen einen Tisch am Panoramafenster und bestellten Drinks. Als er aufs Meer hinausschaute, verstand Macklin, was Freddie gemeint hatte: Die Wellen prallten hier auf eine Vielzahl rostfarbener Felsbrocken, die fast die gesamte Insel umgaben. Das Wasser zwischen den Felsen war nichts als gelbliche Gischt.

Marcy trank einen Weißwein, während sich Macklin einen Martini bestellt hatte.

»Muss knifflig sein, von diesem Teil der Küste aus in See zu stechen«, sagte Macklin.

»Absolut«, sagte Marcy. »Aus diesem Grund sind die Bootsanleger auch auf der Hafenseite der Insel.«

»Segeln Sie selbst?«, fragte Macklin.

»Nein.« Marcy lächelte. »Ich bin eine Landratte, fürchte ich.«

»Dann treiben Sie Sport also nur in den eigenen vier Wänden«, sagte Macklin.

Und wieder erwiderte Marcy seinen Blick. Ihr Gesicht hatte noch immer eine gesunde Röte. Vielleicht hatte sie ja von Natur aus Farbe. Und vielleicht könnte er sie auch rumkriegen. Mehr als nur *vielleicht* sogar. Faye würde schon Verständnis haben. Marcy Campbell konnte noch von erheblichem Wert für sie sein. Er hätte jedenfalls Verständnis, wenn's andersrum laufen würde.

»Kann man so sagen«, sagte Marcy.

Beide lächelten. Die Gischt aus dem brodelnden Chaos unter ihnen spritzte gegen das Panoramafenster. Das dunkel getäfelte Restaurant war fast leer und die wenigen Gäste sprachen mit gedämpfter Stimme.

»Was macht Ihr Ehemann beruflich, Marcy?«, fragte Macklin.

»Exmann.«

»Ah.«

»Ah, in der Tat«, sagte Marcy. »Wie sieht's bei Ihnen aus – womit verdienen Sie Ihr Geld?«

»Schnapsläden überwiegend«, sagte Macklin. »Auch ein paar kleinere Banken.«

»Das fasziniert mich immer wieder«, sagte Marcy, »dass einige Leute einfach ein Händchen fürs Geldverdienen haben und andere nicht. Was ist Ihr Geheimnis?«

»Hauptsächlich, sich gar nicht erst zu fragen, ob man ein Händchen hat oder nicht«, sagte Macklin. »Eigentlich geht's nur darum, Spaß am Risiko zu haben. Wie sieht's bei Ihnen aus: Haben Sie Spaß mit den Immobilien?«

»Man trifft interessante Leute«, sagte Marcy. »Ich mag interessante Leute.«

»Und Sie lieben das Risiko?«

»Sehr sogar«, sagte Marcy.

Sie gaben ihre Bestellung auf. *Ja*, dachte Macklin, *ich hab sie im Sack.* Sicher, es ging hier ums Geschäft, aber er hatte trotzdem eine Schwäche für dieses prickelnde Gefühl, das ihn immer überkam, wenn er kurz vor einer neuen Eroberung stand. Faye war nachher immer neugierig. *Wie konntest du das nur wissen? Woran erkennt man so was?* Er beobachtete Marcy, während sie aßen. Wenn er Faye später davon erzählen würde, würde sie garantiert fragen: *Worüber habt ihr gesprochen? Wie hat sie reagiert?*

Nach dem Mittagessen fuhren sie ins Immobilienbüro zurück. Als sie eintraten, konnte Macklin die Spannung mit Händen greifen. Sie waren allein in einem geschlossenen Raum. Marcy drehte sich um und schaute ihn an. Er sagte nichts, sondern erwiderte nur ihren Blick. Er wusste, dass es passieren würde. Er fühlte, wie diese Gewissheit von seinem ganzen Körper Besitz ergriff.

»Und was für ein Spiel spielen wir jetzt?«, fragte Marcy.

»Ich weiß es nicht«, sagte Macklin. »Ich weiß nur, dass es mir einen Riesenspaß macht. Wollen wir irgendwohin?«

Marcy ging zur Eingangstür und schloss sie ab, dann zum Fenster, wo sie die Jalousien verdunkelte.

»Wir müssen nirgendwohin«, sagte Marcy, setzte sich aufs Sofa und klopfte mit der Hand auf ein Kissen neben sich.

»In der Tat«, sagte Macklin.

Er war froh, seinen Revolver im Auto gelassen zu haben. Er setzte sich neben sie.

»Du wusstest genau, was ablaufen würde, als du heute reinkamst, oder?«, sagte Marcy.

»Hm.«

»Woher?«

»Irgendwas, das du ausstrahlst«, sagte Macklin. »Ich hab dafür den sechsten Sinn.«

»Ich auch«, sagte Marcy.

»Bei Männern ist das aber auch keine Kunst«, sagte Macklin.

»Stimmt auch wieder.«

Als sie unter ihm auf dem Sofa lag, fiel Marcy auf, dass er athletischer war, als es sein bekleideter Zustand vermuten ließ. Er war so durchtrainiert und muskulös wie Jesse. Macklin seinerseits dachte, dass sie nicht gerade attraktiver als Faye war, aber nah dran. Und wie Faye war sie völlig enthemmt und ließ ihn das auch spüren. Echte Begeisterung bei einer Frau war noch immer das A und O, dachte er. Er liebte Faye, aber das hier hatte damit überhaupt nichts zu tun. Es bedeutete ihm letztlich nichts – und er wusste, dass es bei Marcy nicht anders war. Sie war in diesem Punkt genau wie er. Sie hatte einfach ihren Spaß bei der Sache. Und dann schaltete er seinen Kopf ab und ließ sich für eine Weile nur treiben.

30

Es war fast halb acht. Die Sonne war bereits untergegangen, als sie in der Bar des »Gray Gull« Platz nahmen.

»Einen Martini für mich«, sagte Jenn. »Extra Oliven, bitte.«

»Kommt sofort«, sagte Doc. »Jesse?«

»Black Label und Soda«, sagte Jesse. »Großes Glas.«

Doc stellte die Getränke vor ihnen auf den Tresen und streckte Jenn die Hand entgegen.

»Ich bin Doc«, sagte er.

»Ups«, sagte Jesse. »Dies ist meine … dies ist Jenn.«

»Hi, Doc.«

»Hallo, Jenn.«

Es war fast Herbst und die Sommerfrischler hatten sich fast vollständig verzogen. Einige Tische blieben leer und auch an der Bar waren vier, fünf Stühle nicht belegt. Um neun war der Laden praktisch menschenleer. Jesse versuchte, mit seinem Scotch so lange über die Runden zu kommen, wie es nur irgendwie möglich war.

»Musst du morgen früh raus?«, fragte Jenn.

»Sollte um neun auf dem Revier sein«, sagte Jesse. »Aber ich bin immer früh auf. Sieben ist schon spät für mich.«

»Warum stehst du so früh auf?«, fragte Jenn. »Hast du früher doch nicht gemacht.«

»Ich schlaf nicht mehr so gut«, sagte Jesse.

»Dann sollten wir jetzt besser gehen«, sagte Jenn.

»Okay.«

Jesse bezahlte die Rechnung, gab Doc 20 Prozent Trinkgeld und ging hinter Jenn hinaus. Einige Leute erkannten sie und schauten ihr verstohlen nach.

Als sie im Auto saßen, sagte Jenn: »Es ist eine lange Fahrt nach Boston, Jesse. Ich glaube, ich sollte besser bei dir übernachten.«

»Okay«, sagte Jesse.

Was das »bei« wohl bedeutet? Jesse verkniff sich, der

Frage weiter nachzuhängen. *Lassen wir die Dinge einfach auf uns zukommen.*

Sein Apartment war nur fünf Minuten vom »Gray Gull« entfernt. Als sie eingetreten waren, ging Jenn umgehend ins Schlafzimmer und öffnete die Terrassentür, die zu einer kleinen Veranda direkt über dem Wasser führte.

»Ich liebe dieses Panorama einfach«, sagte sie.

Jesse ging hinaus und stellte sich neben sie. Aus dem tiefen Schwarz von Paradise Neck blinkten verstreut einige Lichter hinüber. Der salzhaltige Geruch des Meeres lag schwer über dem Hafen.

»Komisch, wie unterschiedlich das Meer wirken kann«, sagte Jenn.

»Vielleicht sind wir es ja, die sich verändern«, sagte Jesse.

»Das wäre zu schön.«

Die unausgesprochene Spannung zwischen ihnen schlug Jesse zunehmend auf den Magen. Er fragte sich, ob es Jenn ähnlich erging. Es schien, als habe sie sich völlig unter Kontrolle. Sie sagten nichts. Sie standen nebeneinander, ohne sich zu berühren. Vom Tosen des Meeres abgesehen war die Stille so klar wie Kristall. *Vielleicht ist das alles zu viel für mich, dachte Jesse. Vielleicht brauche ich einen Drink?* Zu seiner Linken wurde die Hafenausfahrt von Stiles Island verdeckt. Auf der Insel waren kaum Lichter auszumachen. *Alles richtet sich zum Meer aus,* dachte Jesse. *Drehen der Stadt den Rücken zu.* Er schaute nicht zu Jenn, fühlte ihre Anwesenheit aber, als würden die Gesetze der Schwerkraft an ihm zerren.

»Jesse«, sagte sie.

Er drehte sich zu ihr um und stellte fest, dass sie sich ebenfalls umgedreht hatte. Sie schaute zu ihm hoch. Zwischen dem Geruch des Meeres konnte er ansatzweise ihr Parfüm ausmachen. Er breitete die Arme aus und sie drückte sich an ihn. Er küsste sie. Sie öffnete ihre Lippen und küsste ihn zurück. Er spürte, wie sich seine Lungen mit Luft füllten, wie sein Blut durch die Verästelungen seiner Arterien und Venen schoss, wie Elektrizität seine Nerven und Muskeln kitzelte. Sie fingen an, sich gegenseitig die Kleider vom Körper zu reißen. Jenn löste sich aus der Umarmung, um mit Mühe »Wohnzimmer« zu keuchen, drückte aber gleich wieder ihre Lippen auf seine, als sie gemeinsam zum Wohnzimmer taumelten. Sie gingen auf dem Teppich zu Boden und fielen übereinander her. Die körperliche Lust übernahm die Kontrolle. Alle Geräusche, die sie von sich gaben, waren nur noch zusammenhangloses Gestammel. In der Mitte der Nacht, Stunden später, legten sie endlich eine Verschnaufpause ein, um in Jesses Schlafzimmer zu wechseln.

Jesse wachte im hellen Sonnenlicht auf. Er lag auf seinem Rücken, während Jenn – den Kopf auf seiner Brust – in seiner Armbeuge noch schlief. Er schaute auf seine Uhr. Sie war nicht an seinem Handgelenk. Er schaute auf den Wecker auf der Kommode. Es war 10 Uhr 40. Seit er an der Ostküste lebte, hatte er nach Morgengrauen praktisch nicht schlafen können. Genau genommen, ging es ihm durch den Kopf, hatte er morgens nicht mehr geschlafen, seit Jenn angefangen hatte, mit diesem Elliot Wie-hieß-er-doch-noch ins Bett zu steigen. Vielleicht hätte er Elliot einfach umbringen sollen. Er bedauerte noch immer, dass er das versäumt hatte. Er war sich nicht sicher, ob er sich wirklich dazu hätte durchringen können. Er hatte bereits Menschen erschossen und würde es vermutlich auch in Zukunft tun. Aber sich einfach vor jemandem aufzubauen und abzudrücken? Wenn er's getan hätte, würde er mit Sicherheit nicht hier im Bett liegen, mit einer nackten Jenn in seinem Arm, während die Sonne durchs Fenster schien. Es war schon richtig gewesen, ihn nicht zu erschießen … aber er wusste – und musste im Stillen über dieses Wissen lächeln –, dass es irgendwo in seinem Herzen eine Faser gab, die seine Entscheidung bedauerte. Die Möwen waren laut. Der Geruch des Hafens geradezu greifbar. Die Terrassentür war noch immer geöffnet.

Ohne ihre Augen zu öffnen, sagte Jenn: »Mach nicht mehr draus, als es ist.«

»Okay«, sagte Jesse.

»Es bedeutet nicht, dass wir zusammenziehen oder monogam sein sollten oder heiraten oder irgendwas in der Art.«

»Genau«, sagte Jesse.

»Es bedeutet nur, dass wir uns mögen, vielleicht auch lieben, und uns sicher wieder treffen werden. Und dass wir erwachsene Menschen sind.«

»Korrekt.«

Jenn schaute ihn mit einem eigenartigen Gesichtsausdruck an. Es war der gleiche Ausdruck, den Jesse bemerkt hatte, als sie von der Wetterfee fürs Wochenende sprach.

»Und«, sagte Jenn, »erwachsene Menschen ficken nun mal.«

»Seit Menschengedenken«, sagte Jesse.

Sie lagen für eine Weile still im Bett, ihr Kopf auf seiner Brust, sein Arm um ihre Schulter, bis Jenn ihre Beine aus dem Bett schwang und aufstand.

Ihre Haare waren verwuselt, das Make-up völlig verschmiert. Nackt ging sie aus dem Schlafzimmer und folgte der Spur der verstreuten Kleidungsstücke zur Veranda.

»Junge, Junge«, sagte sie. »Was um alles in der Welt ist hier bloß passiert?«

»Weiter nichts Schlimmes«, sagte Jesse.

»Nein«, sagte Jenn, »Schlimmes sicher nicht.«

31

»Harry Smith«, sagte Macklin, als er in Jesses Büro kam. »Vielen Dank, dass Sie sich die Zeit genommen haben.«

»Gern geschehen«, sagte Jesse.

Er stand auf, um ihm die Hand zu schütteln. Sein Händedruck war kraftvoller, als es Jesse von einem Mann erwartet hatte, der eigentlich eher wie ein Amateur-Golfer aussah. Macklin setzte sich auf einen Stuhl vor Jesses Schreibtisch.

»Hier ist mein Anliegen: Ich trage mich mit dem Gedanken, ein Haus auf Stiles Island zu erwerben. Und ich brauche Ihnen nicht zu erklären, dass es sich dabei um eine beträchtliche Investition handelt.«

»Beträchtlich«, sagte Jesse.

»Aus diesem Grund möchte ich einen Eindruck von der ganzen Stadt bekommen, nicht nur der Insel.«

»Verstehe.«

»Sie haben doch nichts dagegen, wenn ich Sie damit belästige?«

»Nicht die Bohne«, sagte Jesse.

»Wie sieht es generell mit der Kriminalität hier aus?«

»Gut«, sagte Jesse.

»Sie meinen, dass es nicht viel gibt«, sagte Macklin.

»Die meiste Zeit gibt es überhaupt keine.«

Macklin grinste.

»Wie vertreiben Sie sich denn dann Ihre Zeit?«

»Knöllchen schreiben, ein Auge auf die Kids werfen, damit sie nicht überall ihre Abfälle hinwerfen … Neulich hatten wir mal einen Fall von Brandstiftung.«

»Wirklich?«, sagte Macklin. »Sicher ein Versicherungsbetrug.«

»Nein, ein paar Kids, die sich abreagieren wollten.«

»Haben Sie sie geschnappt?«

»Ja.«

»Eins zu null für die Cops«, sagte Macklin. »Ich hörte, dass Sie letztes Jahr mal größeren Ärger hatten.«

»Ja, ein paar Mordfälle.«

»Eifersucht?«

»Könnte man so sagen.«

»Haben Sie den Kerl auch geschnappt?«

»Ja.«

Macklin grinste wieder.

»Zwei zu null für die Cops«, sagte er.

Jesse schwieg.

»Haben Sie eine große Einsatzgruppe?«

»Nein, zwölf Beamte und ich.«

»Vier pro Schicht also«, sagte Macklin.

»Kommt rechnerisch hin.«

»Wie lange sind Sie hier schon Polizeichef?«

»Lange genug«, sagte Jesse.

»Haben sie sich langsam hochgearbeitet?«

»Nein.«

»Sondern sind von einem anderen Revier rübergewechselt?«

»Ja.«

»Und von wo?«

»Woanders.«

Macklin lehnte sich zurück und studierte Jesses Gesicht.

»Sie sind ein ziemlich wortkarger Bursche«, sagte Macklin.

»Stimmt.«

»Was in Ihrem Job sicher Sinn macht«, sagte Macklin. »Ich für meinen Teil bin eine Quasselstrippe. Meine Frau sagt mir immer, ich solle mal einen Gang runterschalten.«

Jesse sagte nichts, schien aber durchaus aufgeschlossen zu sein. Macklin konnte zumindest keine Spur von Feindseligkeit feststellen. Er war wohl ein ruhiger Typ und ließ sich einfach nicht in die Karten schauen.

»Wie sieht es mit der Sicherheit auf Stiles Island aus?«, sagte Macklin.

»Alles sicher.«

»Wie ich feststellen konnte, haben die ihre eigene Security-Truppe.«

»Hm.«

»Arbeiten sie mit Ihnen irgendwie zusammen?«

»Da müssen Sie schon die Security-Leute fragen.«

Macklin nickte langsam, als sähe er eine lang gehegte Vermutung bestätigt. Er stand auf, lächelte über das ganze Gesicht und streckte die Hand aus. Jesse schüttelte sie.

»Ich habe ein gutes Gefühl, Chief«, sagte Macklin. »Man kann sich gewöhnlich auf einen Mann verlassen, der nur das Nötigste sagt.«

Jesse lächelte. Macklin lächelte zurück und ging zur Tür.

Als er wieder im Auto mit Faye saß, war er schweigsam.

»Und?«, fragte Faye, als sie die Summer Street hochfuhr, »hast du rausgefunden, was du rausfinden wolltest?«

»Ich hab einen Eindruck von ihm bekommen«, sagte Macklin. »Und das war es ja wohl, was ich wollte.«

Faye nahm das Tempo raus, als sie ein paar Kinder auf Fahrrädern überholten.

»Aber?«

»Er ist nicht gerade das, was ich mir erhofft hatte«, sagte Macklin.

Faye hielt an dem Stoppschild an der Beach Street, schaute sorgsam in beide Richtungen und fuhr weiter.

»Was ist er denn?«

»Schwer zu sagen«, sagte Macklin, »aber ein Sesselfurzer ist er mit Sicherheit nicht.«

»Nun ja«, sagte Faye, »das bist du ja auch nicht.«

Macklin legte seine Hand auf ihren Oberschenkel und lächelte.

»Nein«, sagte er, »ein Sesselfurzer bin ich nun wirklich nicht.«

32

Tony Marcus war ein Farbiger mit mächtigem Schnurrbart und einem dezenten Afro. Crow fiel umgehend auf, wie gut er gekleidet war: dunkler Nadelstreifenanzug, ein strahlend weißes Hemd mit breitem Kragen, dazu eine rosafarbene Seidenkrawatte mit überdimensionalem Knoten.

»Wer hat dir den Scheiß denn angedreht?«, sagte Tony Marcus.

Crow lächelte und schüttelte den Kopf. Sie saßen im Hinterzimmer eines Restaurants namens »Buddy's Fox«. Marcus saß hinter seinem Schreibtisch, Crow ihm gegenüber. Zwei von Marcus' Männern befanden sich ebenfalls im Raum – der eine ein Hüne, den sie Junior nannten, der andere ein zappeliges, dünnes Kerlchen mit zurückgekämmten, öligen Haaren und einem dicken, goldenen Ohrring. Er hieß Ty-Bop und war – Crow hatte keinen Zweifel – der Mann mit dem Finger am Abzug.

»Nun, wer immer es war: Er hat sich jedenfalls einen Dummen ausgeguckt.«

»Zugegeben, es ist schon ein bisschen gestreckt«, sagte Crow.

»Die Probe war gestreckt bis zum Geht-nicht-mehr«, sagte Marcus.

»Dann kauf es billig und verkauf's fürs Doppelte.«

»Wie bist du überhaupt auf mich gekommen?«, fragte Marcus.

»Hab mich ein wenig umgehört.«

»Und woher kommt der Stoff?«

Crow lächelte wieder und sagte nichts.

»Ein Koks-Dealer namens Bo Chang wurde letzte Nacht in Chinatown abgemurkst. Irgendwas davon gehört?«

»Nein.«

»Woher kommst du überhaupt?«, fragte Marcus.

»Von außerhalb«, sagte Crow.

»Bist du Mexikaner oder so was Ähnliches?«

»Apache«, sagte Crow.

»Apache?«

»Ja.«

»So was wie ein verdammter Geronimo-Apache?«

»Ja.«

Marcus schaute zu Ty-Bop.

»Weißt du, wer Geronimo war, Ty-Bop?«

Ty-Bop schüttelte den Kopf. Er war unruhig. Ständig schlug er mit seinen Händen gegen die Oberschenkel und bewegte die Füße, als würde er zu der Musik im seinem Kopf tanzen.

»Was ist mit Apachen? Du weißt doch, was Apachen sind, Ty-Bop?«

»Sie wissen doch, dass ich mich mit dem ganzen Scheiß nicht auskenne, Mr. Marcus.«

»Ist schon okay, Ty-Bop«, sagte Marcus. »Hauptsache, du kennst dich mit den Sachen aus, die wichtig sind.«

Ty-Bop nickte. Junior, der mit seiner massiven Statur fast die ganze Wand einnahm, sagte keinen Ton.

»Was heißt für dich billig?«, fragte Marcus.

»Hundert für die ganze Lieferung.«

»Hundert Riesen?«, sagte Marcus.

»Genau.«

»Träum weiter, Geronimo.«

»Was ist für dich billig?«

»20.«

»Pro Kilo?«

Marcus schüttelte den Kopf.

»20 Mille für die ganze Lieferung?« Crow klang ungläubig.

»Gott im Himmel«, sagte Marcus. »Was ich von dir kaufe, sind drei Kilo Fruchtzucker.«

»So schlecht ist es nun auch wieder nicht«, sagte Crow.

»Willst du mal meinem Chemiker sprechen?«, sagte Marcus. »Es ist nichts als Scheiße. Ich muss es wohl oder übel an weiße College-Kids verhökern.«

»Von denen es in Boston ja 'ne Menge gibt«, sagte Crow.

»Und genau deswegen biet ich dir 20 an.«

»Hast du's hier?«, fragte Crow.

»Ja.«

»Zähl es ab«, sagte Crow. »Ich bin gleich zurück.«

Crow ging durch das Restaurant zu seinem Wagen, den er auf der Straße geparkt hatte. Er öffnete den Kofferraum, zog die Nike-Tasche heraus, schloss den Kofferraum und ging durchs Restaurant zurück. Er legte die Tasche auf den Schreibtisch. Marcus öffnete, nahm eine Probe aus allen drei Beuteln und schüttelte angeekelt seinen Kopf.

»Ja, die gleiche Scheiße«, sagte er.

Er schob einen Stapel mit Hundertern über den Tisch. Crow nahm ihn und zählte nach. Es waren 200.

»Okay«, sagte Crow.

Er stopfte die Scheine in beide Hosentaschen.

»Du hast dich auf ein gefährliches Spiel eingelassen, würd ich mal meinen«, sagte Marcus. »Kommst hier alleine reinmarschiert, um mir Stoff zu verkaufen. Woher willst du wissen, dass wir es dir nicht einfach wegnehmen?«

»Dein guter Ruf«, sagte Crow. »Du müsstest mich schon umbringen und ich hatte das Gefühl, dass dir das drei Kilo Babypuder nicht wert waren.«

»Da magst du wohl recht haben«, sagte Marcus.

Crow schaute auf Ty-Bop, der an der Tür herumhampelte und in seine ganz eigene Welt abzudriften schien.

»Vielleicht hatte ich ja auch den Eindruck, dass dir dazu das geeignete Personal fehlen würde«, sagte Crow.

Marcus grinste. »Lass dich von Ty-Bop mal nicht täuschen«, sagte er. »Er ist verdammt gut.«

»Ich denke, es gibt keinen Grund, das zu überprüfen«, sagte Crow.

»Bo Chang war eine bissige kleine Ratte«, sagte Marcus.

Crow zuckte mit den Achseln und ging hinaus.

33

»Ein Typ namens Harry Smith«, sagte Jesse.

»Noch nie von ihm gehört«, sagte Suitcase Simpson.

»Erzählte, er würde ein Haus auf Stiles Island kaufen. Und wolle ein Gefühl für die Stadt bekommen, bevor er sich entscheidet.«

Suit zuckte die Schultern.

»Macht doch durchaus Sinn: Der Typ will hier kräftig investieren und möchte sicherstellen, dass es der passende Ort für ihn ist.«

»Vielleicht.«

»Was denn sonst?«

Suit war ein fülliges großes Kind mit blonden Haaren und roten Backen. Auf der High School von Paradise hatte er im Football-Team den offensiven *Tackle* gespielt. Er war zehn Jahre jünger als Jesse und schlauer, als man es ihm auf den ersten Blick ansah.

»Ich weiß nicht«, sagte Jesse, »ich hatte einfach das Gefühl, als wollte mich jemand abzocken.«

»Was hat er denn konkret gesagt?«

»Fragte allgemein nach der Kriminalität und, wie viele Mitarbeiter wir haben und ob die Security-Leute auf Stiles Island mit uns zusammenarbeiten.«

»Glaubst du etwa, er will hier 'nen Bruch machen, und bevor er das macht, kommt er noch schnell vorbei, um mit dem Chef der Polizei zu plauschen?«, fragte Suit.

»Klingt nicht gerade wahrscheinlich, oder?«

»Wirklich nicht.«

Jesse ließ seinen Drehstuhl kreisen, legte die Füße auf den Schreibtisch und schaute durchs Fenster auf den Verkehr auf der Summer Street.

»Als ich in South Central gearbeitet habe«, sagte Jesse, »gab es ein paar Jungs von den Gangs, die zu deinem parkenden Auto kamen und mit dir ein kleines Gespräch anfingen – sozusagen unter Freunden. Ein paar Cops, ein paar Einbrecher, die zusammen die Zeit totschlugen.«

»In L.A.?«

»In L.A.«

»Was für ein Interesse hatten sie denn daran?«, sagte Suit. »Ich dachte immer, sie würden die Cops hassen.«

»Taten sie auch, und dann wiederum auch nicht«, sagte Jesse. »Wir waren es, die ihre Existenz überhaupt erst ermöglichten. Kannst du dem Gedankengang folgen?«

»Ihr wart wer?«, fragte Suitcase.

»Sie waren die andere Seite von uns. Wir waren die harten Jungs, die das Gesetz verteidigten – sie waren die harten Jungs, die das Gesetz brachen. Es war fast so, als würden sie mit uns flirten.«

»Flirten?«

»Wie eine Frau«, sagte Jesse. »Wie eine Frau, die dich heißmacht, aber letztlich doch nicht mit dir ins Bett steigt.«

»So was wie eine Maulhure«, sagte Suitcase.

»Maulhure kommt der Sache schon nahe«, sagte Jesse. »Sie wollen uns wissen lassen, was für gefährliche Burschen sie sind – um dann aber natürlich nicht auf frischer Tat ertappt zu werden.«

»Und du meinst also, Harry Smith sei so etwas wie eine Maulhure?«

Jesse grinste. »Das Gespräch mit ihm erinnerte mich jedenfalls an die Jungs aus diesen Gangs.«

»Er will dich wissen lassen, was für ein harter Junge er ist«, sagte Suitcase.

»Könnte gut sein«, sagte Jesse.

»Warum sollte er das tun?«

»Vielleicht liebt er das Vorspiel«, sagte Jesse.

»Vorspiel?«

»Einige Gangster sind Gangster, weil sie die pure Action genießen. Sie bekommen ihren Kick aus dem Bewusstsein, gefährlich zu sein. Und der Kick wird größer, je gefährlicher die Situation ist. Nicht geschnappt zu werden bringt eine größere Genugtuung, wenn man *fast* geschnappt worden wäre.«

»Jesse, Jesse, manchmal versteigst du dich in Theorien ...«

»Bist du schon mal einem echten Spielsüchtigen begegnet?«

»Die kennt doch jeder Cop«, sagte Suitcase. »Es sind diejenigen, die auf die schiefe Bahn geraten.«

»Genau, und was ist es, das sie am Spielen so mögen?«

»Den Nervenkitzel?«

»Und was löst den Nervenkitzel aus?«

»Keine Ahnung.«

»Überleg mal: Was macht das Spielen so riskant?«, fragte Jesse.

Suitcase starrte ihn an und versuchte sich zu konzentrieren. Jesse wartete. Plötzlich entspannten sich Suitcases kindliche Gesichtszüge.

»Die Möglichkeit zu verlieren.«

»Das ist es! Verstehst du nun, warum ich Smith mit den Gang-Mitgliedern verglichen habe?«

»Ja. Vorausgesetzt natürlich, er tickt wirklich so. Aber was soll ich sagen: Es wird schon einen Grund geben, dass du der Boss bist – und ich nur ein einfacher Cop ...«

»Streifenpolizist mit Ermittlungsbefugnissen«, sagte Jesse.

»Was auch immer. Aber vielleicht macht sich Mr. Smith ja wirklich nur Sorgen, ob seine Investition sicher angelegt ist.«

»Kann durchaus sein«, sagte Jesse. »Lass uns doch mal versuchen, ob wir Licht ins Dunkel bringen können.«

Jesse reichte Suitcase einen rosafarbenen Zettel von seinem Memo-Block, auf dessen Rückseite sich ein paar Nummern befanden.

»Als Smith mein Büro verließ«, sagte Jesse, »wartete seine Frau draußen im Wagen auf ihn. Das ist das Nummernschild. Jag das Kennzeichen doch mal durch den Computer.«

Suitcase nahm den Zettel und steckte ihn in seine Hemdtasche.

»Wenn er auf Stiles Island ein Haus kauft«, sagte Suitcase, »muss er doch eigentlich mit einem der Makler in Kontakt stehen.«

»Marcy Campbell«, sagte Jesse. »Ich sah sie mit Smith und seiner Frau beim Ball im Jachtclub.«

»Weißt du, dass ich noch nie auf einem dieser Bälle war.«

»Beim nächsten Mal geb ich dir einen offiziellen Ermittlungsauftrag«, sagte Jesse. »Damit du mit eigenen Augen siehst, was du bisher verpasst hast.«

»Soll ich auch mit Mrs. Campbell sprechen?«

»Nein, das mach ich schon.«

Suitcase schaute ihn erstaunt an.

»Läuft da was, Jesse?«

Jesse grinste. »Wie kommst du denn darauf?«, sagte er.

»Kam mir so vor, weil deine Antwort wie aus der Pistole geschossen kam«, sagte Suitcase. »Hast du ein Auge auf Mrs. Campbell geworfen?«

»Wir sind gute Freunde«, sagte Jesse. »Ich mag sie einfach.«

»Mrs. Campbell hat schon viele gute Freunde gehabt.«

»Hefte du dich lieber an die Fersen von Harry Smith, Suit. Ich kümmere mich um Mrs. Campbell.«

»Wird gemacht, Jesse.«

»Zieh vielleicht auch ein paar Erkundigungen über ihn ein, aber nicht zu offenkundig. Ich möchte nicht, dass er von unserem Interesse Wind bekommt.«

»Okay«, sagte Suitcase.

Er stand auf und ging zur Tür.

»Weißt du übrigens, dass Abby Taylor auch wieder ein gesteigertes Interesse an dir hat?«, sagte Suitcase. »Als ich mir neulich im ›Village Room‹ einen Kaffee holte, quetschte sie mich gleich über dich aus.«

»Was wollte sie denn wissen?«

»Wie es mit dir und deiner Ex lief, und ob du mit jemand anderem ausgehst – nur so Sachen.«

»Nichts als Smalltalk.«

»Nein, war es definitiv nicht«, sagte Suitcase.

Jesse zuckte die Achseln. Suitcases Versuch, ihn aus der Reserve zu locken, war vielleicht etwas unbeholfen, aber er legte sich zumindest richtig ins Zeug.

»Mann«, sagte er. »Mrs. Campbell, deine Ex und jetzt Miss Taylor – du hast das Glück für dich gepachtet, Jesse. Ich wünschte, ich käme auch aus Kalifornien.«

»Ich wünschte, du *wärst* jetzt in Kalifornien«, sagte

Jesse. »Und nun geh endlich und bleib Harry Smith auf den Fersen.«

»Geht klar, Chef.«

34

Macklin schaute zufrieden in die Runde. Er hatte die ganze Crew um sich versammelt. In einem Halbkreis saßen sie in Fayes Wohnzimmer – das erste Mal, dass er sie alle an einem Ort zusammengetrommelt hatte. Faye kümmerte sich um die Getränke.

»Auf euer Wohl«, sagte Macklin, »denn wenn der Zeitpunkt näher kommt, werden wir uns den Alkohol komplett abschminken.«

»Wann wird der Zeitpunkt denn kommen?«, fragte Crow.

»Ich hole noch immer Informationen ein«, sagte Macklin. »Wie sehen die Gewässer rund um die Insel aus, Freddie?«

»Der Kanal zwischen der Insel und der Landzunge ist nicht passierbar. Die Strudel sind so heftig, dass man genauso gut einen Pürierstab umschiffen könnte.«

»Was bedeutet?«

»Wenn ich euch auf der Hafenseite an Bord nehme – und das ist der einzige Platz, wo ich landen kann –, müsste ich um die ganze Insel schippern, bis ich im freien Gewässer bin.«

»Wie lange würde das dauern?«

»Hängt von den Gezeiten und der Windrichtung ab.«

»Zum Teufel mit den Gezeiten, Freddie. Gib mir eine Zeit. Ungefähr.«

»Halbe Stunde.«

»Zu lang. Kannst du uns nicht auf der anderen Inselseite abholen?«

»Wenn das Wetter mitspielt. Ich kann euch direkt bei dem Restaurant abholen, aber ihr müsst irgendwie zum Boot raus. Ich komme auf maximal 50 Meter ans Ufer ran.«

»Weil es zu flach ist?«

»Zu flach und zu felsig. Im Laufe der letzten Million Jahre sind dort zahllose Brocken unter die Wasseroberfläche gewandert.«

»Wie kämen wir dann zum Boot?«

»Zu Fuß. Das Wasser ist dort maximal eineinhalb Meter tief. Ich halte das Boot jenseits der Felsen auf Position und ihr kommt raus zum Boot.«

Macklin nickte.

»Wir werden schon einen Weg finden«, sagte Macklin. »Vielleicht treiben wir ein Ruderboot auf, das wir dort verstecken.«

»So oder so«, sagte Costa, »das Wetter muss schon mitspielen.«

»Wir werden versuchen, uns einen günstigen Tag rauszupicken«, sagte Macklin.

Costa hörte den Sarkasmus in seiner Stimme, ließ sich aber nicht irritieren. Er wusste, was er wusste. Bei schlechtem Wetter kam niemand durch diese Felsen. Und selbst bei ruhiger See kam allenfalls ein kleines Boot in die Nähe des Ufers. Und er hatte keine Lust, sein Boot aufschlitzen zu lassen – auch nicht für Macklins Million. Sie hatten vom Meer keine Ahnung, er schon.

»Jeder, der auf die Insel muss, nimmt meinen Wagen«, sagte Macklin. »Die Immobilienschlampe glaubt, dass ihr die Handwerker seid, die für mich arbeiten. Sie gab mir einen Besucherpass, weil ich so ein heißer Kunde bin. Ihr legt den Pass aufs Armaturenbrett und fahrt bis zur Schranke vor – man wird euch dann problemlos durchwinken.«

»Ich muss mir die Unterseite der Brücke anschauen«, sagte Fran.

»Freddie wird dich so nah ranbringen, wie es irgendwie geht. Dann musst du dich auf die Ferngläser verlassen«, sagte Macklin. »JD, du fährst besser gleich mit. Ich glaube, dass alle Kabel zur Insel unter der Brücke verlaufen.«

»Was macht dich da so sicher?«, fragte JD.

»Mrs. Campbell hat's mir gesagt.«

»Vielleicht hat sie ja nur was erzählt. Sie will dir schließlich ein Grundstück andrehen.«

»Wo sollten die Kabel denn sonst liegen?«

»Auf dem Boden des Hafens.«

»Obwohl sie eine so hübsche Brücke haben?«

»Vielleicht wollten sie ja schon Strom auf der Insel haben, bevor sie die Brücke bauten.«

»Okay«, sagte Macklin. »Schluss mit den Vermutungen, schau's dir einfach an.«

»Jawohl, Captain«, sagte JD.

Macklin winkte mit seinem Glas Faye zu. Sie machte ihm einen neuen Drink und stellte ihn auf den Tisch. Als sie das Glas absetzte, legte sie die Hand auf seine Schulter. Geistesabwesend tätschelte Macklin ihre Hand.

»Waffen?«, fragte Crow.

Macklin nickte. »Schrotflinten und Gewehre, je 100 Schuss Munition.«

Crow zog die Augenbrauen nach oben.

»Lieber zu viel als zu wenig«, sagte Macklin. »Hat jeder seine eigene Knarre dabei?«

»Ich hab 'ne Winchester auf dem Boot«, sagte Costa.

»Revolver«, sagte JD.

Fran nickte.

»Crow, stell sicher, dass jeder von uns eine Schrotflinte, ein Gewehr und einen Revolver hat«, sagte Macklin. »Fran, bringst du das Dynamit mit?«

»Sobald ich weiß, was ich brauche«, sagte Fran.

Faye brachte einen Teller mit Sandwiches herein, füllte die Getränke nach und lehnte sich mit den Hüften gegen eine Ablage, um Jimmys Worten zu folgen.

Er war glücklich, dachte sie. Er liebt es, die Crew zusammenzustellen, den Ablauf zu planen, ein Auge auf alle Details zu haben und interne Spannungen aus dem Weg zu räumen. Er hätte Offizier in der Armee werden sollen. Sie beobachtete ihn, wie er sich im Stuhl zurücklehnte, an seinem Drink nippte und ein dreieckiges Sandwich zum Mund führte. *Er liebt diese Jungs*, dachte Faye. Sie war etwas ungehalten gewesen, dass er zum Polizeirevier gegangen war. Jimmy war vernarrt in den Nervenkitzel. Diese Sucht war die Triebfeder seiner Existenz. Er musste sich einfach bis zum Rand der Klippe wagen. Je größer die Spannung, desto größer der Kick. Aber manchmal riskierte er einfach zu viel. Jimmys Reaktion auf den Polizeichef hatte sie beunruhigt: Offensichtlich hatte dieser Jesse Stone mehr Mumm, als Jimmy erwartet hatte.

»Was ist mit einer Bazooka?«, sagte Macklin.

»Eine Bazooka?«, fragte Crow.

»Ein mobiler Raketenwerfer, irgendwas in der Art. Falls sie mit einem Polizeiboot auftauchen, können wir sie ins Wasser blasen.«

»Ich nehm's mit auf die Liste«, sagte Crow.

Faye war sich nicht sicher, ob Crow lächelte oder nicht.

35

Jesse traf Abby Taylor im »Gray Gull«. Abby trank einen Martini, Jesse hielt sich an seinem Bier fest. Abby wunderte sich, sagte aber nichts. Jesse lächelte und prostete Abby zu.

»Auf alte Zeiten?«, sagte er.

Abby stieß mit ihm an.

»Auf gute Zeiten«, sagte sie.

»Dann auf gute Zeiten.«

Die Bar konnte sich über Kundschaft nicht beklagen. Die Veranda war im Herbst geschlossen, doch innen waren fast alle Tische belegt.

»Aber das ist nicht der Grund, warum ich dich treffen wollte«, sagte Abby.

Jesse nickte.

»Kay Hopkins setzt alle Hebel in Bewegung, um dich als Polizeichef abzusetzen«, sagte Abby. »Die beiden schwulen Männer, denen man das Haus abgefackelt …«

»Canton und Brown«, sagte Jesse.

»Genau. Sie strengen jedenfalls eine Zivilklage an und ich vermute, dass Hopkins einem Vergleich zustimmen wird, um zu verhindern, dass das Tonband vor Gericht zugelassen wird.«

»Sollte man meinen«, sagte Jesse.

»Aber damit ist die Sache für sie nicht aus der Welt.«

»Für Mrs. Hopkins?«

»Richtig. Sie ist davon überzeugt, dass du ihre lieben Jungs misshandelt hast – und obendrein deine Position missbraucht hast, um eine Zivilklage anzuregen. Sie will dich zu Fall bringen.«

»Ich wünsch ihr viel Glück«, sagte Jesse.

»Sie hat schon mit Morris Comden gesprochen. Du kennst Morris?«

»Morris ist nicht gerade eine Stütze der Gesellschaft«, sagte Jesse.

Doc kam hinter der Bar auf sie zu. »Noch 'ne Runde?«, fragte er.

Abby nickte. Jesse zuckte mit den Schultern. Sein Bierglas war noch halb voll. Er war kein großer Biertrinker – und genau aus diesem Grunde trank er es.

»Du solltest mit Nick Petrocelli sprechen«, sagte Abby. »Unterschätz die Frau nicht. Sie ist bösartig und besessen. Sie muss ihren Kopf immer durchsetzen. Und sie ist es nicht gewohnt, dass man sich ihr in den Weg stellt.«

»Man hüte sich vor einer gekränkten Frau«, sagte Jesse.

Doc servierte die nächste Runde. Abby nahm ihren zweiten Martini gleich zügig in Angriff.

»Einer Frau wie mir«, sagte sie.

Ups, dachte Jesse.

»Ich dachte, du würdest mich verachten«, sagte Jesse.

»Vermutlich hab ich das auch.«

»Du wärst nicht die Erste«, sagte Jesse.

Abby nahm eine Olive aus dem Glas und schob sie in den Mund. »Wie ich höre, ist Jenn noch immer in der Stadt.«

»Ja.«

»Wie geht's euch beiden?«

»Ich weiß es nicht.«

»Was für eine Antwort ist das denn?«, sagte Abby.

»Es ist die Wahrheit«, sagte Jesse. »Ich weiß einfach nicht, wo wir stehen und wie sich unsere Beziehung entwickeln wird.«

»Was würdest du dir denn wünschen?«

Jesse trank einen Schluck Bier aus dem ersten Glas.

»Sie sagt, sie sei nicht mehr die Gleiche.«

Abby trank ihren Martini. »Was bedeutet?«

»Sollte das der Wahrheit entsprechen …«

»Würdest du wieder mit ihr zusammenleben wollen«, sagte Abby.

»Wenn es denn wirklich möglich wäre«, sagte Jesse.

Abby nickte langsam mit ihrem Kopf. »Was sagt sie denn dazu?«, fragte sie.

»Sie sagt, wir seien zwei erwachsene Menschen. Wir könnten uns weiterhin treffen, aber auch andere Beziehungen pflegen. Und dann müsse man sehen, wie sich die Dinge entwickeln.«

»Möchte sie mit dir zusammen sein?«

»Ja und nein«, sagte Jesse.

»Was zum Teufel soll das denn wieder bedeuten?«, sagte Abby.

Sie trank ihren Martini aus und nickte Doc zu.

»Es bedeutet, dass sie mit mir zusammen sein will, gleichzeitig aber auch nicht«, sagte Jesse. »Die Seelenklempner nennen es wohl Ambivalenz.«

»Und sie erwartet von dir, dass du so lange wartest, bis sie sich entschieden hat?«

»Falls ich das Spiel mitspiele«, sagte Jesse.

»Und willst du mitspielen?«

Doc brachte ihr einen neuen Drink. Er schaute zu Jesse, der aber den Kopf schüttelte.

»Wenn ich mit Jenn zusammenleben könnte, würd ich's wohl auch tun«, sagte er vorsichtig.

Abby schwieg und drehte den Stiel ihres Martini-Glases langsam auf der Bar hin und her. Jesse sagte ebenfalls nichts und wartete. Abbys Augen begannen sich mit Tränen zu füllen. Jesse atmete tief durch.

»Und was ist mit uns?«

»Ich dachte, das Kapitel sei längst abgeschlossen«, sagte er.

»Dachte ich eigentlich auch«, sagte Abby, »aber ich habe mich wohl getäuscht. Was letztes Jahr passierte, machte mir Angst. Ich war erschrocken, wie rabiat du dich verhalten hast. Ich habe die Situation einfach nicht richtig einschätzen können.«

»Und inzwischen ist deine Angst verflogen?«

»Heute verstehe ich deine Schituation.«

Jesse nickte. Abbys undeutliche Aussprache zeigte erste Folgen des Alkohols.

»Zumindest auf absehbare Zeit gibt es keinen Grund,

warum wir uns nicht mehr treffen sollten«, sagte Jesse. »Hast du mit einem anderen Mann was am Laufen?«

»Ich geh in letzter Zeit mit Paul Graveline aus.«

»Und magst du ihn?«

»Sehr sogar.«

Er erinnerte sich daran, wie sie unbekleidet aussah, wie sie sich im Bett angefühlt hatte – und fand Gefallen an der Vorstellung. Abby hörte auf, ihr Glas auf dem Tresen zu drehen und schaute zu ihm hoch. Die Tränen kullerten inzwischen ihre Wangen hinunter.

»Aber?«, fragte Jesse.

»Du bist es, den ich liebe. Jesse.«

»Keine gute Idee, Abby.«

»Ich weiß.«

»Ich hab dir nie was vorgemacht«, sagte Jesse, »sondern nur die Wahrheit gesagt.«

»Ich weiß. ›Versteif dich nicht auf mich, Abby‹, hast du immer gesagt.«

Jesse nickte. Er trank noch einen Schluck Bier und wünschte sich, dass es etwas Hochprozentigeres wäre. Auf der anderen Seite des Lokals saß die Gattin von Harry Smith allein an einem Zweiertisch. Jesse erinnerte sich, dass er sie beim Ball des Jachtclubs mit Harry und Marcy Campbell gesehen hatte. Das Rotweinglas vor ihr war noch fast voll.

»Aber ich hab's trotzdem getan«, sagte Abby.

Jesse wusste nicht, was er antworten sollte.

Mrs. Smith saß noch immer allein an ihrem Tisch, das Glas noch immer fast voll. Offensichtlich hatte sie keine Probleme, allein in einem Restaurant zu hocken.

»Selbst wenn du wieder mit Jenn leben würdest –

vielleicht …« Abby hielt inne, um den Rest ihres Martinis zu kippen. »Vielleicht könnten wir nebenher immer noch unsere Beziehung am Laufen halten.«

»Wohl eher nicht«, sagte Jesse. »Es fällt mir schwer, Ja oder Nein zu irgendetwas zu sagen, aber das halte ich für eher unwahrscheinlich.«

Abby, noch immer Tränen in den Augen, gab Doc das Zeichen für einen weiteren Drink. Doc schaute zu Jesse hinüber, Jesse nickte. *Ihr jetzt den Riegel vorzuschieben, wäre wohl keine gute Idee,* dachte er. Doc brachte den Drink und warf Jesse einen fragenden Blick zu. Jesse zuckte mit den Schultern. Abby trank den halben Martini, rutschte von ihrem Hocker herunter, legte ihre Arme um seinen Hals und küsste ihn leidenschaftlich. *Er sollte dem wohl besser ein Ende bereiten,* dachte er. Aber er unternahm nichts. Abby, die Arme noch immer um seinen Hals, lehnte sich zurück und sagte: »Sag mir, dass dir das nicht gefallen hat.«

»Werd ich mit Sicherheit nicht sagen.«

»Sag mir, dass du nicht willst, dass ich mit dir nach Hause komme.«

Er sollte jetzt besser Schluss machen. »Auch das wirst du nicht von mir hören«, sagte er.

Sie warf sich wieder an seine Schultern und küsste ihn mit geöffneten Lippen. Jesse hatte immer das Gefühl, in Paradise auf dem Präsentierteller zu liegen: Jedermann hier wusste, dass er der Chef der Polizei war. Aus diesem Grund hatte er stets vermieden, angetrunken in der Öffentlichkeit gesehen zu werden. Nun beim öffentlichen Knutschen beobachtet zu werden, war ihm nicht minder peinlich. Er fühlte sich äußerst unwohl in seiner Haut. So was nennt man wohl Ambivalenz, dachte er. Mit ihren Lippen auf seinem Mund, ihre Hüften fest gegen seine gepresst, flüsterte Abby: »Nimm mich mit zu dir, Jesse.«

»Ja«, sagte er nur.

Sie hing halb in seinen Armen, als sie das »Gray Gull« verließen. Ob es nun die nackte Lust war oder ihr Schwips – Jesse wusste es nicht. Vermutlich beides.

Als sie gegangen waren, stand Mrs. Smith auf und ging zur Bar, um mit Doc zu sprechen.

»Die junge Frau bei Chief Stone«, sagte Faye. »Irgendwie kommt sie mir bekannt vor. Wie ist doch gleich ihr Name?«

»Abby Taylor, Ma'am.«

»Lebt sie hier in der Stadt?«

»Ja, Ma'am. Sie gehörte bis vor Kurzem sogar zum Stadtrat.«

»Ich bin mir sicher, dass wir uns schon einmal begegnet sind. Sie wissen nicht zufällig, ob sie auch das Wellesby College besuchte?«

»Nein, Ma'am.«

Faye lächelte ihn an. »Nun, macht nichts. Beim nächsten Mal frag ich sie selbst.«

36

Zusammen mit Crow saß Macklin in seinem Wagen, trank Kaffee und warf ein Auge auf die »Paradise Savings Bank« von Stiles Island. Ein gepanzerter Geldtransporter verließ gerade das Gelände.

»Da gibt's 'ne Menge Bargeld zu holen«, sagte Macklin.

»Wieso bist du dir da so sicher?«

»Das war schon der zweite Geldtransporter heute«, sagte Macklin. »Und sie bringen bestimmt nicht Büroklammern.«

Crow nickte. Er hing halb auf seinem Sitz und hatte einen Fuß aufs Armaturenbrett gelegt. Selbst im entspannten Zustand strahlte Crow noch immer diese Aura komprimierter Gewalt aus, die nur darauf wartete, sich zu entladen.

»Und solltest du mal ein erfolgreicher Bankräuber werden wollen, geb ich dir gleich einen Tipp«, sagte Macklin. »Schau dir an, wie viele Geldautomaten sie haben.«

»Sie haben vier«, sagte Crow.

»Scharf beobachtet, Adlerauge. Und wenn du die Straße rauf- und runterguckst, was siehst du da?«

»Viele betuchte Pussys«, sagte Crow.

»Davon abgesehen«, sagte Macklin.

»Viele noble Geschäfte, in denen die betuchten Pussys shoppen.«

»Und das ist Tipp Numero zwo für angehende Bankräuber: Such dir eine Bank aus, die in der Nähe von vielen Geschäften ist.«

»Weil?«

»Weil dort eine Menge Bargeld im Umlauf ist.«

»Ah«, sagte Crow. »Wie sieht's denn mit Schließfächern aus?«

»Haben sie«, sagte Macklin. »Ich hab mich davon überzeugt.«

»Schließfächer machen aber immer nur Ärger.«

»Wenn man sie einzeln knacken muss – ja. Aber nicht, wenn man die Besitzer dazu überredet, sie freiwillig zu öffnen.«

»Muss man dazu nicht auch einen zweiten Schlüssel von der Bank haben?«

»Völlig richtig.«

Crow trank von seinem Kaffee. Er beobachtete eine Frau in Spandex-Hosen, die aus einem silbernen Volvo Kombi stieg und ein Geschäft namens »Island Gourmet« betrat.

»Jimmy«, sagte er nachdenklich, »wie viel Zeit planst du für den Überfall überhaupt ein?«

»Ein paar Tage sollten reichen.«

»Und du glaubst wirklich, dass die Cops in dieser Zeit nicht, äh, intervenieren?«

»Nicht, wenn sie von dem Überfall gar nichts mitbekommen.«

»Und du glaubst, du kannst es so drehen, dass sie nichts mitbekommen?«

»Glaub ich.«

»Wie lange?«

»Für ein paar Tage, denke ich.«

»Und wenn Sie's früher mitkriegen?«

»Dann müssen sie immer noch auf die Insel kommen, um uns aufzuhalten.«

»Du willst die Brücke in die Luft jagen?«

»Wenn's notwendig ist.«

»Jimmy, niemand macht ein Omelette, ohne ein paar Eier zu zerschlagen.«

»Machst du dir etwa deswegen Sorgen?«

»Natürlich nicht.«

»Worüber machst du dir eigentlich Sorgen, Crow?«

»Nichts, was du verstehen würdest, Jimmy.«

»Apachen-Mumpitz?«

Crow zuckte mit den Schultern und trank einen Schluck Kaffee.

»Du sagst es.«

»Aber wir werden 'ne Menge Muschelketten erbeuten«, sagte Macklin. »Da sind doch Apachen scharf drauf, oder nicht?«

»Apachen haben mit Muschelketten nichts am Hut; das ist ein Schwachsinn, den sich die Indianer an der Ostküste ausgedacht haben.«

»Worauf fahren denn die Apachen ab?«

»Cash«, sagte Crow.

37

»Die Autonummer, die ich überprüfen sollte?«, sagte Suitcase, als er in Jesses Büro kam. »Der Wagen ist auf Harry Smith zugelassen. Die Adresse ist ein Apartmentgebäude auf Pier 7 in Charlestown.« Er gab Jesse das rosafarbene Memo. Jesse schaute kurz drauf: Es war eine Adresse im sanierten Charlestown Navy Yard. Er steckte sich den Zettel in seine Hemdtasche.

»Hab gehört, dass du gestern mit Abby im ›Gull‹ warst«, sagte Suitcase Simpson. »Hab auch gehört, dass sie gut gebechert hat.«

»Sehr aufmerksam«, sagte Jesse.

»Hörte auch, dass sie dich ständig betatscht hat.«

»Ich glaube, das eine folgt aufs andere«, sagte Jesse.

»Hat sie bei dir übernachtet?«

»Suit, du solltest vielleicht häufiger mal mit Mädchen ausgehen.«

»Ich und die anderen Jungs haben zusammengelegt«, sagte Suitcase, »und dir diese hier gekauft.«

Er zog eine große Flasche mit Multivitaminen aus seiner Polizeiuniform, drückte sie Jesse in die Hand – und brach vor Lachen fast zusammen.

»Herrje, Jesse – der ungekrönte Schwanzkönig.« Suitcase konnte vor Lachen kaum sprechen. »Deine Ex … Marcy Campbell … Abby … Ich glaub, ich werd mit meiner Mutter mal wieder in die Kirche gehen.«

Er stolperte rückwärts gegen die Wand und lachte so schallend, dass er sich nicht mehr aufrecht halten konnte. Er hatte Tränen in den Augen und dunkelrote Bäckchen. Jesse lächelte höflich und wartete, bis er sich wieder gefangen hatte. Suitcase war gerade mal 25 Jahre alt. Er war zwar gut im Futter für 25, aber nicht gerade ein Musterbeispiel an Reife. Molly Crane klopfte an der Tür und öffnete sie gleich.

»Morris Comden ist hier, Jesse«, sagte sie. »Möchte dich allein sprechen.«

»Will sich vermutlich ein paar Sextipps holen«, röhrte Suitcase.

»Nimm Suit mit und schick Morris rein«, sagte Jesse.

»Hast du ihm die Vitamine gegeben?«, sagte Molly zu Suitcase.

Als Suitcase nickte, musste auch Molly kichern. Sie ließ die Tür offen, als sie Jesses Büro verließen, und Sekunden später stand Morris Comden im Rahmen. Er warf noch einen Blick zurück auf die beiden Polizisten, die gerade das Büro verlassen hatten.

»Muss ja ein Mordswitz gewesen sein«, sagte er.

»Man braucht keine Mordswitze, um bei diesen Knalltüten hysterische Anfälle auszulösen«, sagte Jesse. »Was liegt an, Morris?«

Morris warf einen Blick auf die halb offene Tür.

»Haben Sie was dagegen, wenn ich die Tür schließe, Jess?«

»Nein.«

Comden stand noch mal auf, schloss die Tür und setzte sich wieder. Er hasste es, dass Jesse seine Fragen immer nur mit kargen Worten beantwortete.

»Wir haben ein Problem, Jess.«

Jesse schwieg.

»Sie wissen, dass ich mich immer für Sie eingesetzt habe«, sagte Comden.

Jesse schwieg.

»Sie werden sich erinnern, dass ich auf Ihrer Seite war, als es letztes Jahr den großen Ärger gab.«

»Nein, Morris, ich erinnere mich nicht.«

Comden wusste nicht, wie er reagieren sollte, und tat so, als habe er Jesses Antwort überhört.

»Aber diesmal haben wir ein echtes Problem«, sagte Comden. Seine Stimme klang, als habe er einen Frosch im Hals. »Kay Hopkins.«

Jesse lehnte sich in seinem Drehstuhl zurück und faltete die Hände vor dem Bauch.

»Wie Sie sicher wissen, hat sie mich politisch immer unterstützt«, sagte Comden.

Jesse nickte.

»Und ihr Mann ist in der Finanzwelt eine ernst zu nehmende Größe.«

»Hmm.«

Der Schweinehund lässt mich voll auflaufen, dachte Morris. *Er kommt einem nie einen Schritt entgegen, sondern sitzt einfach nur da und sagt kein Wort.*

»Charlie ist in einer Stadt dieser Größe ein wichtiger Faktor«, sagte Comden. »Und es ist mir eine Ehre, Charlie meinen Freund nennen zu dürfen.«

»Von seiner politischen Unterstützung ganz zu schweigen«, sagte Jesse.

»Richtig. Charlie hat mich all die Jahre unterstützt, und auch Kay hat sich stets für mich eingesetzt.«

Es war still im Büro. Gelegentlich konnte man den Verkehr von der Summer Street hören, irgendwo im Haus wurde eine Tür zugeschlagen.

»Und nun, verdammt noch mal, Jess, möchten sie Hilfe von mir.«

»Und?«

»Und ich denke, dass sie auch einen Anspruch darauf haben.«

Wieder war es still im Büro. Jesse saß unbeweglich auf seinem Stuhl. Comden wusste nicht, wie er fortfahren sollte.

Schließlich sagte Jesse: »Nun, wenn das alles ist, was Sie mir zu sagen haben, Morris, dann kann ich Ihnen nur noch einen schönen Tag wünschen.«

»Jess … ich … sie … wollen, dass Sie von Ihrem Amt zurücktreten.«

»Kann ich mir gut vorstellen«, sagte Jesse.

»Sie sind wild entschlossen.«

»Auch das kann ich mir vorstellen.«

»Mein Gott, Jess … Werden Sie zurücktreten?«

»Nein.«

»Sie sind wild entschlossen, ihr Ziel zu erreichen.«

»Kann ich mir vorstellen.«

»Und ich … ich kann nicht versprechen, auf welche Seite ich mich schlagen werde, Jess.«

»Ich kann Ihnen genau sagen, auf welche Seite Sie sich schlagen werden«, sagte Jesse freundlich. »Ohne Kays Unterstützung und Charlies Geld werden Sie nicht wiedergewählt werden. Und der Posten eines Stadtrats in Paradise ist nun mal das Einzige, was Sie in Ihrem Leben erreicht haben. Ohne den Job wären Sie nichts als ein nichtsnutziger, katastrophal gekleideter Depp.«

»Jess, es steht Ihnen nicht zu, so mit mir zu sprechen.«

»Und deshalb werden Sie alles daransetzen, um mich zu feuern, damit Kay Ihnen dankbar ist und Charlie Ihren Job sichern wird, weil Sie anderenfalls Arbeitslosenunterstützung beantragen müssten.«

»Verdammt noch mal, Jess. Verstehen Sie denn nicht, dass ich die Situation zu aller Zufriedenheit lösen möchte? Sie treten zurück und ich setze mich dafür ein, dass Sie ein exzellentes Zeugnis bekommen, mit dem Sie sich woanders bewerben können.«

»Ein paar Sachen, Morris: Es ist nicht so einfach, mich zu feuern. Sie sollten sich mal mit Nick Petrocelli darüber unterhalten. Zweitens: Ich bin genauso wie Sie – ich bin nur gut in einer Sache, und das ist nun mal der Job, den ich ausübe. Wenn ich das nicht mehr mache – wer zum Teufel bin ich dann noch? Ein Mann mit einem Alkoholproblem, der seine Ehe nicht auf die Reihe kriegt.«

»Ich dachte, Sie wären geschieden«, sagte Comden.

»Jedenfalls werde ich nicht zurücktreten«, sagte Jesse. »Genau wie Sie. Ich werde mich mit aller Macht an dem festklammern, was das Einzige zu sein scheint, das ich in meinem Leben geregelt kriege.«

»Sie lassen mir nicht gerade eine große Wahl, Jess.«

»Muss ich auch nicht, Morris.«

»Ich wünschte mir, es wäre nie dazu gekommen, Jess.«

»Klar.«

Comden war aufgestanden und stand unschlüssig im Büro. Er war mit der Absicht gekommen, seine Mission unbeirrt durchzuziehen, doch hatte nun das Gefühl, als würde ihn Jesses stechender Blick gegen die Wand drücken.

»Ich hoffe, wir werden nicht zu Feinden, Jess.«

»Ach was«, sagte Jesse.

»Wir versuchen beide nur, unseren Job zu tun«, sagte Comden.

»Sie können es sich zurechtlegen, wie Sie wollen, Morris. Wir *sind* Feinde, und ich möchte Sie fortan nicht mehr in meinem Büro sehen.«

Comden öffnete seinen Mund, wusste aber nicht, was er noch sagen könnte. Für einen unentschlossenen Moment stand er sprachlos da, drehte sich dann um und stapfte hinaus. Jesse starrte ihm nach.

»Und wenn Sie mich noch einmal Jess nennen«, sagte er laut ins leere Büro, »schneide ich Ihnen die Eier ab – falls Sie überhaupt welche haben.«

Comden hörte ihn schon nicht mehr, aber Jesse konnte es sich einfach nicht verkneifen. Der Spruch musste einfach raus – und Jesse, allein in seinem Büro, lächelte still in sich hinein.

38

Er hatte sie zum letzten Mal in Fayes Wohnzimmer versammelt.

»Hast du die Brücke präpariert?«, sagte Macklin zu Fran.

»Klar. JD und ich haben die ganze Woche lang die Sprengsätze angebracht.«

»Wie lange dauert es, bis sie in die Luft fliegt?«

»Wenn du das Kommando gibst: eine Minute.«

»Wie sieht's mit der Anlegestelle am Jachtclub aus?«

»Ebenfalls. Hab so getan, als würde ich auf einem Boot arbeiten.«

»Wie sieht's mit den Telefonkabeln aus?«, fragte Macklin.

»Auch erledigt«, sagte JD. »Sobald ich den Schalter umlege, sind alle Leitungen tot.«

»Was gleichzeitig auch die Alarmsysteme lahmlegt?«

»Genau«, sagte JD. »Aber die Handys und Autotelefone funktionieren natürlich trotzdem. Du kannst die Insel nicht völlig vom Netz nehmen. Irgendjemand wird einen Anruf machen.«

»Letztlich geht's nur um das Abwägen von Chancen, JD«, sagte Macklin. »Es wird vermutlich eine Weile dauern, bis jemand zum Handy greift. Wir werden versuchen, den größtmöglichen Zeitpuffer rauszuholen, bis jemand die Polizei alarmiert. Wird sie dann alarmiert – und wir sind mit unserer Arbeit noch nicht durch –, jagt Fran die Brücke in die Luft. Danach wird es eine Weile dauern, bis sie ein paar Boote klarmachen können. Und es wird erheblich einfacher sein, die Cops unter Beschuss zu nehmen, wenn sie in einem Boot kommen. Natürlich, früher oder später werden sie kommen, aber wir brauchen nur 24 Stunden. Und falls notwendig, nehmen wir Geiseln. Wir halten sie uns 24 Stunden vom Leib, räumen in dieser Zeit die Insel aus – und sind verschwunden. Ich finde, die Wahrscheinlichkeit spricht eindeutig für uns.«

Faye hatte den Eindruck, als würde Crow, der wie immer am äußersten Rande der Gruppe saß, heimlich lächeln – als würde nur er den Witz verstehen, der allen anderen verborgen blieb.

»Ich sehe nicht, dass unsere Chancen sonderlich hoch sind«, sagte JD.

»Klar«, sagte Macklin, »niemand liebt Fragezeichen und Unsicherheiten. Jeder möchte nur narrensichere Nummern drehen. Aber die gibt's nun mal nicht. Es gibt nur gute Chancen und schlechte. Und dies ist eine gute. Die Chancen stehen gut, dass wir für den Rest des Lebens ausgesorgt haben. Ist das nicht einen Versuch wert?«

»Ich hab vier Kinder«, sagte Fran.

»Und du bekommst die Chance, ihnen ein unbeschwertes Leben zu ermöglichen«, sagte Macklin. »Wir haben einen brillanten Plan. Wir haben die besten Jungs für den Job und die Zeit ist nun gekommen, ihn anzugehen.«

Niemand sagte ein Wort. Crow lächelte noch immer in sich hinein.

»Es kann doch nicht angehen, dass jetzt noch jemand aussteigen will«, sagte Macklin.

»Niemand redet vom Aussteigen«, sagte Fran.

»Kann ich mir auch nicht vorstellen«, sagte Macklin. »Das ist nur das Lampenfieber vor der großen Schlacht, vor unserem Angriff auf die feindliche Küste.«

Faye bemerkte plötzlich, dass Crow sie anschaute. Sie erwiderte seinen Blick und realisierte in diesem Moment, dass er wusste, was sie wusste. Sie wusste, dass Jimmy nie der geniale Planer war, für den er sich selbst hielt – und dass er sich gerade auf der Schaumkrone dieser manischen Welle befand, die ihn geradewegs ins Zentrum der Handlung befördern würde. Sie hatte im Lauf der letzten Monate versucht, ihn auf dem Boden der Realität zu halten, ihn halbwegs zur Vernunft zu bringen, musste aber letztlich erkennen, dass sie dazu nicht in der Lage war. Er liebte die Action zu sehr, er liebte es, Anweisungen zu geben, er liebte es, in sich selbst den großen Strategen zu sehen, der mit seinen handverlesenen Truppen in den Kampf zog, kein Detail dem Zufall überließ und den Gegner elegant austrickste. Aber sie wusste es besser. Jimmy schaffte es irgendwie, sich in diesen Zustand zu versetzen, ohne tatsächlich den Beweis liefern zu müssen. In gewisser Weise war es wie Onanie. Und sie erkannte zum ersten Mal, dass auch Crow sich dieser Tatsache bewusst war. Dass Jimmy mehr George Custer war als General Ulysses S. Grant. Es waren seine Unberechenbarkeit und seine Waghalsigkeit, die ihn bisher immer über Wasser gehalten hatten.

Der Teller mit den Sandwiches war leer und Faye nahm ihn mit in die Küche. Crow folgte ihr, um sich aus dem Kühlschrank ein paar Eiswürfel zu holen. Er lehnte gegen die Küchenanrichte und nahm einen Schluck von seinem Drink.

»Könnt ihr die Nummer wirklich über die Bühne bringen?«, fragte Faye.

Crow zuckte mit den Schultern. »Jimmy glaubt es zumindest«, sagte er.

»Jimmy leidet unter krankhafter Begeisterungsfähigkeit«, sagte sie.

Crow lächelte.

»Vielleicht ist der Coup ja nicht so narrensicher, wie er glaubt«, sagte Faye.

»Mag sein.«

»Hast du keine Angst, dass es ins Auge geht?«

»Ich hab keine Angst«, sagte Crow.

»Aber du hältst es für möglich, dass es danebengeht?«

»Nicht auszuschließen.«

»Warum machst du dann überhaupt mit?«

»Warum nicht?«, sagte Crow.

Faye schaute ihn eine Weile an und begriff, dass es Welten waren, die zwischen ihnen lagen. Sie konnte ihn nur um einen Gefallen bitten.

»Sollte es schiefgehen: Kannst du auf ihn aufpassen, so gut es geht?«

Crow lächelte sie an.

»Klar doch«, sagte er.

Faye füllte den Teller mit neuen Sandwiches, während Crow langsam die Eiswürfel in seinem Glas schwenkte.

»Mit einem anderen Mann wärst du besser bedient, Faye.«

»Ich liebe ihn aber«, sagte sie.

»Sieht ganz so aus«, sagte Crow.

Sie blieben eine Weile stehen. Ihr gemeinsames Wissen schien sie zu lähmen.

»Aber du bleibst bis ans bittere Ende an Bord?«, sagte Faye.

»Ja.«

»Und warum?«

»Es geht um viel Geld«, sagte Crow.

»Nur deshalb?«

»Und weil ich ihm mein Wort gegeben habe.«

»Und wenn's ins Auge geht?«

Crow zuckte die Achseln und lächelte sie an.

»Könnte ein guter Tag zum Sterben sein«, sagte er und nahm sich ein Sandwich vom Teller.

39

Die Eigentumswohnungen in diesem Teil des Navy Yards standen auf einem erhöhten Fundament, unter dem sich die Parkplätze für die Apartments befanden. Jesse parkte neben dem grünen Mercedes von Harry Smith, auch wenn ein Schild mit der Apartmentnummer und dem dazugehörigen Namen keinen Zweifel daran ließ, dass der Parkplatz eigentlich reserviert war. Auf dem Parkplatz von Smith stand der Name Prentice, darunter die Apartmentnummer 134. Jesse war mit seinem privaten Wagen gekommen und trug Jeans sowie eine Baseballkappe. Von seinem Sitz aus konnte er den Eingang zu Apartment 134 bestens beobachten. Er wusste selbst nicht, warum er überhaupt hier war. Irgendetwas war faul an diesem Harry Smith. Er behauptete, aus Concord zu kommen, aber der Wagen war in Charlestown zugelassen. Sicher, viele Leute zogen um, ohne deshalb gleich ihre Zulassung zu ändern. Und die Tatsache, dass er seinen Wagen auf einem reservierten Parkplatz abgestellt hatte, war auch nicht gerade ein Verbrechen. Vielleicht hatte seine Frau ja ihren Mädchennamen behalten. Vielleicht gehörte das Apartment seiner Frau und er war nach der Hochzeit hier eingezogen. Möglicherweise hatten sie ja erst vor Kurzem geheiratet. Wie auch immer: Es war jedenfalls sinnvoller, ein Auge auf Harry Smith zu werfen, als im Büro zu hocken und auf Anrufe von Abby zu warten.

Abby hatte sich im Bett als wahrer Vulkan erwiesen – so als könne sie mit ihrer schieren Leidenschaft Jesse dazu bewegen, sie trotzdem zu lieben. Er hätte besser nicht mit ihr schlafen sollen. Er wusste das ganz genau. Es war einfach das falsche Signal. Es wäre intelligenter gewesen, sie nach Hause zu fahren. Intelligenter vielleicht, aber nicht gerade menschlich. Jesse mochte Sex und er hatte mit der Tatsache zu leben gelernt, dass ihn sein Trieb manchmal zu Entscheidungen verleitete, die sich im Nachhinein nicht gerade als intelligent erwiesen. Auf seinem Sterbebett, da war er sich sicher, würde er jedenfalls keine der Frauen missen wollen, mit denen er einmal geschlafen hatte. Abby hatte am Morgen geheult. Sie schämte sich, betrunken gewesen zu sein, sie schämte sich, ihren Gefühlen freien Lauf gelassen zu haben. Jesse hatte sich davon nicht erweichen lassen. Er hatte ihr nie etwas vorgemacht – und das wusste sie genau. Er hatte ihr einen freundschaftlichen Klaps auf die Schulter gegeben und sich gefragt, ob er wohl je wieder mit ihr im Bett landen würde.

Ein großer, knochiger Kerl mit roten Haaren und einem Pferdeschwanz kam aus Apartment 134 und zündete sich vor dem Eingang eine Zigarette an. *Danke, dass Sie in der Wohnung nicht rauchen.*

Ob er noch einmal mit Abby schlafen würde, war letztlich auch nicht entscheidend. Immerhin ging er auch mit Marcy ins Bett und gelegentlich auch mit Jenn. Und er würde vermutlich auch künftig mit Jenn schlafen. Bei Jenn konnte man sich nie sicher sein, aber allein die Vorstellung, mit ihr wieder Sex zu haben, ließ alle anderen amourösen Abenteuer umgehend verblassen. Er lächelte still in sich hinein. Es war erheblich einfacher, gelassen über Sex nachzudenken, wenn's davon reichlich gab.

Die Tür von Apartment 134 öffnete sich wieder und Mrs. Smith trat heraus, um dem rothaarigen Kerl einen Drink zu bringen. Mrs. Smith war eine verdammt gut aussehende Frau. Jesse musste wieder lächeln. Die Frucht von fremden Bäumen war immer eine Verlockung. Er hätte nichts dagegen gehabt, jetzt selbst mit Freunden auf der Terrasse zu stehen, sich ein paar Drinks zu genehmigen und über den Hafen zu blicken. Der Rothaarige nahm einen letzten Zug von seiner Zigarette, schnippte die Kippe ins Meer und folgte Mrs. Smith wieder hinein. Die Tür schloss sich. Jesse schaute auf die Uhr. Fast schon Zeit für einen kleinen Cocktail. Aber nein, er konnte genauso gut warten – und sich lieber zu Hause ein paar schöne Drinks machen. Der Gedanke, abends einige Gläser kippen zu können, war eine Vorstellung, die ihn den ganzen Tag beschwingte. Und es war ja kein Beinbruch, solange er seinen Alkoholkonsum unter Kontrolle hatte. Und er schien ihn ja kontrollieren zu können, meist jedenfalls. Er war sich ziemlich sicher, kein echter Alkoholiker zu sein – nicht mehr zu sein. Wenn er die Dinge halbwegs in den Griff bekommen würde, hätte er die Ernte halb eingefahren. Dann müsste er nur noch Jenn in den Griff bekommen … oder vielleicht besser sich selbst. Vielleicht, dachte er, müsse er Jenn ja gar nicht mehr kontrollieren, wenn er sich erst einmal selbst im Griff hatte. Er musste lernen, seine Reaktionen auf Jenn unter Kontrolle zu bringen. Und wenn er das schaffen würde, müsste er auch nicht mehr in ihrer Beziehung den Cop spielen.

Die Tür öffnete sich wieder. Diesmal traten vier Männer heraus. Einer war der Rothaarige, ein anderer hatte indianische Gesichtszüge und eine ungewöhnliche Ausstrahlung. Sie stiegen in einen braunen Chevy-Van und fuhren los. Der Wagen hatte ein Kennzeichen aus Arizona. Da er nun mal hier war, schrieb sich Jesse die Nummer auf. Lieber zu viel Informationen als zu wenig. *Könnte fast schon die Arbeitsplatzbeschreibung für einen Cop sein*, dachte Jesse. *Einfach alles notieren.* Ob es wichtig ist? Keine Ahnung. Ob man die Information eines Tages sinnvoll einsetzen kann? Wer weiß das schon? Warum tut man es? Warum nicht?

Jesse wartete bis kurz nach sieben. Keiner der Smiths ließ sich blicken. Er brauchte einen Drink. Und er hatte schließlich eine Verabredung. Er fuhr los, passierte den

Kai und den Marinehafen, der noch immer von Wachpersonal abgeriegelt war. Im alten Stadtzentrum, dessen Verkehrsfluss sich merklich verbessert hatte, seit man hier vor Jahren ein Großprojekt auf die Beine gestellt hatte, nahm er die Route über die Charlestown Bridge, bog dann rechts in die Causeway Street ein, wo man gerade den alten »Boston Garden« abriss, vorbei an der letzten Mietskaserne, die nach der Urbanisierung des Westends noch stehen geblieben war. Er sah nichts, was ihm eine weitere Urbanisierung hätte schmackhaft machen können. Er fuhr am neuen Fleet Center vorbei, am alten Liegenschaftsamt und dem ehemaligen Suffolk County Jail, das inzwischen nicht mehr benutzt wurde. Dann unter der Auffahrt zur »Central Artery«, Bostons Stadtautobahn, die nun bald einem Tunnel Platz machen würde, weiter zum Storrow Drive. Der Charles River lag zu seiner Rechten. Jesse war noch nicht lange hier, aber er liebte inzwischen den Fluss und auch diese Stadt, die bereits eine lange Geschichte auf ihrem Buckel hatte, als Los Angeles gerade gegründet wurde. Er nahm die Arlington-Street-Ausfahrt, fand einen Parkplatz in Jenns Straße und ging durch die wohltuende Dunkelheit zu ihrem Apartment – so normal und unauffällig wie jeder andere Verehrer auch.

40

Marcy Campbell hatte gerade das Büro geöffnet, als Harry Smith mit einem interessant aussehenden Mann hereinkam, der offensichtlich indianische Vorfahren hatte. Er trug eine überlange Sporttasche. Marcy war nicht sonderlich begeistert, Harry noch einmal zu sehen. Sie hatte mittlerweile den Eindruck, dass er ein Schaumschläger war – jemand, der sich Häuser anschaute, aber dann doch nicht kaufte, vielleicht sogar jemand, der überhaupt keine Absicht hatte, hier etwas zu kaufen, sondern nur die Frau aus dem Immobilienbüro flachlegen wollte. Nun ja.

»Guten Morgen, Harry«, sagte sie.

»Hi, Marcy.«

Er drehte das OFFEN/GESCHLOSSEN-Schild an der Tür auf GESCHLOSSEN, verdunkelte die Jalousien, nahm einen 9 mm Revolver aus seiner Jacke und zielte auf Marcy.

»Steh bitte auf, Marcy, und leg dich mit dem Gesicht aufs Sofa.«

»Harry, was zum Teufel soll das?«, sagte sie.

»Mach einfach nur, was ich sage, und zwar schnell.«

Der markant aussehende Indianer stellte seine Sporttasche neben dem Sofa ab. Er richtete sich auf und starrte sie regungslos an.

»Warum soll ich mich aufs Sofa legen?«, fragte sie und spürte in diesem Moment, wie ihr der Magen in die Kniekehlen rutschte.

»Als ich dich beim letzten Mal traf, warst du nicht so steif in den Hüften, Marce«, sagte Harry. »Crow.«

Der Indianer kam zum Schreibtisch, drehte Marcy den Arm auf den Rücken, riss sie vom Stuhl hoch und drückte sie mit dem Kopf aufs Sofa. Mit einer Hand zwischen ihren Schulterblättern hielt er sie auf die Kissen gepresst, während er mit der anderen einen Strick aus seiner Sporttasche holte. Blitzschnell hatte er ihre Hände auf dem Rücken zusammengebunden. Sie fühlte, wie ihr der Rock fast zu den Hüften hochgerutscht war. Als er mit den Händen fertig war, strich er ihren Rock wieder glatt und fesselte sie an den Füßen.

»Harry, warum machst du das?«, sagte Marcy. Sie spürte, wie die Panik inzwischen ihre Stimmbänder erreicht hatte. »Was machst du mit mir?«

»Hab's schon gemacht, Marce, hab's schon gemacht«, sagte er.

Er ging zum Fenster und schaute durch den Schlitz zwischen Jalousie und Fensterrahmen nach draußen. Crow nahm ein graues Klebeband aus der Sporttasche, riss ein Stück ab und klebte es über ihren Mund. Er legte Strick und Klebeband sorgsam zurück in die Sporttasche und drehte Marcy, scheinbar ohne jede Anstrengung, auf ihren Rücken. Er legte eines der Kissen unter ihren Kopf und schob sie so lange hin und her, bis sie halbwegs komfortabel lag. Dann griff er die Sporttasche und ging zum Fenster, wo Harry noch immer nach draußen starrte. Er holte ein Gewehr aus der Tasche und übernahm Harrys Position am Fenster. Harry drehte sich um und setzte sich zu Marcy aufs Sofa.

»Kannst du vernünftig atmen?«, fragte er.

Marcy nickte.

»Gut. Solltest du Probleme haben, dann mach dich bemerkbar«, sagte Harry. »Wir werden hier eine Weile bleiben – das ist jetzt so was wie unser Hauptquartier. Aber ich glaube nicht, dass wir dich allzu lange gefesselt lassen müssen.« Er stand auf, ging zur Toilette und schaute hinein. Kein Fenster. Er drehte sich wieder zu

Marcy um. »Solltest du auf die Toilette müssen, dann lass es uns wissen. Wir werden dir die Fesseln abnehmen und dich auch nicht hindern, die Tür abzuschließen. Verstanden?«

Marcy nickte.

»Prima.«

Harry drehte sich um und setzte sich auf den Drehstuhl hinter dem Schreibtisch. Er legte den Revolver auf den Schreibtisch, schaute auf die Uhr, griff zum Telefon und wählte eine Nummer.

»Ich bin's«, sagte er. »Wir sind hier und stehen in den Startlöschern.«

Er hörte der Stimme am anderen Ende der Leitung zu.

»Okay«, sagte er. »Du hast diese Nummer hier, richtig? Sag sie mir lieber noch mal. Okay. Wenn du mich erreichen willst, dann ruf hier an.«

Er legte auf und schaute zu Crow hinüber.

»Der Tanz hat begonnen«, sagte Harry.

Seine Augen funkeln, dachte Marcy, ganz so, als habe er Fieber. Der Indianer schaute weiter zum Fenster hinaus und nickte wortlos. *Vielleicht geht's ja gar nicht um mich,* dachte Marcy, *vielleicht sind sie ja hinter was ganz anderem her.*

41

Der braune Chevy-Van war auf einen Mann namens Wilson Cromartie aus Tucson zugelassen. Mit dieser Information war Suitcase Simpson in Jesses Büro getreten und hatte sich gesetzt. Er war so massiv gebaut, dass er nur mit Mühe zwischen die Stuhllehnen passte. Erst nachdem er seinen Revolver aus der Hüfte nach vorne geschoben hatte, konnte er bequem sitzen.

»Der Bursche lebt in der Nähe der Swan Road«, sagte Jesse.

»Muss mir das irgendwas sagen?«

»Ist eine gehobene Wohngegend«, sagte Jesse.

»Kennst du Tucson so gut?«

»Ich wuchs dort auf. Mein alter Herr arbeitete dort als Sheriff.«

»Etwa in Cochise County?«, fragte Suitcase.

»Alle kennen immer nur Cochise County«, sagte Jesse.

»Zumindest ein County, das ich kenne«, sagte Suitcase.

»Cochise ist in der Nähe von Tombstone«, sagte Jesse. »Mein Vater arbeitete in Pima County.«

»Und kennst du noch jemanden in der Gegend?«, fragte Suitcase.

»Hmm.«

»Vielleicht solltest du ihn mal anrufen und fragen, was er über diesen Wilson Cromartie weiß.«

»Geniale Idee«, sagte Jesse.

»Danke. Wenn hier wirklich was im Busch ist und wir nicht informiert … Scheiße, du willst mich nur wieder auf den Arm nehmen, oder?«

»Nur ein bisschen«, sagte Jesse. Er beugte sich nach vorne und rief Molly zu, bitte in sein Büro zu kommen. »Ich möchte mit dem stellvertretenden Sheriff von Pima County in Arizona sprechen. Er heißt Travis

Randall. Er kannte meinen Vater und wird sich noch an mich erinnern.«

»Wird gemacht«, sagte Molly.

Als sie rausging, schaute Suitcase ihr nach.

»Ich hab den Eindruck, als hättest du gerade Mollys Arsch begutachtet«, sagte Jesse.

Suitcase wurde rot. »Und?«

»Sie ist verheiratet und hat zwei Kinder, Suit.«

»Was ihrem Arsch keinen Abbruch tut«, sagte Suitcase.

»Da hast du auch wieder recht.«

Zehn Minuten später erschien Mollys Kopf in Jesses Tür.

»Inspektor Travis Randall auf Leitung eins, Jesse.«

Jesse griff zum Hörer.

»Travis?«, sagte er.

»Jesse, wie geht's dir?«

»Du bist befördert worden!«

»Musste wohl früher oder später passieren«, sagte Randall. »Aber du hast es ja sogar zum Polizeichef gebracht.«

»Steht jedenfalls auf meiner Visitenkarte«, sagte Jesse.

»Gibt's deinen Vater noch?«

»Nein.«

»Mein Beileid.«

»Er ist schon vor einer ganzen Weile verstorben. Hör zu: Ich suche nach Informationen über einen gewissen Wilson Cromartie. Lebt in Tucson.«

Jesse gab ihm die vollständige Adresse.

»Ist ein geläufiger Name«, sagte Randall. »Lass mich mal den Computer befragen.«

»Arbeitest du etwa mit einem Computer, Travis?«

»Was wieder einmal das alte Sprichwort bestätigt, dass selbst alte Gäule noch neue Tricks lernen.«

»Sieht ganz so aus. Ich stell dich mal auf die Lautsprecheranlage.«

»Klar.«

Jesse drückte auf den Knopf und legte den Hörer auf. Suitcase saß auf der anderen Seite des Schreibtischs und lauschte gebannt der Stille des Lautsprechers. Er liebte seinen Beruf. Selbst die kleinen Delikte, mit denen er gewöhnlich beschäftigt war, empfand er als spannend – und Jesse, der immerhin als Cop in Los Angeles gearbeitet hatte, erschien ihm wie der große Zauberer. Randall meldete sich zurück.

»Ja, das ist er: Crow.«

»Abkürzung für Cromartie?«

»Vermutlich, aber er schreibt sich hier C-R-O-W. Behauptet, Apache zu sein.«

»Ist er?«

»Kann gut sein. Er sieht schon ein bisschen so aus.«

»Erzähl mir mehr«, sagte Jesse.

»Er ist ein übler Geselle«, sagte Randall. »Auftragskiller.«

»Arbeitet er mit irgendjemandem zusammen?«

»Er ist sein eigener Mann. Und er ist gut. Bekommt viele Aufträge.«

»Haftbefehle?«

»Im Moment liegt nichts vor«, sagte Randall. »Es ist scheinbar unmöglich, jemand zu einer Aussage gegen Crow zu animieren.«

»Hast du eine Beschreibung?«

»Schwarze Haare, braune Augen, 1 Meter 80, 85 Kilo, durchtrainiert, indianische Gesichtszüge. Hast du ihn oder sein Auto irgendwo gesehen?«

»Ich hab ihn gesehen«, sagte Jesse.

»Dann nimm dich nur in Acht vor ihm, Jesse.«

»Klar.«

»Egal ob er eine Knarre hat oder nicht«, sagte Randall.

»Okay. Hast du vielleicht eine Vermutung, was er hier treiben könnte?«

»In der Umgebung von Boston?«

»Genau.«

»Nicht dass ich wüsste. Lass mich noch mal weitersuchen.«

Und wieder lauschten Jesse und Suitcase der knisternden Stille aus Arizona.

»Hier ist was«, sagte Randall. »Er wurde für einen bewaffneten Raubüberfall verknackt, den er zusammen mit einem James Macklin beging. Sie ließen einen Schnapsladen in Flagstaff hochgehen. Macklin stammt aus Dorchester, Massachusetts.«

»Gehört zu Boston«, sagte Jesse. »Haben sie gesessen?«

»Drei Jahre in Yuma.«

»Beide wieder frei?«

»Sieht ganz so aus.«

»Sonst noch was zu Macklin?«

»Nein.«

»Eine Beschreibung?«

»Auch nicht.«

»Okay, Travis, ich dank dir jedenfalls.«

»Kein Problem«, sagte Randall. »Ich werd meine Nase

noch ein bisschen tiefer in die Akte stecken. Sollte ich was finden, ruf ich dich an.«

»Mach das«, sagte Jesse.

»Und, Jesse: Weder du noch einer deiner Leute sollte versuchen, Crow alleine auszuschalten. Es ist ihm scheißegal, ob du ein Cop bist oder nicht.«

»Würdest du's alleine mit ihm aufnehmen, Travis?«

»Um nichts in der Welt.«

»Wir werden schon auf uns aufpassen«, sagte Jesse.

»Und lass dich wieder mal blicken. Dein Vater und ich waren ja dicke Freunde und Betty würde sich sicher freuen, wenn du uns mal besuchen würdest.«

»Danke, Travis. Ich werd's nicht vergessen.«

Jesse beugte sich vor und schaltete den Lautsprecher aus.

»Suit«, sagte er. »Schau doch mal, was du im Computer zu James Macklin aus Dorchester findest.«

»Was läuft hier bloß ab, Jesse?«

»Vielleicht veranstalten sie ja nur ein Klassentreffen: Yuma, Jahrgang 1988«, sagte Jesse. »Vielleicht hat es mit uns ja gar nichts zu tun.«

»Ich wette, dass sie es auf die Paradise Bank abgesehen haben, Jesse. Ich wette, dass sie die Bank ausrauben wollen.«

»Wir werden hier nicht fürs Wetten bezahlt, Suit, sondern für Recherchen. Also recherchier doch mal, was du über diesen James Macklin rausfindest.«

Suitcase stand auf.

»Wird gemacht, Chef«, sagte er.

»Und du hast gehört, was Randall über Crow sagte. Wenn Randall ihm aus dem Weg gehen würde …«

»Ist Randall ein harter Brocken?«, fragte Suitcase.

»Kann man wohl sagen«, sagte Jesse.

Suitcase nickte und ging zur Tür, hielt aber dann an, als habe er noch was vergessen.

»Ah, Chef?«

»Ja?«

»Nimmst du inzwischen die Vitamine?«

»Und schlürfe jede Menge Austern«, sagte Jesse.

Mit hochrotem Kopf und sichtlichem Stolz, dass er diesen Scherz noch an den Mann gebracht hatte, verließ Simpson Jesses Büro.

42

Es war neun Uhr morgens, als Freddie Costa mit seinem Motorboot die Anlegestelle von Paradise Harbor verließ und langsam auf die Bojen zusteuerte, die den Eingang zum Kanal markierten. Er hatte vorher noch aufgetankt und die Maschine gewartet. Auf der Ablage über der Tür lag eine Winchester. Es gab keinen Grund, sie zu verstecken: Viele der Bootseigentümer hier waren bewaffnet. Er griff nach seinem großen Plastikbecher und trank einen Schluck Kaffee. Die Sonne stand bereits über den Dächern von Paradise Neck, als er sein Boot nordwärts zum Hafenausgang steuerte. Der Wind blies ihm direkt ins Gesicht und wühlte das Wasser auf. Obwohl er langsam fuhr, klatschte der Bug oft hart gegen die Wellen. Doch auch eine stürmische See konnte ihn nicht aus dem Gleichgewicht bringen. Er hatte den größten Teil seines Lebens auf dem Meer verbracht, nachdem sein Vater ihn erstmals auf einem Muscheltrawler mitgenommen hatte. Er liebte den Ozean – vor allem dann, wenn er allein war, wenn die Sonne am Himmel stand und ihre Strahlen vom Wasser reflektiert wurden. Wie heute. Einige hoffnungsfrohe Seemöwen umkreisten das Boot für ein paar Minuten, drehten dann aber wieder ab und flogen zu ihrem angestammten Jagdrevier am Hafenrestaurant zurück.

Angesichts des Gegenwindes würde es eine Weile dauern, bis er auf der anderen Seite von Stiles Island ankommen würde. Was kein Problem war – er hatte mehr als genug Zeit. Möglicherweise müsste er die Männer ja sogar erst am nächsten Tag an Bord nehmen. Er würde sich in Küstennähe aufhalten, vielleicht sogar den Anker werfen und auf das Leuchtsignal warten. Wenn sie dann durchs hüfthohe Wasser zum Boot gekommen waren, würde er um Cape Ann herumschippern und sie nördlich von Port City absetzen, wo Faye mit dem Wagen warten würde. Er selbst würde weiter gen Norden fahren, vielleicht sogar bis Portsmouth, und eine Weile abtauchen, bis sich der Staub gelegt hatte. Mit seinem Anteil in der Tasche würde er dann zurück nach Mattapoisett dampfen und sich mit Sportfischen einen schönen Tag machen.

Als er hinter dem Steuerrad stand, konnte er das beruhigende Vibrieren des Motors spüren. Das Boot war im Top-Zustand – die Taue sauber aufgespult, alles blitzblank poliert. Zu seiner Rechten konnte er die stattlichen Häuser von Paradise Neck sehen, deren Rasenflächen sich zum Wasser hin leicht senkten und von massiven Ufermauern abgestützt wurden. In einige der

Mauern waren Stufen eingelassen, die zu hölzernen Anlegestellen mit kleineren Booten führten. Zur Linken ragte stolz die Stadt auf, ein idyllisches Chaos aus Kirchtürmen und Gebäuden, die zum Teil aus dem 18. Jahrhundert stammten und sich den Hügel zum Indian Hill emporzogen. Der große, quadratische Rathausturm, mit einer Uhr auf allen vier Seiten, ragte über alle Gebäude hinaus. Oben auf dem Hügel sah Costa die grüne Oase des Parks.

Er steuerte das Boot Richtung Hafenausgang – vorbei an der Spitze von Stiles Island, die durch die kleine Brücke mit der Mole verbunden war. *Hübsche Brücke*, ging es Costa durch den Kopf. Er mochte alle Arten von Konstruktionen: Maschinen, Brücken, Gebäude, Schiffe. *Schade um die schöne Brücke*, dachte er. Die Häuser auf Stiles Island waren sogar noch großzügiger als die auf Paradise Neck, aber architektonisch erheblich eintöniger. Als Costa an ihnen vorbeischipperte, sah ein Haus wie das andere aus; allenfalls die Schindeln und Fassaden unterschieden sich farblich voneinander. Nachdem er die Spitze von Stiles Island umschifft hatte, nahm er Kurs in Richtung Osten und fuhr direkt auf die Sonne zu.

Früher hatte er immer einen Hund mit an Bord, aber nach der Scheidung hatte seine Frau ihn bekommen – wie so ziemlich alles, was er an Besitztümern hatte, das Boot einmal ausgenommen. Es war kein Beinbruch. Er konnte sich einen anderen Hund zulegen. Diesmal sollte es ein reinrassiger sein, vielleicht ein Dalmatiner. Er liebte Dalmatiner. Er hätte zu diesem Zeitpunkt vermutlich bereits einen gehabt, aber er konnte bei der anstehenden Aktion schlecht einen jungen Hund mit an Bord haben. *Besorg ihn dir besser, wenn du wieder zu Hause bist. Einen Rüden. Wird sich sicher auch gut als Wachhund fürs Boot machen.*

Zur Rechten sah er bereits die Felsbucht, direkt hinter dem Restaurant mit den großen Panorama-Fenstern, die das Sonnenlicht reflektierten. Er schaltete in den Leerlauf und ließ das Boot eine Weile auf den Wellen tanzen. Auf der Insel gab es keine Anzeichen irgendwelcher Aktivitäten. Er schaute auf seine Uhr: Es war 10 Uhr 10. Macklin musste zu diesem Zeitpunkt bereits mit der Aktion begonnen haben. Und Macklin war ein Meister der minuziösen Planung. Ein Lächeln huschte über Costas Gesicht. *Behauptet er zumindest.*

43

Jesse war losgefahren, um sich mit Harry Smith zu unterhalten. Im Schlepptau hatte er Suitcase Simpson und Anthony DeAngelo, die beide Waffen und kugelsichere Westen trugen. Wenn Travis Randall Respekt vor dem Indianer hatte, sollte auch er sich besser in Acht nehmen.

»Bleibt im Wagen«, sagte Jesse. »Sollte es mulmig werden, mach ich mich bemerkbar.«

Als er die Stufen zu Apartment 134 hinaufstieg, spürte er, wie sich die Muskeln in seinen Schultern strafften. Er war in South Central L.A. so einigen üblen Gangstern begegnet, doch die Art und Weise, wie Randall über den Indianer gesprochen hatte, hatte ihn alarmiert.

Mrs. Smith öffnete die Tür, und da er keine Uniform

trug, schaute sie ihn zunächst fragend an. Er zeigte ihr seine Polizeimarke.

»Jesse Stone«, sagte er. »Paradise Polizei.«

Faye spürte einen plötzlichen Anfall von Panik in ihrem Magen.

»Ja, natürlich«, sagte sie. »Chief Stone. Was führt Sie zu uns?«

»Ich hatte gehofft, mich mit Mr. Smith unterhalten zu können. Ist er zu Hause?«

Was wollte er bloß? Warum war er hier? Die Sache auf Stiles Island hatte gerade begonnen. Konnte sein Erscheinen damit in Zusammenhang stehen? Sie musste ihn irgendwie aushorchen. Sie musste es einfach wissen.

»Nein, tut mir leid. Er ist gerade nicht da. Kann ich Ihnen helfen?«

Faye bemerkte, dass unten im Polizeiwagen noch mindestens zwei weitere Cops saßen.

»Ich weiß es nicht«, sagte Jesse. »Darf ich reinkommen?«

»Aber natürlich.«

Sie trat zur Seite und ließ Jesse ins Apartment. Die Wand gegenüber war eine Glasfront und gewährte einen Blick auf den Hafen von Boston und die Silhouette der Stadt dahinter. Die Tür zum Schlafzimmer stand offen und Jesse bemerkte im Vorbeigehen, dass die Decke verspiegelt war. *Schau mal einer an, Mrs. Smith.* Sie war definitiv eine attraktive Frau. Hübscher Körper, selbstbewusstes Auftreten.

»Kaffee?«, fragte sie. »Oder was Stärkeres? Aber ich vermute mal, dass ich Ihnen das gar nicht anbieten sollte. Sie sind ja schließlich im Dienst.«

Sie spielt die »Aufgekratzte Hausfrau«-Nummer verdammt gut, dachte Jesse, aber wenn man auf die Feinheiten in ihrem Auftreten achtete, war es eher eine innere Stärke, die er hinter ihrer Fassade ausmachte.

»Nichts. Vielen Dank, Mrs. Smith. Darf ich mich setzen?«

»Natürlich. Und nennen Sie mich doch Rocky.«

»Rocky als Abkürzung für ...?«

»Roxanne«, sagte sie.

Jesse nickte. Faye beglückwünschte sich dazu, so schnell »Roxanne« aus dem Zylinder gezaubert zu haben, und fragte sich, woher »Rocky« wirklich abgeleitet sei.

»Kennen Sie einen Mann namens Wilson Cromartie?«, fragte Jesse.

»Wilson Cromartie? Nein, ich bin mir sicher, dass ich den Namen noch nie gehört habe«, sagte sie.

Die Lüge ging ihr leicht über die Lippen. Als Jesse den Namen aussprach, hatte sie tatsächlich keine Ahnung, von wem die Rede war. Doch kaum hatte sie geantwortet, wusste sie instinktiv, dass Crow gemeint war.

»Vielleicht kennen Sie ihn ja nicht unter diesem Namen«, sagte Jesse. »Er ist amerikanischer Ureinwohner. Behauptet, Apache zu sein, und nennt sich selbst Crow.«

»Tut mir leid, Chief Stone. Ich kenne wirklich niemanden, auf den die Beschreibung zutrifft.«

Jesse nickte erneut. Er kam als sympathischer, umgänglicher Mensch rüber, aber Jimmy hatte ja schon festgestellt, dass die freundliche Oberfläche trügerisch war.

»Wie sieht es denn mit einem gewissen James Macklin aus?«, fragte Jesse.

Herr im Himmel! Faye spürte wieder die Panik in ihrem Unterleib. *Wie viel weiß er bloß?*

»Nicht dass ich wüsste«, sagte sie.

»Sie sind sich nicht ganz sicher?«

»Doch, ich bin mir sicher. Aber wenn man so viele Leute kennen lernt …«

»Ein brauner Chevy-Van, der auf Wilson Cromartie angemeldet ist, parkte Sonntagabend vor Ihrem Apartment. Drei Männer, von denen einer der besagte Indianer zu sein schien, kamen heraus und fuhren in dem Wagen ab.«

Er weiß, dass etwas in der Luft liegt, dachte Faye. *Aber er weiß nicht genau, was es ist. Wenn er's wüsste, würde er seine Zeit nicht damit verschwenden, mit mir zu reden.*

»Ja, sie waren hier, um mit Harry zu sprechen«, sagte sie. »Aber ich glaube nicht, dass Harry sie besonders gut kannte.«

»Was wollten sie denn mit Harry besprechen?«

»Ich weiß es nicht. Sie wollten ihm wohl einen geschäftlichen Vorschlag unterbreiten, aber Harry hatte offensichtlich kein Interesse.«

»In welcher Branche ist Harry denn geschäftlich tätig?«, fragte Jesse.

Mrs. Smith lächelte. »Er sagt immer, er sei so etwas wie ein schulterfreies Kleid: Es gibt keine sichtbaren Träger«, sagte sie. »Ich denke, man würde ihn wohl einen klassischen Unternehmer nennen: Immobilien, Banken, Aktien und Bonds. Er kauft eine Firma, päppelt sie auf und verkauft sie wieder. Um ehrlich zu sein, verfolge ich die Geschäfte meines Mannes nicht im Detail.«

»Wilson Cromartie ist ein Auftragskiller«, sagte Jesse.

»Wirklich? Mein Gott. Ich habe ihn ja nicht weiter kennen gelernt, aber als er zur Tür reinkam, war er ausgesucht höflich.«

»Ich hielt es für sinnvoll, Sie darüber zu informieren«, sagte Jesse.

»Ich werde es Harry sagen. Vielleicht kann er sich ja einen Reim drauf machen. Vielleicht ist das ja der Grund, warum er an dem Vorschlag der drei Männer kein Interesse hatte.«

Jesse schaute sie ruhig an. Alles, was sie sagte, schien plausibel zu sein. Und doch glaubte ihr Jesse kein Wort. Irgendetwas war faul hier. Aber er hatte keinen Grund, Mrs. Smith zu verhaften oder ihre Wohnung zu durchsuchen. Er nahm eine Visitenkarte aus seiner Hemdtasche und reichte sie ihr.

»Sagen Sie Ihrem Gatten bitte, er möge mich anrufen, wenn er wieder zu Hause ist«, sagte Jesse.

Sie nahm die Karte und legte sie mitten auf die Glasplatte des Kaffeetisches.

»Selbstverständlich«, sagte sie.

Jesse stand auf. Sie erhob sich ebenfalls und brachte ihn zur Tür. Als sie den Old Navy Yard verließen, warf Simpson Jesse einen Blick zu.

»War nur die Frau da?«

Jesse nickte.

»Also brauchtest du uns gar nicht?«

»Nein, ich hab's mit Ach und Krach geschafft, sie unter Kontrolle zu halten.«

Sie sagten nichts mehr, bis sie sich dem City Square näherten. Jesse und Suitcase saßen vorne, DeAngelo auf dem Rücksitz.

»Vielleicht hast du ja schnell ein kleines Nümmerchen geschoben, Jesse?«, sagte Anthony.

»Ausnahmsweise nicht«, sagte Jesse.

»Gut zu wissen, dass es auch mal Ausnahmen gibt«, sagte Anthony. Er und Suitcase kicherten still in sich hinein, als sie die Tobin Bridge passierten.

»Ich hab den Eindruck«, sagte Jesse, »dass ihr beiden nicht gerade scharf darauf seid, einmal Sergeant zu werden.«

Was das Kichern nur verstärkte. Als der Streifenwagen die Stadtgrenze von Paradise Beach passierte, konnten sich die beiden das Lachen nicht mehr verkneifen.

44

Man hatte ihr nichts angetan und vielleicht würde es dabei ja auch bleiben. Harry und der Indianer hatten sie ignoriert, seit sie auf dem Sofa lag. Allerdings waren inzwischen zwei weitere Männer hereingekommen. Ob sie von ihnen etwas zu befürchten hatte? Der größere von ihnen trug einen roten Pferdeschwanz, während der kleinere schwarze Haare hatte, die hinten zu einem Entenschwanz zusammengekämmt waren. *Mein Gott, wer trägt denn heute noch einen Entenschwanz?* Beide Männer schauten sie neugierig an.

»Unser Nachtisch?«, fragte JD.

Marcy spürte wieder, dass die Angst wie eine elektrisch geladene Schlange durch ihren Körper zuckte.

»Lass sie in Frieden«, sagte Macklin.

»Wär aber ein Jammer«, sagte JD.

»Wenn du sie anrührst, wirst du mit Crow ein Gespräch führen müssen, wenn wir mit dem Überfall durch sind«, sagte Macklin.

JD schaute zu Crow. Crow starrte ihn kurz an, worauf JD eine Bewegung machte, die wohl ein Schulterzucken darstellen sollte.

»Von mir hat sie nichts zu befürchten«, sagte JD.

»Will ich hoffen«, sagte Macklin. »Ich werde sie fragen, wenn wir zurück sind.«

Und wieder fühlte Marcy die Schlange in ihrem Körper. Sie waren hier eingefallen, hatten sie mit einer Pistole bedroht, hatten sie gefesselt und geknebelt – und trotzdem sah sie in ihnen inzwischen ihre Beschützer. Sie wollte nicht mit diesen anderen Männern allein gelassen werden. Sie machte ein Geräusch.

»Kannst du noch atmen?«, fragte Macklin.

Sie nickte.

»Willst du zur Toilette?«

Sie schüttelte den Kopf.

»Du hast Angst vor den Jungs hier«, sagte Macklin. »Mach dir da mal keine Sorgen. Sie werden dir kein Haar krümmen – oder, Crow?«

»Werden sie nicht«, sagte Crow.

Marcy hörte etwas in seiner Stimme, was auch die beiden Männer hören mussten – und verstand, dass sich niemand mit Crow anlegen würde. Sie war dankbar, dass es den Indianer gab.

»Rührt euch nicht vom Fleck«, sagte Macklin. »Geht nur ans Telefon, wenn ich es bin. Aber achtet darauf, ob jemand auf dem Anrufbeantworter eine Nachricht hinterlässt. In einer halben Stunde sind wir zurück.«

Mr. Smith und der Indianer gingen hinaus und ließen sie mit den zwei fremden Männern zurück. Sie starrten Marcy für eine Weile stumm an, kümmerten sich dann aber nicht mehr um sie.

Die »Stiles Island Patrol« war Teil einer Firma namens »Citadel Security«, die von einem ehemaligen Marine namens Kurt Billups geleitet wurde. Billups kleidete seine Männer wie Drill-Feldwebel und hatte ihnen sogar ein Käppi verpasst, das tief ins Gesicht gezogen wurde. Ältere, übergewichtige Freizeitcops hatten bei der »Stiles Island Patrol« keine Chance. Billups Männer waren fit und durchtrainiert und wie aus dem Ei gepellt. Die Pistolengürtel waren poliert, die Schuhe gewienert. Die Khaki-Hemden hatten noch ihre Bügelfalten, und die rot-weißen Ford-Streifenwagen waren picobello in Schuss.

Wie die meisten Mitarbeiter waren auch Michael Deering und Dan Moncrief früher Marines gewesen. Deering hatte im ersten Golfkrieg gedient, Moncrief war in San Diego stationiert gewesen. Deering saß am Steuer, als sie – ihren Morgenkaffee in der Hand – über eine kleine Anhöhe auf der Sea Street kamen.

Sie waren auf der Meerseite von Stiles Island, also genau auf der anderen Seite der Brücke. Entlang der Sea Street gab es einen Abschnitt, der von den Bauplanern als Grünfläche eingeplant worden war. Es gab keine Bebauung hier – die Bäume wuchsen eng an beiden Seiten der Straße. Teenager kamen regelmäßig hierher, um in Ruhe Bier trinken und Pot rauchen zu können. Manchmal konnte man auch Hundebesitzer sehen, die den strengen Verordnungen auf Stiles Island ein Schnippchen schlugen und ihre Vierbeiner hier frei laufen ließen. Doch an diesem Morgen sahen sie einen braunen Chevy-Van, der offensichtlich von der Straße abgekommen war. Ein Mann lag vor dem Van auf dem Boden. Als sich Deering und Moncrief näherten, stolperte ein weiterer Mann aus dem Wagen und ging neben dem ausgestreckten Körper zu Boden. Deering hielt den Wagen auf der gegenüberliegenden Straßenseite an. Beide stiegen aus und gingen über die Straße zum Unfallort.

»Was ist passiert?«, rief Deering hinüber.

Der Mann am Boden rollte auf seinen Rücken und schoss Deering durch die Stirn. Moncrief hatte noch nicht mal die Hand an seinem Revolver, als eine weitere Kugel bereits seinen Schädel durchbohrte.

»Cool«, sagte Macklin.

Crow sprang auf, ließ den Hahn seines Revolvers zurückspringen, öffnete das Magazin, füllte zwei Patronen nach, klappte das Magazin zurück und steckte die Waffe in das Holster. Dann half er Macklin dabei, die beiden Leichen an ihren Füßen unter die Bäume zu ziehen. Macklin zog Deering das Hemd seiner Uniform aus, dann bedeckten sie die Leichen mit Laub und Zweigen. Macklin fuhr den Streifenwagen in den Wald auf der anderen Straßenseite, wo sie ihn hinter Ästen versteckten, die sie schon vorbereitet hatten.

Sie stiegen wieder in ihren Van, Macklin am Steuer, und fuhren los. Die beiden Morde und das anschließende Verwischen der Spuren hatten genau drei Minuten und acht Sekunden gedauert.

»Was ist mit dem Wachmann an der Brücke?«, fragte Crow.

»Alles im Griff«, sagte Macklin.

»Wen willst du dort hinsetzen?«

»Fran. Er sagt, er kann die Brücke auch von da aus hochgehen lassen.«

»Perfekt.«

45

Jesse saß mit Suitcase Simpson im Donut-Laden. Suitcase schaute die zwei Boston-Cream-Donuts an, die auf einem Pappteller vor ihm lagen.

»Suit, die Dinger werden dich eines Tages noch umbringen«, sagte Jesse.

»Dann werd ich zumindest glücklich sterben«, sagte Suitcase und schob die Hälfte des ersten Donuts zwischen die Zähne. Während er kaute, fummelte er an seiner Hemdtasche und fischte seinen Notizblock heraus. Er legte den Block auf den Tresen und blätterte mit seiner linken Hand darin, während er in der rechten den Donut hielt. Sicherheitshalber lehnte er sich zur Seite, damit die Füllung nicht auf den Notizblock tropfte.

Als er den ersten Bissen runtergeschluckt hatte, sagte er: »Ich hab ein paar Sachen zu diesem Macklin.«

Jesse trank einen Schluck Kaffe. Der Donut-Laden war fast leer, nachdem die morgendliche Rushhour bereits abgeebbt war. Das Personal war damit beschäftigt, die Tresen aufzuräumen und die Servietten, Pappbecher und Zeitungen zu entsorgen. Ein Mann mit weißer Schürze und weißem T-Shirt kam aus der Backstube und brachte einen Korb mit frischen Donuts. Ihr Duft schien das Aroma des Kaffees perfekt zu ergänzen.

»Macklin ist ein Berufsverbrecher«, sagte Suit. »Vorwiegend bewaffneter Raubüberfall. Wurde vor sechs Monaten aus der Strafvollzugsanstalt in Concord entlassen. Hat bereits in Arizona, Florida und Michigan gesessen. Hat seit Beginn unserer Aufzeichnungen eine Freundin namens Faye Valentine.«

»Haben wir eine Beschreibung von ihm?«

»Mehr als das«, sagte Suit und holte ein Fahndungsfoto heraus.

»Harry Smith«, sagte Jesse.

Suitcase nickte. Er war stolz auf alle Tätigkeiten im Rahmen seiner polizeilichen Ermittlungen, selbst wenn es nur eine banale Aktenrecherche war. Jesse reichte ihm das Foto zurück.

»Gute Arbeit, Suit«, sagte Jesse.

Suits ohnehin rosige Hautfarbe wurde noch einen Tick dunkler. »Es kommt noch besser«, sagte er. »Ich stieß auf einen Vermerk, dass man sich bei allen Ermittlungen zu Macklin in jedem Fall mit einem Kommissar des Bostoner Morddezernats in Verbindung setzen solle.«

»Was du vermutlich schon getan hast«, sagte Jesse.

»Ja, ich hab ihn in seinem Büro besucht.«

Jesse war bewusst, dass Suit die Information auch telefonisch hätte einholen können, aber die Gelegenheit, in ein großes Polizeirevier zu marschieren und von Mann zu Mann mit einem gestandenen Cop zu sprechen, war für einen Jungen wie ihn natürlich einfach zu verlockend. Was ja nicht die schlechteste Sache war, wenn er von seinem Job derart begeistert war. Suitcase schluckte gerade den letzten Bissen des ersten Donuts runter und wischte sich die Füllung von seinen Lippen.

»Ein Sergeant namens Belson«, sagte Suitcase. »Sagt, dass er seit 15 Jahren hinter Macklin her ist.«

»Und er ist bei der Mordkommission?«

»Ja. Er sagt, er wisse, dass Macklin einige Leute ermordet habe, kann's aber nicht beweisen. Deshalb habe er wohl ein ganz spezielles Verhältnis zu Macklin entwickelt.«

»Macklin ist sein Hobby«, sagte Jesse.

Suitcase schaute Jesse mit unverhohlener Bewunderung an. »Ja, das sind genau die Worte, die Belson benutzte: Hobby; Macklin sei sein privates Hobby.«

Jesse nickte. Er wusste, dass Suitcase diesen Ausdruck in seinem Hinterkopf abspeichern und irgendwann in seiner Karriere einmal benutzen würde. Keine Frage: Er würde ein guter Cop werden, ja vermutlich selbst einmal einen Fall zu seinem persönlichen Hobby machen.

»Hat er dir Details erzählt?«, fragte Jesse.

»Ja, er sagte, dass Macklin ein kaltblütiger Killer sei. Vor Jahren, bevor Macklin in Concord einsaß, muss es wohl einen Raubüberfall auf einen Getränkeladen in Brighton gegeben haben, bei dem Geiseln genommen wurden. Der Räuber nahm einen Angestellten und zwei Kunden als Geiseln, nachdem unbemerkt ein Alarm ausgelöst worden war und plötzlich die Cops auftauchten. Der Laden befand sich in einer Einkaufspassage. Die Cops riegelten den Laden vorne und hinten ab, doch irgendwie konnte er fliehen, weil er durch den Keller in ein benachbartes Geschäft entkam. Niemand hatte ihn beim Überfall gesehen – nur die Geiseln. Als die Cops Anstalten machten, den Laden zu stürmen, erschoss er die Geiseln und türmte.«

»Und Belson glaubt, dass es Macklin gewesen sei.«

»Er sagt, er wisse es. Sagt, ein Spitzel, dem er vertraue, habe es ihm zugeflüstert. Aber er konnte nie Beweise vorlegen, und der Spitzel weigerte sich natürlich, seine Aussage zu Protokoll zu geben.«

»Weil er vor Macklin Schiss hatte?«

»Todesangst«, sagte Belson. »Aber selbst wenn er ausgesagt hätte, wären das noch immer keine Beweise gewesen.«

»Warum ist er so sicher, dass es Macklin war?«

»Er hielt sich zum Zeitpunkt in der Gegend auf; das konnten sie wohl rekonstruieren. Er lebte auf großem Fuß, ohne ein nachvollziehbares Einkommen zu haben. Die Waffe war eine 9 mm. Nicht unbedingt ungebräuchlich, aber immerhin Macklins bevorzugte Waffe. Und letztlich, sagt Belson, sei das Macklins typische Vorgehensweise: Er habe keine Probleme damit, Leute kaltblütig abzuknallen. In allen Fällen, die er sich angeschaut hat, habe Macklin seine Probleme mit dem Revolver gelöst. Es scheint ihm absolut nichts auszumachen, Leute einfach zu erschießen.«

»Wusste Belson etwas über Wilson Cromartie?«

»Nein.«

»Irgendetwas über Faye Wie-hieß-sie-doch-gleich?«

Suit befragte sein Notizbuch. »Valentine. Nein. Er wusste nur, dass sie lange mit ihm zusammengelebt haben muss.«

»Seltsam, dass ein Typ wie er einer Frau treu bleibt«, sagte Jesse.

»Ist er ja möglicherweise gar nicht«, sagte Suitcase. »Vielleicht ist sie es ja, die treu ist.«

Suitcase wird mit jedem Tag erwachsener, ging es Jesse durch den Kopf.

»Hat Belson vielleicht eine Idee, was Macklin hier in Paradise treibt?«

»Zumindest nichts Legales. Belson sagt, dass er ihn inzwischen besser kenne als seine eigene Frau. Sagt, er sei ein Gangster, weil er Talent dazu habe und seine Freiheit liebe. Und weil er jemand sei, der den Nervenkitzel braucht.«

Jesse nickte.

»Das passt zu deiner Beobachtung, dass er mit dir fast so etwas wie geflirtet hat«, sagte Suitcase.

»Irgendwie ja«, sagte Jesse.

»Belson sagt noch, dass er sich freuen würde, wenn er noch weiter helfen könne.«

Jesse nickte.

»Ach, und dann war da noch was.« Suitcase fühlt sich offensichtlich nicht wohl in seiner Haut und beschäftigte sich erst einmal mit einem Bissen seines zweiten Donuts. »Er sagte: Sollte es zu einer Verhaftung kommen und Macklin dabei erschossen werden, wäre das kein Weltuntergang, sondern vermutlich die effizienteste Lösung.«

Suitcase biss erneut in seinen Donut.

»Und er sagte, dass ich dir das ausrichten soll.«

»Klingt fast, als betreibe er sein Hobby schon etwas zu lang«, sagte Jesse.

»Ich hab ihn auch gefragt, ob es schon eine persönliche Vendetta geworden sei«, sagte Suitcase, »aber da wurde er etwas pampig. Er sagte nur noch, dass eine der Geiseln, die Macklin erschoss, ein schwangeres 20-jähriges Mädchen gewesen sei.«

Jesse nickte und trank seinen Kaffee aus.

»Nun«, sagte er, »auch das werden wir nicht vergessen.«

46

Als er zurück zum Revier kam, wartete Molly bereits auf ihn.

»Können wir sprechen, Jesse? Alleine?«

»Klar.«

Sie gingen in sein Büro und schlossen die Tür. Molly hatte ihr kleines Notizbuch dabei.

»Hast du deiner Ex davon erzählt, dass Mrs. Hopkins dich zu feuern versucht?«, fragte Molly.

»Mein Gott, was hat sie denn angestellt?«

Molly lächelte gequält. »Sie hat Mrs. Hopkins tätlich angegriffen.«

Jesse lehnte sich in seinem Stuhl zurück und starrte Molly stumm an. Er war gerührt, dass er Jenn offensichtlich so sehr am Herzen lag, gleichzeitig aber auch genervt, weil er nun den Ärger hatte. Er war schockiert, dass Jenn derart ausrasten konnte, musste innerlich aber auch grinsen, als er sich den Vorfall bildlich vorstellte.

»Wo ist sie jetzt?«, fragte er.

»Hier im Revier«, sagte Molly. »Zelle 1.«

Jesse nickte langsam vor sich hin. Molly hatte nicht die leiseste Ahnung, was ihm durch den Kopf ging.

»Erzähl mir mehr«, sagte er schließlich.

»Also«, sagte Molly, »Mrs. Hopkins war beim ›Frühstück Republikanischer Frauen‹ im Village Room. Sie sollte darüber referieren, inwieweit sich die Bevölkerung in der kommunalen Verwaltung engagiert. Die Veranstaltung war wohl auf einem Fernsehkanal angekündigt worden; vermutlich hat Jenn so davon erfahren. Jedenfalls taucht sie dort auf, und als Mrs. Hopkins mit ihrem Vortrag beginnen will, steht Jenn auf und sagt …« Molly schaute auf ihre Notizen. »›Vielleicht sollten Sie, bevor Sie mit dem Vortrag anfangen, diesen Frauen einmal erzählen, warum gerade Sie es sind, die unsere lokale Polizei daran zu hindern versucht, ihrem gesetzlichen Auftrag nachzugehen.‹«

Jesse lehnte sich zurück und schloss die Augen.

»Gesetzlicher Auftrag«, sagte er leise.

Molly las noch immer von ihren Notizen ab. »Und Mrs. Hopkins sagt: ›Die Vorsitzende hat Sie nicht um einen Wortbeitrag gebeten. Bitte setzen Sie sich und seien Sie still.‹«

»Autsch«, sagte Jesse leise.

»So kann man's nennen«, sagte Molly. »Jenn nennt sie daraufhin eine Nutte, woraufhin Mrs. Hopkins irgendetwas sagt wie: ›Wie können Sie sich unterstehen, so mit mir zu reden?‹ Und Jenn steht auf, geht auf sie zu und haut ihr eine ins Gesicht. Alle springen auf und wollen Mrs. Hopkins helfen. Ein Handgemenge entsteht, bis jemand die Polizei ruft. Peter Perkins war umgehend da, weil er mit seinem Streifenwagen in der Nähe war, und als er sah, dass es sich um Frauen handelte, rief er mich an.«

»Und?«

Molly versuchte, sich ein Lächeln zu verkneifen. »Es war kein appetitlicher Anblick. Jenn hatte die Bluse von Mrs. Hopkins mehr oder minder zerfetzt und ihr die Nase blutig geschlagen. Mrs. Hopkins hatte Blut auf dem Hemd und ihrem BH, der – wenn ich das mal anfügen darf – ganz so aussah, als wäre er zu oft gewaschen worden. Jenn hatte auch Blut auf der Bluse, war aber nicht verletzt; es muss das Blut von Mrs. Hopkins gewesen sein. Zwei oder drei Frauen versuchten Jenn festzuhalten, die aber wild um sich trat und, als ich reinkam, gerade mit einem Kopfstoß Gertrude Richardson rammte, die wohl die Vorsitzende von dem Verein ist. Peter Perkins wusste nicht so recht, wie er sich verhalten sollte, und war heilfroh, dass ich kam. Ich dachte fast, er würde mir um den Hals fallen.«

»Hast du Jenn beruhigen können?«

»Nicht wirklich. Peter und ich mussten sie zu Boden ringen und ihr die Handschellen anlegen, bevor wir sie unter Kontrolle bekamen. Zunächst war uns auch gar nicht bewusst, wer sie war. Ich hab sie ein paar Mal im Fernsehen gesehen, nachdem Suit mir gesagt hatte, dass sie deine Verflossene ist und hier als Wetterfee arbeitet.«

»Die Neugier«, sagte Jesse.

»Keine Frage«, sagte Molly. »Aber ihre Haare waren völlig zerzaust, ihre Bluse hing raus, einer ihrer Absätze war abgebrochen – sie sah einfach nicht so aus wie im

Fernsehen. Aber Mann, kann sie fluchen! Sie warf Mrs. Hopkins Sachen an den Kopf, die ich nicht mal hier auf dem Revier gehört habe. Und ich habe schon viel hier gehört.«

»Ja, beim Fluchen war sie schon immer ein Talent«, sagte Jesse. »Hat sie dir gesagt, dass sie meine Frau ist – meine Exfrau?«

»Ja, als wir sie in den Streifenwagen setzten und hierher brachten. Das Restaurant will wohl Klage gegen sie erheben, sobald sie mit ihrem Anwalt gesprochen haben. Ich glaube, sie hat einen Tisch zerstört und eine Menge Porzellan. Ich kann mit der Besitzerin reden. Ich kenne sie. Ich denke mal, sie wird auf eine Klage verzichten, wenn sie die Hintergründe kennt.«

»Wird Mrs. Hopkins Klage erheben?«, fragte Jesse.

»Davon würd ich mal ausgehen«, sagte Molly. »Und sie wird sie garantiert nicht zurückziehen.«

Jesse nickte still vor sich hin.

»Wäre wirklich eine Überraschung«, sagte er. »Wie geht's Jenn jetzt?«

»Sie hat Schiss, glaube ich. Aber sie ist noch immer in Rage.«

»Sie ist ja jetzt so etwas wie eine Fernsehberühmtheit«, sagte Jesse. »Ist schon jemand von der Presse hier?«

»Noch nicht.«

»Und sie will mich jetzt sehen?«

»Ja.«

Jesse atmete tief durch.

»Okay, ich werd reingehen und mit ihr sprechen. Alleine.«

»Natürlich«, sagte Molly.

Als sie das Büro verlassen hatte, saß Jesse für einen Moment still in seinem Stuhl. Dann nahm er eine Flasche irischen Whiskey aus dem Schreibtisch, goss etwas in einen Pappbecher, schaute ihn eine Weile gedankenverloren an und kippte den Whiskey dann in einem Schluck runter. Er zerknüllte den Pappbecher und warf ihn in den Papierkorb. Er stellte die Flasche in den Schreibtisch zurück. Dann stand er auf und ging über den Korridor zu den Zellen.

47

Macklin, von Crow begleitet, verließ das Immobilienbüro um 9 Uhr 35 und ging zum Wachhäuschen an der Brücke, das knapp 50 Meter entfernt war. J. T. McGonigle, der Macklin bei seinem ersten Besuch begrüßt hatte, schob wieder Wache. Er war nicht aus dem Holz geschnitzt, das Captain Billups für sein Personal bevorzugte, und deshalb auch nur ein »ziviler Wachtposten«. Er trug zwar die Uniform, aber kein Käppi. Und er war auch nicht bewaffnet. Sollte es Ärger geben, würde er die patrouillierenden Sicherheitsleute zu Hilfe rufen.

Macklin sprach ihn an, als sie das Häuschen erreichten.

»Wie geht's Ihnen, Mac?«

McGonigle schaute überrascht von seinem Klemmbrett hoch: Auf beiden Seiten der Brücke waren keine Autos zu sehen.

»Danke, alles bestens, Mr. Smith. Was kann ich für Sie tun?«

»Wollte mich eigentlich nur verabschieden«, sagte Macklin und schoss McGonigle mitten zwischen die Augen.

Er trat einen Schritt zur Seite, als McGonigles Körper zu Boden ging. Crow trat einen Schritt vor, griff McGonigle an den Schultern und hob ihn auf. Nachdem er den Schuss gehört hatte, war Fran aus dem Immobilienbüro gekommen, eine Aktentasche und ein faltbares Warndreieck in der Hand. Während Crow McGonigle wegtrug, stellte Fran, der inzwischen Deerings Khaki-Uniform trug, das Warndreieck auf die Mitte der Straße und setzte sich ins Häuschen. Fran holte eine Fernbedienung aus seiner Tasche, die wie ein automatischer Garagentüröffner aussah, und legte sie auf die Schaltfläche neben dem Klemmbrett. Daneben legte er ein Handy und einen riesigen Ruger-.357-Magnum-Revolver mit Nussbaum-Griff. Anschließend zog er ein Fernglas aus der Tasche und legte es neben den Ruger.

Crow hatte inzwischen das Immobilienbüro erreicht, wo er McGonigles Leiche zwischen zwei Büschen hinter dem Haus verschwinden ließ. Er ging wieder ins Büro, um auf Macklin zu warten.

JD saß am Schreibtisch und drehte seine beiden Handys langsam im Kreis. Marcy lag nach wie vor auf der Couch und bemühte sich, ins Leere zu starren. Hübsche Frau, dachte Crow. Macklin kam wieder ins Büro zurück.

»Okay«, sagte er. »An der Brücke ist alles vorbereitet. JD, bist du bereit, das Telefonnetz lahmzulegen?«

»Ich brauche fünf Minuten, wenn du mir das Signal gibst«, sagte JD.

»Wenn du den Stecker gezogen hast«, sagte Crow, »was passiert, wenn ich auf einer der Ortsleitungen hier anrufen will?«

»Man hört das Besetztzeichen«, sagte JD, »egal, ob der Anruf rausgeht oder reinkommt. Die Leute rufen an, hören das Besetztzeichen und legen wieder auf. Wird eine Weile dauern, bis jemand auf den Trichter kommt, dass hier was nicht stimmt.«

»Jede zusätzliche Minute wird uns helfen«, sagte Macklin.

Er schaute auf seine Uhr.

»Es ist jetzt sieben Minuten vor zehn. Um 10 Uhr 15 werden Crow und ich damit anfangen, die Leute zusammenzutreiben. Zu diesem Zeitpunkt müssen die Telefone tot sein.«

»Kein Problem«, sagte JD.

»Wenn du damit fertig bist, kannst du Marcy die Fesseln abnehmen. Aber lass sie nicht nach draußen. Und wenn sie ihre Handtasche will, dann gib sie ihr. Ich hab sie schon durchsucht. Sie kann auch auf die Toilette und die Tür abschließen, wenn sie will. Es gibt kein Fenster dort.«

»Wäre einfacher, sie auf der Couch zu lassen«, sagte JD. »Dann muss ich sie nicht im Auge behalten.«

»Du machst das, was wir anordnen«, sagte Macklin. »Ist es nicht so, Crow?«

»So ist es«, sagte Crow und starrte JD an, bis der seinen Blick wegdrehte.

JD zuckte mit den Schultern, als würde ihm Crow keine Angst machen. Was natürlich nicht den Tatsachen entsprach – und was beide nur allzu gut wussten.

»Klar doch«, sagte JD.

Macklin griff sich eins der Handys und verließ mit Crow das Büro.

48

»Wir müssen endlich damit aufhören, uns unter derartigen Umständen zu treffen«, sagte Jenn, als Jesse hereinkam.

Sie hockte auf der Pritsche und hatte ihre Beine an den Körper gezogen. Jesse ließ die Zellentür offen und lehnte sich gegen die Wand. Die Zelle war so klein, dass sie sich trotzdem fast berührten.

»Ich weiß nicht, was ich sagen soll.«

»Mir ist einfach der Kragen geplatzt«, sagte Jenn. »Es ist einfach nicht fair, dass diese Nutte dich fertigmachen will. Du bist so ein feiner Kerl, Jesse.«

»Danke für die Blumen, Jenn.«

»Es ist nun mal die Wahrheit. Sie sollten dir die Füße küssen, dass du hier bist. Die Nutte sollte dir dankbar sein, alle sollten sie dir dankbar sein.«

»Um ehrlich zu sein, Jenn: *Ich* bin dankbar, dass ich hier bin. In L.A. war ich drauf und dran, vor die Hunde zu gehen.«

»Ich weiß. Wozu ich natürlich beigetragen habe.«

»Vielleicht nicht so sehr, wie du glaubst.«

»Hab ich dein Leben nun etwa wieder vermasselt?«, fragte Jenn.

Jesse lächelte. »Wenn ich das wüsste, Jenn. Einerseits bin ich dir dankbar, dass du dich für mich eingesetzt hast, aber andererseits sitzt du nun hier in meinem Gefängnis und ich hab nicht die leiseste Ahnung, was ich mit dir anfangen soll.«

»Du könntest mich einfach gehen lassen.«

»Könnte ich.«

»Aber wenn du's machst, könnte dir Mrs. Nuttengesicht Begünstigung vorwerfen.«

»Könnte sein.«

»Was würde passieren, wenn ich eine andere Person wäre?«, fragte Jenn.

»Du würdest deinen Anwalt anrufen und der würde deine Freilassung beantragen.«

»Ich hab aber keinen Anwalt.«

»Ich könnte Abby Taylor fragen«, sagte Jesse.

»Fickst du nicht mit der?«

»Hmm.«

Jesse verschwieg die Tatsache, dass das erst kürzlich der Fall war. Jenn schüttelte den Kopf.

»Nein, ich kann sie nicht nehmen.«

»Hat eure Fernsehanstalt keinen Anwalt?«, fragte Jesse.

»Ja. Vermutlich werden sie ihn eh hierhin schicken, sobald sie von der Sache Wind bekommen. Möglicherweise hab ich mir aber beim Sender durch die Sache selbst Ärger eingefangen.«

Jesse lächelte.

»Vielleicht ist es ja dein großer Durchbruch«, sagte Jesse. »Jenn Stone, die streitbare Wetter-Amazone.«

»Ich ruf besser beim Sender an«, sagte Jenn. »Kann ich dein Telefon benutzen, um meinen Chef anzurufen?«

»Klar. Du kannst dich frei bewegen, Jenn.«

»Wirst du nicht Ärger kriegen, wenn du mich einfach so laufen lässt?«

»Sollte das passieren, werd ich mich damit beschäftigen, wenn es passiert. Ich werd dich keinesfalls einsperren.«

Jenn saß für einen Moment bewegungslos auf der Pritsche, bis Jesse merkte, dass sie weinte.

»Oh Scheiße«, sagte Jesse.

»Jetzt sind wir wieder zusammen, sitzen aber in einer Gefängniszelle, Jesse. Es ist nicht gerade …

»… das, was wir geplant hatten«, sagte Jesse.

»Mein Gott, ich hab alles völlig vermasselt.«

»Es ist noch nicht aller Tage Abend«, sagte Jesse.

»Was zum Teufel soll das denn wieder heißen?«

»Es heißt, dass wir an unserer Beziehung noch immer arbeiten, Jenn. Wenn wir damit fertig sind, werden wir schon wissen, ob alles verkorkst ist oder nicht.«

»Ich möchte nie aufhören, mich zu bemühen«, sagte Jenn. »Ich möchte dich nicht verlieren.«

»Du wirst mich nicht verlieren«, sagte Jesse.

»Aber ich weiß einfach nicht, ob ich je das sein kann, was du in mir sehen möchtest.«

»Ich habe überhaupt keine festgelegten Vorstellungen, wie du sein solltest, Jenn. Was mich am meisten beschäftigt, ist der Gedanke, dich mit jemandem teilen zu müssen.«

»Ich weiß einfach nicht, wie's weitergehen soll«, sagte Jenn.

»Irgendwann wirst du's wissen«, sagte Jesse.

»Ich weiß nur, dass ich mir eine Welt ohne dich nicht vorstellen kann.«

»Ich werd nicht weglaufen«, sagte Jesse. »Ich sitz es einfach aus.«

»Gott, ich hoffe, du musst nicht zu lange warten«, sagte Jenn.

»Gehst du eigentlich noch zu einem Seelenklempner?«

»Dr. St. Claire gab mir die Namen von zwei Leuten, einer in Chestnut Hill, der andere in Cambridge. Ich hab sie aber noch nicht angerufen. Es fällt mir schwer, zu einem neuen Seelenklempner zu gehen.«

»Kann ich mir vorstellen.«

»Meinst du, ich sollte es noch mal mit einer Therapie versuchen?«

»Alles, was dir dabei hilft, einen Weg in die Zukunft zu finden – und dir dann auch die Kraft gibt, diesen Weg zu gehen, kann nur positiv sein«, sagte Jesse.

»Und du wirst so lange warten?«

»Ich warte«, sagte Jesse.

»Und was passiert, wenn ich an einen Punkt komme, an dem in meiner Welt kein Platz für dich ist?«

»Dann werde ich ein neues Kapitel aufschlagen und nicht zurückblicken«, sagte Jesse.

»Und du wirst damit leben können?«

»Jenn, ich kann dir nicht sagen, ob ich am nächsten Tag okay wäre. Oder in sechs Monaten oder zwei Jahren oder was auch immer.«

»Aber du würdest mich nicht fallen lassen?«

»Nur wenn du mir sagst, dass für mich kein Platz mehr in deinem Leben ist.«

»Ich kann mir nicht vorstellen, das je sagen zu können.«

»Dann stehen die Chancen ja gar nicht so schlecht«, sagte Jesse.

»Unsere letzte gemeinsame Nacht war sehr schön.«

»Ja«, sagte Jesse.

Sie waren still für eine Weile. Dann stand sie auf und Jesse breitete seine Arme aus. Jenn ließ sich in seine Arme fallen und er drückte sie fest an sich. Er fühlte, wie ein unerklärliches Glücksgefühl in ihm aufstieg. Es gab keine plausible Erklärung dafür, aber wenn er sie berührte, wusste er einfach, dass sie wie keine andere Frau war. Er hielt sie in seiner Umarmung und bemühte sich, nicht zu fest zu drücken. Sie legte ihren Kopf auf seine Brust und weinte leise. Leise, dachte Jesse, aber nicht hoffnungslos.

49

»Haben Sie ein Bankschließfach?«, fragte Macklin.

Der Mann trug einen Designer-Jogginganzug, der so aussah, als sei er nie von Schweißflecken verunstaltet worden. Seine Frau, ebenso schick in ein Tennisoutfit gekleidet, stand daneben und rührte sich nicht vom Fleck, da Crow ihr seinen Revolver unter die Kinnlade presste. Auf dem Boden befand sich eine Segeltuchtasche, in die Macklin das Bargeld und die Juwelen geworfen hatte, die er im Haus hatte auftreiben können.

»Ich …«

»Sollten Sie mich anlügen, wird das Hirn Ihrer Frau gleich an der Decke kleben«, sagte Macklin.

Sein Revolver, den er lässig in der Hand hielt, war

entsichert und irgendwo auf die Bauchgegend des Mannes gerichtet.

»Ja, ich habe eins.«

Der Mann hatte silbergraue Haare, ein markantes Gesicht und war wohl irgendsowas wie ein Geschäftsführer gewesen, der mit einem Bein aber bereits im Ruhestand stand. Er bemühte sich offensichtlich, tapfer zu sein und nicht widerstandslos einzuknicken. *Wenn man eine Knarre vor der Nase hat, kann man schon mal den Mutigen mimen,* dachte Macklin, *auch wenn's ohne Knarre natürlich einfacher ist. Aber mit oder ohne: Du wirst trotzdem tun, was man dir sagt.*

»Paradise Bank?«, fragte Macklin.

»Ja.«

»Stiles-Island-Filiale?«

»Ja.«

»Holen Sie den Schlüssel.«

Der Mann zögerte. Macklin hob den Revolver und hielt ihn einen Zentimeter vor das linke Auge des Mannes.

»Ich zähle bis drei. Danach wird Ihre Witwe den Schlüssel holen. Eins …«

»Er ist in der Schreibtischschublade«, sagte der Mann. Er keuchte so schwer, als sei seine Kehle mit einer dicken Mehlschicht belegt.

»Ich komme mit«, sagte Macklin und ging mit ihm in die Halle und dann die Treppe hinauf.

»Was haben Sie denn mit uns vor?«, fragte die Frau durch ihre zusammengepressten Zähne. Es klang wie die unfreiwillige Parodie einer snobistischen Diktion, wie man sie eher mit dem alten Adel assoziiert.

»Nichts, was wir nicht tun müssen«, sagte Crow. »Haben Sie hier unten eine Toilette?«

»Ja.«

»Zeigen Sie sie mir«, sagte Crow und senkte den Revolver.

Sie gingen durch den Eingangsbereich Richtung Küche. Die Frau zeigte auf eine Tür, die sich neben der Küche unter der Treppe befand. Crow öffnete die Tür, die sich nach außen öffnete, und schaute hinein. Es war ein geräumiges Badezimmer mit Waschbecken und Schminkspiegel, aber keinem Fenster.

Macklin kam mit dem Mann die Treppe herunter. Er hielt den Schlüssel zum Banksafe in die Luft, damit Crow ihn sehen konnte.

Crow nickte und zeigte mit einer Kopfbewegung zur Toilette.

»Hier«, sagte Crow, »den Flur entlang.«

Macklin kam hinunter und warf einen Blick in die Toilette.

»Es ist ungemein hilfreich, dass diese Häuser alle identisch gebaut sind«, sagte er. »Okay, Sie beide gehen jetzt da hinein, schließen die Tür und bleiben drinnen.«

Das Ehepaar tat, wie ihnen befohlen. Macklin hatte sogar den Eindruck, dass sie erleichtert waren. Sie sind erleichtert, dachte Macklin. Es bedeutet, dass wir nicht vorhaben, sie umbringen. Als die Tür geschlossen war, ging Crow ins Wohnzimmer, holte seine große Sporttasche und kam zur Toilette zurück. Er griff sich einen Hammer und ein paar extralange Nägel und vernagelte die Tür. Dann warf er den Hammer in die Tasche, ebenso seinen Revolver und griff sich die Tasche. Macklin, der die Segeltuchtasche trug, wartete bereits an der Haustür auf ihn. Er schaute auf seine Uhr.

»Nicht übel«, sagte er. »Am späten Nachmittag haben wir sie alle im Sack.«

»Was erzählt Fran eigentlich den Leuten, die zur Brücke kommen?«, fragte Crow. »Was steht auf dem Verkehrszeichen?«

Macklin grinste.

»Vorsicht, Explosionsgefahr«, sagte Macklin. »Allen Zivilisten, die zur Brücke kommen, erzählt Fran, dass die Insel für ein paar Stunden gesperrt sei.«

Sie gingen auf dem gepflegten Bürgersteig bis zum nächsten Haus. Macklin klingelte. Aus dem Inneren konnte man den Klang eines Glockenspiels hören.

»Hallo, hier kommt Ihre Schönheitsberatung«, sagte Macklin und stellte seine Tasche vor der Haustür ab.

50

Abby Taylor wohnte in einem verwitterten Schindelhaus im ältesten Teil von Paradise. Als sie verheiratet war, hatte sie es zusammen mit ihrem Ehemann gekauft; nach der Scheidung war es in ihrem Besitz geblieben. Als es an der Tür klingelte, schaute sie durch den Spion und sah eine gut gekleidete, gut aussehende Frau in den Vierzigern, die ihr irgendwie bekannt vorkam. Abby öffnete die Tür.

»Hallo«, sagte sie.

»Hallo«, sagte die gut aussehende Frau und schlug ihr mit der rechten Faust voll ins Gesicht. Der Schlag saß so gut, dass Abby ein paar Schritte nach hinten taumelte. Die Frau betrat das Haus und schloss die Tür hinter sich. Als Abby wieder ihr Gleichgewicht gefunden hatte, sah sie, dass die Frau eine Pistole auf sie gerichtet hatte.

»Was … um Gottes willen … tun Sie hier?«, stammelte Abby.

Ihre Lippe begann bereits anzuschwellen.

»Der Schlag war ein Weckruf«, sagte Faye. Sie war innerlich völlig ruhig und gelassen. »Wenn Sie nicht tun, was ich sage, werde ich abdrücken. Haben Sie das verstanden?«

Abby starrte sie an. Es fiel ihr schwer, einen klaren Gedanken zu fassen. Die Frau schlug ihr mit der linken Hand noch einmal hart ins Gesicht.

»Haben Sie das verstanden?«, sagte die Frau.

Abby nickte.

»Okay. Wir werden jetzt in Ihr Schlafzimmer gehen und Sie werden sich mit dem Gesicht nach unten aufs Bett legen. Verstanden? Und wenn Sie auch nur einen Mucks machen, werd ich Ihren Kopf mit Blei vollblasen.«

»Was wollen Sie denn mit mir machen?« Abby hörte, wie kleinlaut und kümmerlich ihre Stimme klang.

»Alles, was notwendig ist«, sagte die Frau. »Wenn Sie sich an meine Befehle halten, werden Sie lebend hier rauskommen – wenn nicht, dann eben nicht.«

»Warum?«, sagte Abby, »warum tun Sie das nur?«

Die Frau lächelte, auch wenn ihr anscheinend nicht zum Lachen zu Mute war.

»Liebe«, sagte sie.

»Liebe?«

Die Frau machte mit dem Kopf eine Bewegung zur Treppe.

»Ist Ihr Schlafzimmer dort oben?«

»Ja.«

»Dann bewegen Sie sich.«

Als sie die Treppe hinaufgingen, hörte Abby, wie draußen ein Hund bellte, wie jemand nach ihm pfiff und dann wieder Stille einkehrte. Die Stille war beängstigend. Bis auf sie selbst und diese gewalttätige Frau war das Haus erschreckend leer. Sie kamen zum Schlafzimmer.

»Legen Sie sich aufs Bett«, sagte die Frau.

Abby tat, wie ihr befohlen. Die Frau nahm ein Paar Handschellen aus ihrer Tasche. Mit dem Revolver in der Rechten ließ sie eine Handschelle um Abbys linkes Handgelenk einrasten, die andere am Kopfende des Bettes. Sie trat zurück, steckte den Revolver in ihre Tasche und schaute sich im Zimmer um. Auf der Nachtkonsole befand sich ein Telefon. Sie zog das Kabel aus der Buchse und brachte das Telefon in den Flur. Sie schaute durchs Fenster in Abbys Hinterhof. Das nächste Haus war knapp 20 Meter entfernt. Das Fenster war geschlossen. Die Frau ließ die Jalousien hinunter.

»Niemand kann Sie hier hören«, sagte die Frau.

»Was werden Sie mit mir machen?«

»Sie haben nichts zu befürchten«, sagte die Frau. »Es wird nur eine Weile dauern.«

Dann schloss sie die Tür hinter sich und ließ Abby im dunklen Schlafzimmer zurück.

51

Molly kam mit zwei Kaffeebechern und einer braunen Tüte in Jesses Büro. Sie stellte eine Tasse auf seinen Schreibtisch, holte eine Himbeertasche aus der Tüte, drückte es ihm in die Hand und setzte sich auf die andere Seite des Schreibtischs.

»Bist du beschäftigt?«, sagte sie.

»Ich habe gerade überlegt, ob ich noch mal nach Charlestown fahren sollte, um mir diesen Harry Smith alias James Macklin anzuschauen.«

»Ist er ein windiger Bursche?«

»Ein hochgradig gefährlicher Bursche.«

»Willst du alleine los?«

»Vielleicht will mich ein Kommissar aus Boston begleiten.«

»Hinter der Sache steckt mehr, als ich bislang weiß, oder?«

»Suit kann dich auf dem Laufenden halten. Hast du die Himbeertörtchen selbst gemacht?«

»Die Paradise-Bäckerei hat mir ein wenig unter die Arme gegriffen«, sagte Molly.

»In jedem Fall hab ich noch Zeit, sie zu essen«, sagte Jesse.

Molly lächelte.

»Ich dachte mir, etwas Nervennahrung würde dir ganz guttun. Wenn du etwas auf dem Herzen hast, kannst du aber natürlich auch gerne reden«, sagte sie.

Jesse biss ein Stück von der Himbeertasche ab und öffnete den Deckel des Kaffeebechers.

»Hab nicht das Bedürfnis zu reden«, sagte er.

»Ist mir auch recht«, sagte Molly. »Ich hab einen Anruf von Citadel Security bekommen. Sie sagen, ihre Patrouille auf Stiles Island habe sich seit Stunden nicht mehr bei ihnen gemeldet. Ob wir vielleicht mal vorbeischauen könnten.«

»Hast du jemanden geschickt?«

»Ja, Pat Sears und Billy Pope«, sagte Molly.

»Gut. Hast du noch ein Himbeertörtchen?«

Molly fischte aus der Tüte noch ein zweites heraus und gab es ihm.

»Jenn hat die Situation nicht gerade vereinfacht«, sagte Molly.

»Nein.«

»Kay Hopkins hat in dieser Stadt einen langen Arm«, sagte Molly. »Du solltest sie nicht unterschätzen, Jesse.«

»Ich tu, was ich kann, Molly.«

»Ich weiß, aber Jenns Attacke ...«

»Jenn macht, was sie muss.«

»Ich will mich ja nicht einmischen, aber das ist schon eine verrückte Situation«, sagte Molly. »Du bist geschieden, aber getrennt habt ihr euch eigentlich auch nicht.«

»Ja, das ist schon alles sehr seltsam.«

»Würdest du sie noch mal heiraten?«, fragte Molly. »Klopf mir auf die Finger, wenn ich zu viel frage.«

»Ist schon okay«, sagte Jesse. »Ja, ich würd sie noch mal heiraten, wenn ich wüsste, dass sie dann monogam bleiben würde.«

»Wie könntest du dir denn sicher sein?«

»Wenn sie's mir versprechen würde, würd ich ihr auch glauben.«

Molly schnitt eine Grimasse.

»Ist eure Ehe monogam?«, fragte Jesse.

»Wär keine Ehe, wenn sie's nicht wäre«, sagte Molly.

»Woher willst du das wissen?«

»Weil ich umgehend die Kurve kratzen würde.«

»Nein, ich meine: Woher willst du wissen, dass dein Mann dich nicht betrügt?«

»Er würde es einfach nicht tun.«

Jesse nickte. Molly sah ihn stirnrunzelnd an. »Du würdest ihr also wirklich vertrauen?«, fragte sie.

»Ich würde ihr glauben, dass sie mich nicht wieder anlügt.«

»Aber sie hat früher gelogen.«

»Ja.«

»Wie kannst du dann wissen, dass sie's nicht wieder tut?«

»Ich hätte die gleiche Gewissheit, die du auch hast.«

»Aber du hast in der Vergangenheit gegenteilige Erfahrungen gemacht …«

»Zu diesem Zeitpunkt wusste ich auch, dass ich ihr nicht vertrauen konnte. Heute wäre das anders.«

»Was ist mit den anderen Frauen? Abby? Marcy Campbell?«

»Ich bin ein alleinstehender Mann«, sagte Jesse. »Ich mag Frauen. Ich mag Sex.«

»Aber es ist Jenn, die du liebst.«

»Ja.«

»Für mich sind es zwei Seiten einer Medaille«, sagte Molly.

»Liebe und Sex?«

»Ja.«

»Du musst eine Frau sein«, sagte Jesse.

»Eine irisch-katholische Frau«, sagte Molly. »Mehr geht nicht.«

Sie schwiegen eine Weile.

»All das geht mich eigentlich nichts an, oder?«

»In der Tat. Aber es ist nett, mit jemandem darüber zu sprechen, der keine Aktien im Spiel hat.«

»Nun, ich hab dich doch auch lieb, Jesse.«

»Schon, aber nicht auf diese Art.«

»Nein, auf diese Art liebe ich nur meinen Mann.«

»Scheiße aber auch«, sagte Jesse – und beide mussten herzhaft lachen.

52

Als JD ihr die Fesseln abgenommen hatte, zog Marcy vorsichtig das Klebeband vom Mund, nahm wortlos ihre Handtasche und verschwand auf der Toilette. Sie schloss die Tür ab, wusch sich die Hände und überprüfte ihr Gesicht. Das Klebeband hatte ihr Make-up in Mitleidenschaft gezogen und einen großen, roten Fleck hinterlassen. Marcy wusch ihr Gesicht und trocknete es behutsam ab. Sie hatte nicht genug Make-up in ihrer Handtasche, trug aber zumindest Lippenstift auf und kämmte ihre Haare. Für einen Moment drückte sie ihre Stirn gegen den Spiegel und schloss die Augen. Sie fühlte sich sicher hier, auch wenn die Sicherheit natürlich relativ war. Aber sie konnte sich nicht verstecken und warten, bis irgendetwas passierte. Zumindest war sie nicht mehr gefesselt. Harry und der Indianer hatten diesen Mann angewiesen, die Finger von ihr zu lassen –

und er schien sich daran zu halten. Wäre sie doch heute Morgen nur ihrer Eingebung gefolgt und hätte einen Tag blaugemacht … aber das half ihr jetzt auch nicht weiter. Entscheidend war, was jetzt passierte. Sie atmete tief durch und schaute sich im Spiegel an. Okay, Marcy, auf in den Kampf! Sie öffnete die Tür und ging ins Büro zurück. JD stand am Fenster und schaute auf die Brücke und das Wachhäuschen. Er warf ihr einen flüchtigen Blick zu.

»Na, geht's besser?«, fragte er.

»Ja.« Ihre Stimme war heiser.

JD drehte sich wieder zum Fenster.

»Sie bleiben hier und verhalten sich ruhig«, sagte er. »Ich muss mich konzentrieren. Wenn Sie Probleme machen, knall ich Sie ab.«

»Harry und der andere Mann haben aber gesagt, dass mir kein Haar gekrümmt wird.«

»Ich weiß, was sie gesagt haben. Das gilt aber nur für den Fall, dass Sie sich vernünftig verhalten. Wenn Sie Ärger machen, kann jeder von uns Sie abknallen. Haben Sie das verstanden?«

»Ja.«

»Sie können die Insel nicht verlassen, Sie können nicht telefonieren – also setzen Sie sich und gehen mir nicht auf den Geist.«

»Ich werd Ihnen nicht auf den Geist gehen«, sagte Marcy.

JD drehte sich wieder zum Fenster. Marcy schaute sich im Büro um. Auf die Couch, wo sie so lange gefesselt gelegen hatte, wollte sie sich nicht mehr setzen. Sie ging zu ihrem Schreibtisch und setzte sich. Schließlich war es ihr eigener Schreibtisch. Wenn er damit Probleme hatte, würde er sich schon melden. JD starrte weiter zum Fenster hinaus. Sein Rücken sah verspannt aus. Er war sichtlich nervös. Sie atmete vorsichtig und beobachtete JD. Er war klein und schien eigentlich eher der Typ des Softies zu sein. Die Welt war nicht fair: Sie war groß und stark und machte jeden Tag Fitness, und doch hatte dieser mickrige Mann sie in seiner Gewalt, weil er eine Knarre hatte. Obwohl: Selbst ohne Waffe könnte er sie vermutlich überwältigen. Es war einfach nicht fair. Keine Frage: Gott war keine Frau.

»Können Sie mir sagen, was jetzt passiert?«, fragte sie.

JD schüttelte den Kopf.

»Was haben Sie denn vor? Warum sind Sie und die anderen Männer überhaupt hier?«

»Pssst«, zischte JD.

Sie fühlte, wie die Wut in ihr hochkochte. Er war so demonstrativ abschätzig, dass er sie nicht mal anschaute. Alle Frauen kennen diese Wut, auch wenn sich die meisten Frauen wohl nie in einer solchen Situation befanden wie sie gerade.

»Herr im Himmel! Sie können mich zumindest anschauen«, sagte Marcy.

JD drehte sich langsam um.

»Halten Sie mal besser die Fresse, gnädige Frau, sonst komm ich rüber und zieh Ihnen eins über die Rübe.«

Sie fühlte, wie Angst und Nervenkitzel in ihrem Körper kollidierten. Er war nicht nur ein sexistisches Schwein, sondern ein sexistisches Schwein mit einer Waffe – und sie seine Gefangene. Doch irgendwo in ihrem Kopf, scheinbar in keinem Zusammenhang mit ihrer realen Situation, meldete sich ihre innere Stimme mit einem hämischen Kommentar zu Wort: Ihre Situation, wiewohl extrem, war letztlich die gleiche Situation, in der jede Frau steckte. *Jede Frau.*

»Verdammt«, sagte JD in diesem Moment.

Marcy stand hinter ihrem Schreibtisch auf, um an JD vorbei durchs Fenster zu schauen. Ein Streifenwagen der Paradise-Polizei kam über die Brücke. Marcys Herz klopfte schneller. Endlich. Die Rettung war zum Greifen nah.

Als der Streifenwagen die Mitte der Brücke passierte, begann sich die Brücke zu bewegen. Zunächst nur in leichten Wellen, dann mit einer plötzlichen Eruption. Als die Klangwellen der Explosion in ihrem Büro anrollten, flog die Brücke in die Luft – und der Streifenwagen gleich mit ihr. Wie in Zeitlupe überschlug sich das Auto mehrfach, umgeben von Trümmern der berstenden Brücke. Eine Tür und die Kühlerhaube lösten sich noch, bevor der Streifenwagen lautlos im grauen Wasser des Hafenbeckens verschwand.

Marcy war wie vom Blitz getroffen und starrte ungläubig hinaus, während die letzten Trümmerteile noch durch die Luft segelten. Für einen Moment stand JD ebenfalls versteinert am Fenster, begann dann aber, hektisch auf die Tastatur seines Handys zu hämmern.

»Herr im Himmel«, sagte er. »Herr im Himmel.«

53

»Explodiert?«, sagte Jesse in die Sprechanlage des Polizeifunks.

»Mindestens 20 Anrufer«, sagte Molly. »Und mindestens fünf Leute bestätigten, dass sich der Streifenwagen gerade auf der Brücke befand.«

»Konntest du Pope und Sears erreichen?«, fragte Jesse.

»Nein.«

Jesse dachte kurz nach. Er war auf halber Strecke nach Boston, in der Nähe der Hunderennbahn.

»Okay, ab sofort sind alle verfügbaren Einsatzkräfte im Dienst. Benachrichtige die Betreffenden und halt mich auf dem Laufenden.«

»Soll ich die State Trooper informieren?«

»Warte, bis ich mir ein Bild von der Lage gemacht habe«, sagte Jesse.

Er schaltete das Blaulicht an – was er öfters tat, wenn er in Eile war –, aber diesmal auch die Sirene, die er gewöhnlich nie benutzte. Er machte einen U-Turn, donnerte mit einem Rad über die Bordsteinkante und registrierte das Kreischen der Reifen, als er das Gaspedal durchdrückte. 15 Minuten später starrte er aus seinem Wagen auf das klaffende Loch über dem Wasser. Ein Stahlträger, der am ersten Brückenpfeiler baumelte, war alles, was von der Brücke übrig geblieben war. Einige Trümmerstücke waren an Land gespült worden und schlugen gegen die Felsbrocken. Von dem Streifenwagen war nichts zu sehen, ebenso wenig von Pope und Sears. Diverse Autos mit Schaulustigen waren bereits eingetroffen, auch einige Fußgänger, die sich auf den Weg zum Unglücksort begeben hatten.

Jesse griff zum Funkgerät.

»Molly, die Brücke ist tatsächlich weg. Sind alle Leute im Einsatz?«

»Bis auf Eddie Cox«, sagte Molly. »Seine Frau meinte, er wäre beim Einkaufen. Ich hab eine Nachricht hinterlassen.«

»Schick ein paar Leute her, die den Zugang abriegeln und uns die Touristen vom Leib halten. Hast du inzwischen was von Pope und Sears gehört?«

»Mach ich. Nein, kein Lebenszeichen von den beiden.«

»Dann schick mir noch zwei Leute, um den Tatort auf dieser Seite der Brücke zu sichern. Alle anderen warten im Revier.«

»Mach ich, Jesse. Was soll ich Betty Pope und Kim Sears sagen, wenn sie anrufen sollten.«

»Sag ihnen, was wir wissen, Molly. Spekulieren bringt nichts. Sag ihnen, dass ich kein Lebenszeichen von ihnen habe, dass du sie nicht über Funk erreichen kannst und dass einige Leute bezeugen, dass ein Streifenwagen auf der Brücke war.«

»Das wird für sie aber ein harter Brocken sein, Jesse.«

»Ich weiß. Stell sie mir durch, wenn du nicht mit ihnen sprechen möchtest.«

»Nein, du hast schon genug am Hals, Jesse. Wenn sie anrufen, werd ich schon mit ihnen reden. Was ist denn passiert?«

»Keine Ahnung. Das Seltsame ist nur, dass sich bereits ein Dutzend Leute eingefunden hat, die am Ufer die Trümmer nach irgendwelchen Wertgegenständen absuchen.«

»Was soll daran seltsam sein?«, sagte Molly.

»Stimmt schon. Aber auf der anderen Uferseite gibt es niemanden. Nicht mal der Typ aus dem Wachhäuschen ist zu sehen. Hast du was von der Stiles Island Patrol gehört?«

»Nein. Sollte ich die State Trooper nicht doch vielleicht anrufen?«

»Ja, mach das. Warn sie zumindest schon mal vor.«

»Okay, Jesse. John und Arthur sind bereits auf dem Weg zu dir.«

»Danke, Molly. Ich meld mich wieder.«

Jesse lehnte sich zurück und musste unwillkürlich an Wilson Cromartie denken, der lieber Crow genannt wurde. Und an James Macklin aus Dorchester, der erst vor Kurzem so demonstrativ mit ihm geflirtet hatte. Er starrte auf die Trümmer, die vom Meer ans Ufer gespült worden waren. Und er wusste, dass sich Macklin und Crow auf Stiles Island befanden – so klar, als könne er sie mit seinen eigenen Augen sehen. Wie er auf diese Erkenntnis reagieren sollte, war ihm allerdings noch nicht so recht klar.

54

Die Bankangestellten waren in eine Ecke des Tresorraums zusammengetrieben worden. Als Macklin die Explosion hörte, waren die Schließfächer bereits zur Hälfte geöffnet. Er schaute zu Crow hinüber. Dieser fuhr unbeirrt fort, die Fächer zu leeren und den Inhalt in die Segeltuchtasche zu werfen. Er legte den Schlüssel ins leere Fach, holte den nächsten aus seiner Tasche und öffnete – mit dem Sicherheitsschlüssel des hilfreichen Filialleiters – die nächste Box. Macklins Handy klingelte.

»Ja?«

»JD hier. Fran musste die Brücke hochgehen lassen.«

»Hab's gehört. Es läuft alles nach Plan. Sie werden jetzt noch eine Weile rumeiern, bis sie den nächsten Schritt machen. Dann werden sie mit einem Boot zum Landesteg des Jachtclubs kommen, und wenn sie sich nähern, wird Fran auch den Steg sprengen.«

»Was soll ich jetzt machen?«

»Was hab ich dir denn gesagt, JD?«

»Dass ich dich anrufe und weitere Anordnungen bekomme, sobald Fran den Landesteg gesprengt hat.«

»Genau, JD. Du kommst dann mit Fran zur Bank und hilfst beim Einpacken.«

»Sollen wir die Brücke nicht mehr bewachen?«

»Die Brücke gibt's nicht mehr, oder?«

»Richtig.«

»Dann brauchst du sie auch nicht mehr zu bewachen. Und wenn Fran den Steg gesprengt hat, braucht ihr den auch nicht mehr zu bewachen. Die einzige Möglichkeit, die ihnen dann bliebe, wäre ein Hubschrauber, aber bis sie den haben, wird eine Weile vergehen. Bin ich zu schnell für dich, JD?«

»Nein, ich wollte nur auf Nummer sicher gehen.«

»Wenn du auf Nummer sicher gehen würdest, säßest du jetzt zu Hause mit einer Whiskey-Cola. Tu einfach nur, was ich dir sage.«

»Was mach ich mit der Tussi hier?«, fragte JD.

»Lass sie einfach da. Wir brauchen sie nicht mehr.«

»Vielleicht brauchen wir eine Geisel«, sagte JD.

Macklin lächelte. »JD fragt, ob wir vielleicht eine Geisel brauchen«, sagte er zu Crow.

»Sag ihm, er soll nicht so viel denken«, sagte Crow, ohne von seiner Arbeit aufzuschauen.

»Crow sagt, du sollst nicht so viel denken«, sagte Macklin.«

»Ich wollte nur …«

»JD, die ganze gottverdammte Insel ist unsere Geisel. Wir müssen nicht noch jemand mit uns rumschleppen.«

»Hast du nicht gesagt, sie sei die Freundin des Polizeichefs? Sie könnte noch nützlich sein.«

»Vielleicht«, sagte Macklin. »Dann bring sie halt mit.« Er beendete die Verbindung.

JD starrte auf das stumme Handy.

»Arschloch«, sagte er nur.

Marcy saß schweigend hinter ihrem Tisch, die Hände auf der Schreibtischplatte zusammengefaltet. Ihr fiel auf, wie hektisch und unkoordiniert seine Bewegungen waren. Er starrte aus dem Fenster. Fran kam gerade von den Ruinen der Brücke auf das Haus zu.

»Okay«, sagte JD. »Du kommst mit uns.«

»Wohin?« Marcy hörte, wie belegt ihre Stimme war, und räusperte sich. Sie hatte das Ende von JDs Gespräch mitbekommen.

»Geh zu dem gottverdammten Auto, Frau«, sagte JD. »Ich hab keine Zeit für lange Erklärungen.«

»Ich bin übrigens nicht die Freundin des Polizeichefs«, sagte sie. Ihre Stimme war noch immer belegt und auch das Räuspern schien daran nichts ändern zu können.

»Aber Sie ficken ihn doch, oder nicht?«

Marcy antwortete nicht. JD machte eine Bewegung mit dem Revolver.

»Nun komm schon«, sagte er. »Ab ins Auto.«

55

Es war ein wolkenverhangener Tag und das Wasser wirkte noch finsterer als der dunkle Himmel. Zusammen mit Suitcase, Anthony DeAngelo und Peter Perkins war Jesse an Bord eines städtischen Bootes. DeAngelo und Perkins trugen schusssichere Westen und Waffen, Jesse hatte nichts von beiden. Phil Winslow, der Hafenmeister, steuerte das Boot hart gegen die Wellen und hatte Ziel auf den Anlegesteg des Jachtclubs genommen, der in den Hafen hinausragte.

»Ist der einzige Platz, wo ich euch absetzen kann, Jesse«, sagte Winslow. »Der Rest der verdammten Insel besteht nur aus Felsen und Brandung. Ich komm nicht mal auf 100 Meter ans Ufer ran.«

»Vielleicht ist ihnen das ja nicht bewusst«, sagte Jesse.

»Es sei denn, sie haben sich die Insel vorher genau angeschaut«, sagte Winslow. »Die meisten Leute, die sich auf einer Insel ein Haus kaufen, wollen Strand haben, aber Stiles Island benutzt das Meer wie einen mittelalterlichen Burggraben.«

»Was ja auch bestens funktioniert«, sagte Jesse.

»Seid ihr eigentlich genug Leute?«, wollte Winslow wissen.

»Es muss reichen«, sagte Jesse. »Viel Personal haben wir ja eh nicht. Molly ist im Revier, Arthur und John Maguire sichern die Auffahrt zur Brücke und wo Eddie Cox steckt, weiß ich nicht.«

»Was ist mit Sears und Pope?«, fragte Winslow.

»Vermutlich tot«, sagte Jesse.

»Mein Gott.«

Sie hatten die Stege mit den kleineren Booten hinter sich gelassen und befanden sich in der Mitte des Hafens. Winslow steuerte nun gen Norden an Paradise Neck vorbei auf Stiles Island zu. Obwohl sie inzwischen weit vom Tatort entfernt waren, konnte Jesse übers Wasser die Sirenen der eintreffenden Feuerwehr- und Krankenwagen deutlich hören. Polizisten aus benachbarten Ortschaften waren vermutlich inzwischen eingetroffen, ebenso einige Cops von der Bundespolizei. Molly würde sich um alles gekümmert haben.

Vor sich sah Jesse die verschnörkelte Brüstung des Jachtclubs, ganz in Weiß und Pink gehalten, mit dem ausladenden Balkon im ersten Stock und einem spitzen, roten Dach. Die Einwohner von Stiles Island waren stolz auf den Prachtbau, doch Jesse erinnerte er eher an ein aufgemotztes Motel in seiner Heimat Arizona. Die Landebrücke sah wie ein Laufsteg auf Stelzen aus und ragte an die 100 Meter in den Hafen hinein. Am Ende des Landungsstegs, ein paar Stufen tiefer, befand sich eine große schwimmende Plattform, die mit Ketten im Boden verankert war, gleichzeitig aber auch von den Pfeilern des Landungsstegs gehalten wurde. Die Ketten hatten so viel Spielraum, dass die Plattform sich den Bewegungen des Wassers anpasste. Auf dem Anlegeplatz befand sich eine Sitzbank, die aber seltsamerweise auf dem Kopf stand. Niemand war weit und breit zu sehen.

Winslow steuerte mit seinem Boot genau auf den Anlegeplatz zu. Plötzlich schien die Plattform wie von Geisterhand gehoben zu werden, und als die Druckwellen der Explosion das Boot erreichten, flog der gesamte Landungssteg in die Luft. Die Plattform drehte sich zwei Mal um die eigene Achse, während sich die leeren Schwimmkörper auf der Unterseite losrissen und unkontrolliert übers Wasser schossen. Die Trümmer des Steges schienen in der Luft für einen Moment stehen zu bleiben, bis sie schließlich doch in die aufgewühlte See stürzten.

Das Boot bäumte sich auf, als die ersten Wogen es erreichten. Winslow drehte wild am Steuer, um es wieder unter Kontrolle zu bekommen. Die Stille nach der Explosion schien lauter, als man es von Stille gemeinhin erwartet; das Brummen des Motors und das Klatschen der Wellen schienen diesen Eindruck sogar noch zu verstärken. Winslow ging vom Gas, um die Dünung besser ausgleichen zu können. Für eine Weile sagte niemand ein Wort.

Schließlich sagte Jesse: »Zwei zu null für die Bösen.«

»Was soll ich jetzt machen, Jesse?«, fragte Winslow.

»Kennst du absolut keinen anderen Anlegeplatz?«

»Nein.«

»Gibt es jemanden, der einen kennt?«

Winslow zuckte mit den Schultern.

»Vielleicht gibt's einfach keinen«, sagte er.

»Es muss einen geben. Wer kennt den Hafen noch besser als du?«

»Ich kenne niemanden«, sagte Winslow.

»Dann lass uns zur Stadt zurückfahren«, sagte Jesse.

Winslow drehte das Boot und kehrte mit Volldampf zum Hafenkai zurück.

»Hat man beim Baseball nicht immer drei Versuche, Jesse?«, sagte Suitcase.

»Mindestens«, sagte Jesse.

56

»Meine Damen und Herren«, sagte Macklin und hielt seinen Revolver fast beiläufig in der Hand. »Wie Sie inzwischen mit Sicherheit festgestellt haben, sind heute all Ihre Albträume Realität geworden. Uns bleibt eigentlich nur noch übrig, uns zu verabschieden und uns für Ihre Geduld und Ihre Wertgegenstände zu bedanken.«

Die Bankangestellten reagierten nicht, rückten aber noch ein Stück enger zusammen – als würde ihnen die körperliche Nähe mehr Sicherheit geben. Hinter ihnen trug Fran gerade die letzte Tasche aus dem Tresor zur Treppe nach oben. JD schob vor der Bank Wache, neben ihm stand der Van mit laufendem Motor.

»Okay«, sagte Macklin. »Wir brauchen für 'ne Weile ein paar Geiseln.«

Er schaute zu Crow. »Such mir fünf Frauen aus. Die machen weniger Probleme als Männer.«

Crow ging zu den Angestellten und suchte fünf Frauen aus. Wie in Trance traten sie nach vorne – unfähig, sich gegen die Entscheidung aufzulehnen.

»Wir werden Sie nicht lange in Anspruch nehmen«, sagte Macklin. »Wir lassen Sie laufen, sobald wir die Insel verlassen haben. Der Rest von euch kann sich frei bewegen und gerne auch die Freunde und Nachbarn befreien, die in ihren Häusern festsitzen. Also, bewegt euch!«

Er grinste und schaute in die Runde.

»Noch Fragen?«

Keiner sagte ein Wort.

»Hasta la vista.«

Er nickte Crow zu. Die beiden verließen den Tresorraum, gingen die Treppe hinauf, durchquerten den leeren Schalterraum und trieben dabei die fünf Frauen wie eine Viehherde vor sich her. Crows Van parkte am Eingang gleich hinter Macklins Mercedes, JD und Fran standen davor. Sie hatten beide ihre Revolver gezogen und waren offensichtlich nervös. Crow wies die fünf Frauen an, sich auf die Ladefläche des Vans zu setzen, wo Marcy bereits hockte.

»Wofür brauchen wir die denn?«, fragte JD.

»Geiseln«, sagte Macklin.

»Wir haben doch schon die«, sagte JD und nickte zu Marcy.

»Können gar nicht genug haben«, sagte Macklin.

Eine übergewichtige Frau mit blondem Wuschelkopf, die zwischen ihren Leidensgenossinnen und mehreren Stofftaschen eingepfercht war, fing an zu weinen. Eine ältere Dame mit grauen Haaren und Hornbrille legte ihren Arm um sie und versuchte sie zu trösten.

Marcy schaute die beiden wortlos an. *Ihr werdet euch schon noch an die Situation gewöhnen*, dachte sie. Sie war schließlich so etwas wie eine Geiselveteranin und hatte diverse Stunden mehr auf dem Buckel.

»Es wird schon alles gut ausgehen«, sagte die ältere Dame. »Es kommt alles ins Lot.«

Vielleicht, dachte Marcy, *vielleicht aber auch nicht.* Macklin schaute zu JD und Fran.

»Und?«, sagte er. »Seid ihr gut drauf?«

»Wie lange wird's dauern, bis die Cops eintreffen?«, fragte Fran.

»So lange, bis sie einen Hubschrauber mit einem Einsatzkommando an den Start bringen«, sagte Macklin.

»Und wenn sie nun schneller als erwartet aufkreuzen?«, sagte Fran.

»Dafür hat der liebe Gott Geiseln gemacht«, antwortete Macklin.

Er schaute zu seinem Mercedes.

»Muss dich leider zurücklassen, alter Freund«, sagte er. »Mach's gut.«

Er nahm seine 9 mm, drehte den Kopf, als könne er den Trennungsschmerz nicht verwinden, und schoss in die Motorhaube. Um dann lauthals zu lachen. Fran warf Crow einen vielsagenden Blick zu, doch Crows Gesicht blieb unbewegt.

»Schluss damit«, sagte JD. »Lasst uns zum Boot fahren.«

Macklin schaute auf seine Uhr.

»Wir waren zu schnell. Wir haben noch vier Stunden, bis die Flut kommt.«

»Sollen wir etwa vier Stunden hier rumsitzen und warten?«, sagte Fran.

»Irgendwo werden wir die Zeit absitzen müssen«, sagte Macklin. »Wenn es euch lieber ist, an unserem Treffpunkt zu warten, soll mir das auch recht sein.«

»Dann lass uns verduften«, sagte Fran. »Wir haben lange genug auf dem Präsentierteller rumgestanden.«

Macklin schaute zu Crow und sagte: »Die Jungs haben einfach nicht gelernt, ihren Spaß zu haben.«

»Schiss haben sie«, sagte Crow.

»Von nichts kommt nichts«, sagte Macklin.

Crow nickte, legte sein Gewehr quer über das Armaturenbrett und klemmte sich hinters Lenkrad. JD und Fran kletterten auf den Rücksitz, und Macklin, der sich noch einmal umschaute, als müsse er von seinem liebsten Urlaubsort Abschied nehmen, setzte sich auf den Beifahrersitz. Im hinteren Teil des Vans befanden sich die Frauen. Die Bankangestellte, die zunächst geweint hatte, war inzwischen still.

»Was glaubst du, wie viel wir eingesackt haben?«, fragte JD, als der Van auf die leere Straße fuhr.

»Die Häuser? Die Geschäfte? Die Bank? Die Schließfächer? Sechs bis acht Millionen vielleicht«, sagte Macklin. »Was denkst du, Crow?«

»Ich denke, wir sollten es zählen, wenn wir die Zeit dafür haben«, sagte Crow.

»Was passiert, wenn Freddie nicht da ist?«, wollte Fran wissen.

»Er wird da sein«, sagte Macklin. »Freddie tut immer das, was er sagt. Deshalb ist er ja auch so ein ungenießbarer Quadratschädel.«

Mit den Fingerspitzen trommelte Macklin auf seine Schenkel, seine Füße tappten dazu im Takt auf den Boden des Vans. Seine Augen glänzten und schienen größer als gewöhnlich.

»Aber was passiert, wenn er nicht da ist?«, hakte Fran noch einmal nach.

Macklin drehte sich in seinem Sitz und schaute ihm direkt in die Augen.

»Fran, wir haben hier gerade die gottverdammte Mutter aller Raubüberfälle durchgezogen, kapierst du das nicht? Wir sollten uns zurücklehnen und es genießen. Das ist nicht die Zeit, um sich in die Hose zu machen.«

»Fran hat nun mal vier Kinder«, sagte Crow.

»Das wusste er aber auch, als ich ihn zu dem Coup eingeladen habe«, sagte Macklin.

»Natürlich wusste ich das«, sagte Fran.

»Dann halt gefälligst die Klappe«, antwortete Macklin.

»Du kannst dir den Tonfall ruhig sparen«, sagte Fran.

»Ich sprech mit dir so, wie's mir gefällt«, entgegnete Macklin.

»Ihr müsst eins lernen«, sagte Crow behutsam. »Jimmy macht das nicht wegen des Geldes. Das ist einfach sein sportlicher Ehrgeiz.«

»Es gibt keinen Grund, für mich sprechen zu müssen, Crow«, knurrte Macklin.

»Für ihn geht es nur um den Nervenkitzel, die Gefahr, die Gänsehaut. Andere Leute rasen auf Ski einen steilen Abhang runter oder springen mit dem Fallschirm ab. Für Jimmy ist es so, als würde es ihm eine Frau gerade richtig schön besorgen. Er ist jetzt gerade kurz vorm Orgasmus – und ihr macht ihm das ganze schöne Gefühl kaputt.«

»Wer zum Teufel bist du denn? Doktor Spock vielleicht?«, sagte Macklin.

Crow ließ sich nicht beirren.

»Entweder wir bringen die Sache hier zu Ende oder nicht«, sagte Crow. »Jetzt darüber groß zu palavern, ist nicht gerade hilfreich. Und obendrein treibt's Jimmy auf die Palme.«

»Und das ist weiß Gott auch nicht hilfreich«, sagte Macklin.

Crow sagte nichts mehr. Fran blieb stumm, JD ebenso. Als sie aus dem kleinen Stadtkern auf die Sea Street bogen, begann Macklin wieder mit Fingern und Füßen zu trommeln.

57

Als Jesse mit Simpson, DeAngelo und Perkins das Revier betrat, war Molly voll damit beschäftigt, die eingehenden Anrufe zu beantworten.

»Ein Typ von der Küstenwache wird in Kürze hier eintreffen«, sagte sie, »und ein SWAT-Mann der Bundespolizei wartet bereits in deinem Büro.«

»Danke, Molly«, sagte Jesse. »Anthony, treib bitte Doc Lane auf und bring ihn her.«

»Den Barkeeper aus dem ›Gull‹?«

»Genau. Wenn er nicht bei der Arbeit ist, frag die Leute im Restaurant, wo er wohnt. Peter, besorg mir einen Taucheranzug – Größe M. Und irgendeinen aufblasbaren, wasserdichten Behälter. Wenn du in der näheren Umgebung nichts findest: Es gibt in der Trapelo Road in Belmont einen Laden, der solche Sachen führt.«

»Aufblasbar?«

»Ja. Nun geh schon. Hol's und bring's her. Sofort!«

Perkins und DeAngelo verließen das Revier, Suitcase wartete auf weitere Order. Jesse nickte mit dem Kopf in Richtung seines Büros.

Der Gruppenleiter des Sondereinsatzkommandos war ein drahtiger Typ mit runder Brille und kurz geschorenen Haaren. Er streckte Jesse seine Hand entgegen.

»Ray Danforth«, sagte er.

»Jesse Stone. Das große Kind hier ist Suitcase Simpson.«

»Hellere Hautfarbe, als ich in Erinnerung hatte.«

Suitcase guckte irritiert, da er die längst verstorbene afroamerikanische Baseball-Größe Harry »Suitcase« Simpson natürlich nicht kannte. Danforth drehte sich zu Jesse um.

»Meine Leute stehen einsatzbereit an der Brücke, ein Spezialfahrzeug für mobile Einsätze ist unterwegs. Wie ist der Stand der Dinge?«

»Ich weiß nur, dass jemand die Brücke nach Stiles Island in die Luft gejagt hat; die Landungsbrücke am Jachtclub auf der Insel wurde ebenfalls gesprengt. Von der Stiles Island-Security haben wir gestern Nacht zum letzten Mal gehört, und wenn man eine Telefonnummer auf der Insel anwählt, bekommt man nur ein Besetztzeichen.«

»Haben Sie eine Vermutung?«

»Zwei Typen namens Wilson Cromartie und James Macklin befinden sich auf der Insel, vermutlich noch ein paar weitere Männer. Ich gehe davon aus, dass wir es mit einem Raubüberfall zu tun haben.«

»Wie wollen diese Leute die Insel denn wieder verlassen?«

»Keine Ahnung.«

»Einwohner auf der Insel?«

»Etwa 100, schätze ich.«

»Ich werde einen Experten für Verhandlungen bei Geiselnahmen anfordern«, sagte Danforth.

»Gute Idee«, sagte Jesse. »Wir wollen nicht, dass Zivilisten ums Leben kommen.«

»Wir haben einen Verkehrshubschrauber, der in Kürze hier eintreffen sollte«, sagte Danforth. »Ein Transporthubschrauber könnte ebenfalls angefordert werden. Aber das wird etwas länger dauern, weil er in Hanscomb Field stationiert ist.«

»Sie sollten ihn besser gleich anfordern. Wäre ärgerlich, wenn wir ihn wirklich bräuchten, dann aber auf seine Ankunft warten müssten.«

»Werd ich veranlassen«, sagte Danforth. »Was wollen Sie denn jetzt unternehmen?«

»Ich werde versuchen, die Insel zu erreichen.«

»Alleine?«

»Ja. Ich halte es für sinnvoll, dass jemand vor Ort ist und die Augen aufhält.«

»Das ist aber gewöhnlich kein Job, der vom Polizeichef selbst übernommen wird«, sagte Danforth.

»Wir sind nun mal ein Kleinstadtrevier«, sagte Jesse.

»Hier läuft alles ganz locker. Jeder ist für alles zuständig.«

»Und Sie haben niemanden, dem Sie den Auftrag zutrauen würden?«, fragte Danforth. »Oder wollen sie erst gar keinen fragen?«

Jesse zuckte mit den Schultern.

»Kommt aufs Selbe raus.«

»Wer wird das Revier in Ihrer Abwesenheit denn leiten?«, fragte Danforth.

»Molly«, sagte Jesse. »Und Suit.«

»Ich sollte mit dir kommen, Jesse«, sagte Suitcase.

»Du bleibst hier. Molly braucht Unterstützung.«

»Erinner dich daran, was der Cop aus Tucson dir gesagt hat«, sagte Suitcase.

»Ich habe nicht vor, es alleine mit den Jungs aufzunehmen«, sagte Jesse. »Ich mache nur den Aufklärer, verstehst du? Ich schleich mich durch die Büsche, versuche mir ein Bild zu machen – und halt euch per Funk auf dem Laufenden.«

»Ich könnte dir aber den Rücken frei halten«, sagte Suit.

»Du bist viel zu groß, um dich durch Büsche zu schleichen«, sagte Jesse. »Dann geh von mir aus mit Leutnant Danforth. Molly bleibt auf dem Revier und ich schau mich auf der Insel um.«

»Wie willst du überhaupt auf die Insel kommen?«, fragte Suitcase.

»An dieser Frage arbeite ich gerade.«

»Der Doc?«

»Er hat sein ganzes Leben im Hafen verbracht«, sagte Jesse.

»Du glaubst, dass er dich irgendwo im Wasser absetzen könnte?«

»Nicht auszuschließen«, sagte Jesse.

»Und dann?«

»Und dann sehen wir weiter«, sagte Jesse.

58

Der Hubschrauber kam aus Südosten, flog zunächst über den Damm von Paradise Neck und machte dann eine Runde über den Hafen. Über der gesprengten Brücke ging er kurz tiefer, flog dann an Stiles Island entlang und ging über dem ehemaligen Landungssteg erneut tiefer.

Dann drehte er nach rechts über den Jachtclub und flog ziellos kreuz und quer – offensichtlich auf der Suche nach irgendeinem Anhaltspunkt. An der Auffahrt zur gesprengten Brücke hatten sich einige Leute versammelt und schauten hoch. Der Hubschrauber ging kurz tiefer, flog anschließend aber die Küste entlang zur anderen Inselseite, wo sich das Restaurant befand.

Crow hatte ihn als Erster gehört. Er schaute durch die Windschutzscheibe des Vans nach oben, konnte ihn aber noch nicht sehen. Als sie vor dem Restaurant anhielten, konnten ihn alle hören.

»Hubschrauber«, sagte Fran.

Macklin verfolgte durch die Windschutzscheibe, wie der Hubschrauber über die Baumwipfel näher kam. Er stieg aus, ging um den Van und öffnete die Tür.

»Alle raus«, sagte er, und die sechs Frauen kletterten heraus und stellten sich schweigend neben den Wagen.

Als der Hubschrauber etwas tiefer flog, hob Macklin seinen Revolver und drückte vier Mal ab. Der Hubschrauber drehte umgehend ab und war in kürzester Zeit verschwunden.

»Wollte sie nur wissen lassen, dass wir hier sind«, sagte Macklin.

»Ich glaube, das wussten sie ohnehin schon«, sagte Crow.

»Und in einer Minute wird's ihnen noch klarer werden«, sagte Macklin. »JD, gib mir mal das Handy.«

Knapp 500 Meter vor der Küste beobachtete Freddie Costa, wie der Hubschrauber über die Insel zurückflog. Das aufgewühlte Wasser schlug konstant gegen den Bug des Bootes. Er schaute auf seine Uhr. Noch dreieinhalb Stunden.

Auf der anderen Seite des Kanals, wo die Trümmer der Brücke noch immer gegen die Felsküste krachten, saß ein Funker im Fahrzeug des mobilen Einsatzkommandos und war in ständigem Kontakt mit dem Hubschrauberpiloten. Ray Danforth stand neben ihm und hörte mit. Suitcase Simpson befand sich hinter ihm, fühlte sich im Kreis der schwarz gekleideten Elite-Einheit mit ihren Maschinengewehren und seltsamen Patronengürteln aber fehl am Platz.

»Sieht so aus, als würden sich die Gangster beim Restaurant auf der Meerseite der Insel aufhalten«, sagte der Pilot. »Jedenfalls wurde ein paar Mal auf uns geschossen. 400, 500 Meter vor der Küste befindet sich ein Motorboot. Soweit ich es von hier oben sehen konnte, wird es sich der Küste nicht weiter nähern können.«

»Okay«, sagte Danforth dem Funker. »Sag ihnen, sie

sollen außer Reichweite bleiben, aber die Situation im Auge behalten.«

Er drehte sich zu Suitcase.

»Wann erreicht die Flut heute den Höchststand?«

»Keine Ahnung«, sagte Suitcase, »aber ich kann mich schlaumachen.«

»Tun Sie das«, sagte Danforth.

59

»Lass mich mal Carleton Jencks anrufen«, sagte Doc.

»Den Vater von Snapper?«

»Ja, er kennt den Hafen noch besser als ich.«

Das Telefon auf Jesses Schreibtisch klingelte.

»Okay. Sag Molly, dass sie ihn auf einer anderen Leitung anruft«, sagte Jesse und nahm den Hörer ab.

»Hier ist Harry Smith«, sagte die Stimme am anderen Ende.

Doc ging zum Empfangsbereich des Reviers.

»Auch als James Macklin bekannt«, sagte Jesse. Theoretisch hätte es auch Cromartie sein können, aber der Stimme fehlte dieser unverkennbare indianische Dialekt, den Jesse noch aus seiner Jugend kannte.

Am anderen Ende der Leitung war es für einen Moment still, doch dann hatte sich Macklin wieder gefangen. »Ich bin auf der Insel. Und ich möchte mit Ihnen schnell ein paar Dinge klären. Punkt eins: Wenn ich wieder einen Hubschrauber sehe, wird eine Geisel erschossen.«

»Okay.«

»Zweitens: Wann immer sich ein Boot der Insel nähert oder sonst irgendetwas, das für eine Landung geeignet ist, irgendetwas, das unsere Pläne durchkreuzen sollte, erschieße ich Geiseln. Und ich hab 'ne Menge davon. Ich kann einige abknallen und hab immer noch Reserven.«

»Wie sehen Ihre Pläne denn aus?«

»Das hat Sie nicht zu interessieren«, sagte Macklin.

»Und wann werden Sie Ihre Aktivitäten abgeschlossen haben?«

»Ich werde Sie rechtzeitig informieren«, sagte Macklin. »Und vergessen Sie nicht, was ich Ihnen gesagt habe: Wenn hier auch nur eine Krabbe auf den Strand kriecht, gibt's ein Blutbad.«

»Und das wollen wir ja nicht«, sagte Jesse.

»Wohl kaum. Und sollten Sie selbst hier aufkreuzen wollen, werd ich die Schnitte, die Sie vögeln, als Erste umbringen.«

»Welche denn?«, fragte Jesse und hätte sich am liebsten ohrfeigen wollen, weil die Bemerkung doch sehr schnoddrig klang.

»Sie sind ja gut drauf, Stone«, sagte Macklin. »Marcy, die Immobilienfrau.«

»Hmm.«

»Sollten Sie Blödsinn machen, springt sie als Erste über die Klinge.«

Jesse atmete tief durch und streckte seine Schultern, um sich zu entspannen. »Ich bin im Bilde«, sagte er.

»Möchten Sie mir sonst noch was mitteilen?«

»Wir werden uns an die Absprache halten«, sagte Jesse. »Sie haben mein Wort.«

»Was für ein netter Mensch«, sagte Macklin.

Er brach die Verbindung ab und legte das Handy auf die Bar des Restaurants, wo sich die Geiseln aufhielten. Marcy saß auf einem Hocker am Ende der Bar und starrte auf den Boden.

»Er sagt, er würde sich an die Absprache halten«, sagte Macklin. »Scheint ihm wohl daran zu liegen, dass dir nichts passiert, Marcy.«

Marcy reagierte nicht.

»Ich erwähnte die Frau, die er vögeln würde, und er fragte mich, welche ich meine«, sagte Macklin und schüttelte sich vor Lachen. Er hatte seinen Kopf in den Nacken geworfen und lachte lange und laut. Es wirkte irgendwie unecht, dachte Marcy, auch die Art, wie er seinen Kopf in den Nacken warf. Es war nichts als Pose.

»Wo sind JD und Fran?«, fragte Macklin.

»Wache schieben«, sagte Crow. »Hab ihnen gesagt, sie sollen rund ums Gebäude gehen und die Augen aufhalten.«

»Gut. Ist immer eine sinnvolle Sache und hält sie obendrein davon ab, mir in den Ohren zu liegen. Wo unser kleiner Coup doch wie geschmiert läuft.«

Crow nickte und starrte durchs Fenster aufs Wasser, das schäumend durch die vorgelagerten Felsbrocken schoss. Er konnte Freddie von hier aus nicht sehen, aber irgendwo hinter der Landzunge da vorne musste er sich befinden. Crow schaute auf die Uhr.

Zur gleichen Zeit betrat Carleton Jencks mit seinem Sohn Snapper Jesses Büro.

»Ich hab meinen Sohn mitgebracht«, sagte Jencks.

»Können Sie mich irgendwie auf die Insel bringen?«, fragte Jesse.

Jencks nickte langsam.

»Aber Snapper muss mit. Er kennt sich noch besser aus als ich.«

»Es ist zu gefährlich, ein Kind mitzunehmen.«

»Er muss uns die Stelle zeigen«, sagte Jencks.

»Er kann sie uns auch beschreiben.«

Jencks schüttelte den Kopf. »Schon der geringste Fehler wäre tödlich. Wir reden von einer Stelle, die vielleicht eineinhalb Meter breit ist.«

»Du weißt also, wie man ans Ufer kommt?«, sagte Jesse zu Snapper.

»Hmm.«

»Antworte gefälligst vernünftig«, sagte Carleton Jencks.

»Ja«, sagte Snapper. »Ich kenne eine Stelle.«

»Erzähl mir davon.«

»Sie ist auf halbem Weg zwischen dem Jachtclub und der Brücke. Ich und ein paar andere Jungs sind im Ruderboot meines Vaters öfters dahin gefahren. Wir haben Anker geworfen und sind dann an Land geschwommen, um zu sehen, was da so abgeht.«

Und um vielleicht ein paar Sachen zu klauen, dachte Jesse. Aber er hatte brennendere Probleme zu lösen und kam umgehend wieder zum Thema zurück.

»Kannst du mir sagen, wie ich an die Stelle komme?«

»Nicht wirklich, ich muss es Ihnen schon zeigen. Es gibt keine markanten Markierungen, die man beschreiben könnte.«

Jesse seufzte. Er hatte keine andere Wahl.

»Okay«, sagte er. »Du und dein Vater also.«

Er schaute Jencks an. »Wissen Sie, wie man mit einer Waffe umgeht?«

»Ja.«

»Wollen Sie eine?«

»Ich hab selbst eine.«

Wäre wohl nicht die richtige Zeit, ihn nach seinem Waffenschein zu fragen, dachte Jesse.

»Ich hab ein Gewehr auf dem Boot«, sagte Doc.

»Okay«, sagte Jesse. »Doc, du fährt uns hin, Snapper zeigt mir die Stelle, ich geh allein auf die Insel.«

»Bevor ich und mein Sohn mitmachen, möchte ich gerne wissen, auf was wir uns einlassen.«

»Das ist Ihr gutes Recht«, sagte Jesse und klärte sie über den Stand der Dinge auf.

»Die Flut wird in etwa drei Stunden ihren Höchststand erreichen«, sagte Doc.

»Und ich vermute, dass uns genau so viel Zeit bleibt«, sagte Jesse. »Der Hubschrauberpilot informierte uns, dass auf der Meeresseite ein Boot vor der Küste liegt. Es wird sich bei Flut dem Ufer so weit nähern können, dass es die Männer an Bord nehmen kann.«

»In der Nähe des Restaurants?«, fragte Jencks.

»Genau. Halten Sie das für möglich?«

»Ja. Es gibt dort eine Stelle, wo man bis auf 20 Meter ans Ufer rankommt. Und das Wasser ist flach genug, um ein Stück rauswaten zu können.«

»Wenn wir sie erst mal mit den Geiseln aufs Boot lassen, haben wir ein echtes Problem«, sagte Jesse.

»Haben Sie nicht ohnehin ein Problem?«, sagte Doc.

»Immerhin haben wir jetzt noch Handlungsspielraum«, sagte Jesse. »Aber Gangster und Geiseln in einem Boot auf offener See …« Er schüttelte den Kopf.

»Und Sie gehen davon aus, dass sie sich bereits auf der anderen Seite der Insel befinden?«, fragte Jencks.

»Ja«, sagte Jesse. »Jedenfalls haben sie von dort aus auf den Hubschrauber geschossen.«

»Dann werden Sie wohl kaum an dieser Stelle an Land gehen wollen.«

»Sicher nicht.«

»Dann bleibt wirklich nur der Ort, den Snapper kennt. Können Sie schwimmen?«, fragte Jencks.

»Ja.«

»Gut?«, fragte Doc.

»Gut genug.«

»Wollen wir's hoffen«, sagte Doc.

60

Marcy kannte alle Geiseln persönlich. Stiles Island war eine kleine, abgeschlossene Welt und alle, die dort arbeiteten, hatten eine unausgesprochene Abneigung gegen alle, die dort wohnten. Die junge blonde Frau, die geweint hatte, war Patty Moore. Sie war 22 Jahre alt und arbeitete am Bankschalter. Die grauhaarige Dame, die sie getröstet hatte, war Agnes Till, die stellvertretende Geschäftsführerin. Patty war Single und lebte mit ihrer geschiedenen Mutter in Paradise. Agnes war verheiratet und hatte drei erwachsene Kinder. Sie pendelte jeden Tag von Danvers nach Stiles Island. Judy, Mary Lou und Pam arbeiteten ebenfalls bei der Bank. Alle jung, alle weiß. Judy und Pam waren verheiratet, aber ohne Kinder, während Mary Lou lesbisch war – was sie aber vor allen, auch ihren Arbeitskollegen, geheim hielt. Im letzten Frühjahr hatte sie an einem Freitagabend mit Marcy in einer Bar gesessen und nach drei Long Island Iced Teas ihr Geheimnis gelüftet. Farbige tauchten auf Stiles Island überhaupt nicht auf – weder als Einwohner noch als Personal.

Die Frauen hatten zwei kleine Tische zusammengeschoben und saßen in einer Ecke des Restaurants. Sie sprachen nicht. Es gab nichts zu sagen. Pattys Augen waren noch immer feucht, aber sie hatte sich inzwischen halbwegs unter Kontrolle. Marcy starrte durchs Fenster auf das Meer, das sich im Licht des frühen Abends nun allmählich verdunkelte.

Macklin stand hinter der Bar. Er hatte einen Cocktail-Shaker gefunden und mixte ein paar Martinis. Er hielt den Shaker in die Luft.

»Crow?«

Crow schüttelte den Kopf.

»Die Damen?«

Niemand reagierte. Macklin schüttelte den Kopf.

»Auch gut«, sagte er. »Dann bleibt mehr für mich.«

Er schüttete den Martini durch ein Filtersieb in sein Glas, suchte in der Ablage unter dem Tresen, fand das gewünschte Glas und warf drei Oliven in seinen Martini. Er prostete den Frauen am Tisch zu und nahm einen Schluck.

»Aaaah«, sagte er.

Sein Verhalten ist einfach affektiert, dachte Marcy, *seine gute Laune wirkt aufgesetzt.* Irgendetwas stimmte nicht mit ihm. Er war so ruhig und selbstsicher gewesen, als er in ihr Büro kam und sie fesselte. Er war – sie versuchte das passende Wort zu finden – so souverän gewesen, dass sie, ihrer misslichen Lage zum Trotz, immer das Gefühl hatte, er würde die Sache zu einem guten Ende bringen. Doch inzwischen machte er ihr nur noch Angst. Sie schaute zu Crow. Er war noch immer derselbe – weder aufgedreht noch geistesabwesend, weder überhastet noch langsam, weder überfreundlich noch bösartig. Er war einfach er selbst.

Crow erwiderte ihren Blick.

»Du machst dir wohl Sorgen wegen Jimmy«, sagte er.

Sie antwortete nicht.

»Der amüsante Teil des Jobs ist für Jimmy bereits vorbei«, sagte er und tat so, als sei Macklin nicht anwesend. »Die Planung, das Anheuern der Crew, das ganze Tüfteln und dann die Umsetzung – das ist es, wofür Jimmy lebt.«

»Was soll ich sein?«, sagte Macklin. »Klingt so, als wär ich ein gottverdammter Bauunternehmer.«

»Du weißt genau, was ich meine, Jim«, fuhr Crow fort. »Wenn du erst einmal an diesem Punkt angekommen bist, ist der Job für dich abgeschlossen. Du musst jetzt eigentlich nur noch mit dem Geld verschwinden – wobei sie dich dabei allerdings immer noch schnappen könnten.«

Crow drehte sich wieder zu Marcy.

»Und genau das ist es, was ihn davon abhält, nun völlig abzuschlaffen.«

»Hey, Crow, du solltest besser mal aufhören, über mich zu reden, als hätt ich 'ne Schraube locker. Ich weiß, dass du ein harter Hund bist, aber das bin ich auch. Und langsam bin ich mit meiner Geduld am Ende.«

Crow lächelte Marcy an.

»Siehst du?«, sagte er. »Er kann ohne Gefahr nicht leben.«

Marcy sagte nichts. Sie wollte die Situation nicht noch verschlimmern.

»Glaubst du etwa, ich hätte Schiss vor dir, Crow?«, sagte Macklin.

»Es wird die Lage nicht verbessern, wenn wir uns gegenseitig mit Kugeln durchsieben«, sagte Crow.

Macklin schüttete sich einen weiteren Martini ein. »Du machen ein mächtig wichtiges Argument«, sagte Macklin und lächelte zu Marcy hinüber. »Ist er nicht ein weiser Indianer, Marce?«

Marcy nickte vorsichtig. Sie wollte sich tunlichst aus der Konfrontation heraushalten.

»Sind die Damen wirklich sicher, dass sie nichts trinken möchten? Entspannt euch doch. Wir werden hier noch eine Weile sitzen. Es gibt keinen Grund, die Zeit nicht zu genießen.«

Der blonde Wuschelkopf meldete sich zu Wort: »Ich hätte gern ein Glas Weißwein, falls Sie welchen haben.«

»Klar doch, Blondie«, sagte Macklin. »Komm her und hol ihn dir ab.«

Macklin, der noch immer hinter der Bar stand, griff sich ein Weinglas und stellte es auf den Tresen. Er holte eine Flasche kalifornischen Chardonnay aus dem Kühlschrank, entkorkte die Flasche und füllte das Glas zu drei Vierteln auf.

»Bitteschön, Blondie.«

Marcy ahnte, dass das Mädchen inzwischen bedauerte, überhaupt gefragt zu haben. Ihr war nicht klar gewesen, dass sie nun aufstehen und allein zur Bar gehen musste. Die Trennung von der Gruppe beunruhigte sie. Marcy wusste, dass sie sich an der Bar sehr unwohl fühlen würde.

»Ich nehme auch einen kleinen Wein«, sagte Marcy.

Es war, als würde sie die Stimme eines anderen sprechen hören.

»So gefällst du mir, Marce«, sagte Macklin.

Sie und Patty standen auf, um sich an der Bar ihren Wein zu holen.

»Bleibt hier«, sagte Macklin.

Für einen Moment war die aufgesetzte Fröhlichkeit wie weggewischt. Es war keine Einladung, sondern ein Befehl. Und genau so verstanden sie es auch. Macklin hob sein Glas.

»Auf den Erfolg«, sagte er.

Die beiden Frauen hoben ihre Gläser und tranken. Marcy war dankbar für den kleinen Kick, den der Wein in ihr auslöste. Schon der erste Schluck schien die Anspannung etwas zu lösen. Sie trank hastig einen zweiten Schluck. Macklin blieb es nicht verborgen. Das Schwein schien wirklich alles mitzubekommen.

»Haut sofort rein, nicht wahr?«, sagte er.

»Happy Hour für alle«, sagte Crow.

»Dann trink doch auch einen«, sagte Macklin.

Crow schüttelte den Kopf.

»Ich glaube, ich schau mich mal draußen um«, sagte er.

»Niemand wird so verrückt sein, irgendeine Dummheit zu begehen, solange die Frauen in unserer Gewalt sind«, sagte Macklin. »Wir haben sogar noch 100 weitere, sollte uns der Vorrat ausgehen.«

»Ist immer hilfreich, eine gut besetzte Ersatzbank zu haben«, sagte Crow.

Macklin schaute auf seine Uhr.

»Es wird langsam Zeit«, sagte er. »Crow, ich glaube, es ist Zeit, dass du raus gehst und dich um JD und Fran kümmerst.«

»Aber es gibt 'ne Menge Sachen, die zum Boot geschleppt werden müssen«, sagte Crow. »Vielleicht sollte ich besser noch warten.«

Macklin grinste.

»Die Damen werden uns dabei helfen«, sagte er. »Geh ruhig.«

Crow nickte und ging hinaus.

61

In einem schwarzen Neoprenanzug ließ sich Jesse ins Wasser gleiten und zog die schwimmfähige Tasche hinter sich her. In der Tasche befanden sich seine 9 mm Browning, die .38 Smith & Wesson Chief's Special, sein Patronengürtel, ein Handtuch, das Funkgerät, eine Taschenlampe mit vier Batterien sowie ein Satz trockene Kleidung. Er war knapp 100 Meter vom Ufer entfernt, während sich Macklin mit seinen Geiseln genau am entgegengesetzten Ende der Insel befand.

Das Wasser war kalt, aber der Neoprenanzug machte es halbwegs erträglich. Die Küste vor ihm war ein schwarzer Schatten, der sich nur unwesentlich vom dunklen Himmel abhob. Ein fahler, aufgehender Mond hing über der vom Stromnetz abgetrennten, völlig im Dunklen liegenden Insel. Doc hatte den Motor gedrosselt und sich dem Ufer genähert, soweit es irgendwie möglich war. Nachdem er Jesse abgesetzt hatte, ließ er das Boot einen Moment treiben, bevor er drehte und wieder Gas gab.

Die Flut machte es deutlich einfacher Richtung Insel zu schwimmen. Jesse schaute zurück. Das Boot war schon nicht mehr zu sehen. Doch das Meer wurde unruhiger, je näher er der Küste kam, und die Wellen drückten ihn immer häufiger gegen die Felsen. Er bewegte sich vorwärts, indem er sich mit Händen und Füßen von den Felsen abstieß. Die Felsbrocken waren glitschig, doch unter dem Schlick verbargen sich scharfkantige Ablagerungen. Er hatte noch immer keinen Boden unter den Füßen. Ein Klumpen Seegras berührte ihn am Bein und löste bei ihm eine Panik aus, die er immer verspürte, wenn er sich in offenen Gewässern befand. Es war nicht die Angst zu ertrinken – er hatte einfach einen Horror vor Haien und, schlimmer noch, jenen namenlosen Kreaturen, die unten am Meeresboden lauerten und langsam aufstiegen, weil sie sich von den ungeschützten Beinen da oben eine fette Beute versprachen. Er verspürte für einen Moment den Impuls, sich in die vermeintliche Sicherheit auf einen der Felsen zu retten. Doch dann holte er einmal tief Luft und ließ sie langsam wieder aus seinen Lungen. *Rein,* sagte er, während er atmete, *und wieder raus.* Wäre bestimmt eine fetzige Schlagzeile: POLIZEICHEF VERSTECKT

SICH AUF FELSEN, WÄHREND GANGSTER INSEL AUSRAUBEN. Er schwamm weiter, atmete tief, sprach mit sich selbst, stieß sich von einem Felsen zum nächsten und bemühte sich, nicht allzu hart aufzuschlagen. *Wenn es da unten was gibt, wird es nicht wissen, dass ich ein Cop bin,* sagte er sich. *Andererseits hat es seit 1938 keinen Hai-Vorfall mehr in Massachusetts gegeben.* Dann fühlte er Boden unter seinen Füßen. Noch immer wurde er von den Wellen hin- und hergerissen, doch er kam dem Ufer Stück für Stück näher – und erreichte schließlich einen V-förmigen Vorsprung, an dem die Wellen schäumend zerbarsten. Oben auf dem Vorsprung befand sich ein Krüppelholz-Busch, an dem er sich endgültig aus dem Wasser zog.

Er befand sich in einem Kiefernwäldchen, etwa 800 Meter vom Jachtclub entfernt. Er wusste genau, wo er war. Doc und er hatten sich diese Stelle ausgeguckt, weil er nur hier völlig unbeobachtet an Land gehen konnte.

Er zog sich den Tauchanzug aus, trocknete sich ab und fröstelte. Es war Ende September. Um diese Jahres- und Nachtzeit stand niemand mehr nackt am Ufer des Meeres. Er zog seine Jeans und Turnschuhe an, streifte ein dunkelblaues T-Shirt über und legte den Patronengürtel an – die Browning an der rechten und die .38er an der linken Hüfte. Er befestigte sein Funkgerät am Gürtel, wo sich schon zwei Magazine für die Browning und eine Metall-Öse für die Taschenlampe befanden. Er streifte noch eine blaugraue Windjacke über und schlug den Kragen hoch. Die Wärme war angenehm und beruhigend. Er klemmte sein Funk-Mikro an den Kragen, holte den verschließbaren Plastikbeutel aus der

Tasche, in der sich die Munition für seine .38er befand, stopfte sie in eine Jackentasche und schloss sie mit dem Reißverschluss. Schließlich rollte er den Tauchanzug und seine Schwimmtasche zusammen und warf sie in die Gischt vor dem Felsvorsprung. Er drehte sich wieder um, lockerte seine Schultern, schüttelte seine Arme und atmete tief durch – ganz so, wie ein Schauspieler, der sich auf seinen großen Auftritt vorbereitet.

Jesse schaute auf die kleine Straße, die sich 30 Meter vor dem Kiefernwäldchen befand. Es gab keine Straßenbeleuchtung, seit die Brücke in die Luft geflogen war. Die Bank hatte ihren eigenen Generator, damit niemand bei einem Stromausfall im Tresorraum eingeschlossen werden konnte, aber die Bank war noch ein ganzes Stück weit entfernt. Er hatte ohnehin das Gefühl, dass ihm Licht nicht unbedingt helfen würde. Wenn er der Straße drei Kilometer weit folgte, würde er auf der anderen Inselseite das Restaurant erreichen, von wo aus der Hubschrauber beschossen wurde. Jesse atmete noch einmal tief durch. *Rein. Raus. Rein. Raus.* Er musste an Marcy denken. *Rein. Raus. Rein. Raus.* Auf der Straße bewegte sich nichts. Auch in dem Kiefernwäldchen war es totenstill – bis auf das Klopfen seines Herzens. Der Mond stand inzwischen etwas höher am Firmament, das gleichzeitig merklich dunkler geworden war.

Okay, dachte er. *Auf geht's.*

62

Suitcase Simpson hatte den Eindruck, er sei auf einem Pop-Festival gelandet. Auf der Paradise-Seite der zerstörten Brücke parkten fünf TV-Übertragungswagen – so nah am Unfallort, wie es ihnen die Polizei erlaubte. Ihre seltsamen Antennen ragten in den Himmel wie die abgestorbenen Zweige eines alten Strauches. Fünf Reporter – drei Männer, zwei Frauen – kämpften um den besten Platz vor der Brückenauffahrt, während ihre Kameraleute sich dabei überschlugen, eine noch spektakulärere Perspektive auf die Ruine zu finden. Die Tontechniker mühten sich derweil, eine authentische Soundkulisse einzufangen, ohne die Stimme des Reporters in der Geräuschkulisse absaufen zu lassen. Die Schaulustigen sorgten für ein lautstarkes Geschnatter, ja selbst die Wellen, die gegen die Felsküste schlugen, schienen geräuschvoller als gewöhnlich.

Alle drei Streifenwagen der Paradise-Polizei standen am Ufer des Kanals, dahinter sechs graue Fahrzeuge der Bundespolizei. Der Van des mobilen Einsatzkommandos, dessen Antennen in alle Himmelsrichtungen zeigten, parkte dahinter. Die beiden Paradise-Löschzüge waren zur Stelle, ebenso der einzige Krankenwagen der Stadt. Weitere Löschzüge und Krankenwagen aus drei benachbarten Städten waren eingetroffen, hatten aber keine Arbeit: Ihre Crews saßen gelangweilt auf ihren Fahrzeugen und schauten auf die Stelle, wo sich einmal die Brücke befunden hatte. Dahinter gab es noch eine Menge kleinerer Vans, die von den diversen Radiostationen in der Umgebung an den Unfallort beordert worden waren. Der größte Teil der Stadtbevölkerung war auf den Beinen, musste aber mit einem Platz hinter den weiträumigen Absperrungen vorlieb nehmen. Viele von ihnen hatten walkmanähnliche Radios mit Kopfhörern, auf denen sie die Reportagen der sechs Radioreporter verfolgten, die weniger pomadig rüberkamen als die der schnieken TV-Leute.

Suitcase schritt die Begrenzung dessen ab, was man gewöhnlich als den »Tatort« bezeichnet hätte. Es gab eigentlich keinen Grund, eine Runde zu drehen, aber er wusste einfach nicht, was er sonst tun sollte. Danforth, der Spezialist von der SWAT-Einheit, war in seiner mobilen Kommandozentrale gut beschäftigt. Zudem war ein schwerbewaffneter Leutnant der Küstenwache aufgekreuzt, der erzählte, ein Kutter habe sich aus Boston auf den Weg gemacht. Es gab mehrere Funktechniker, die an ihren Geräten hantierten, und der Van war so überfüllt, dass sich Suitcase zu einem Spaziergang entschloss. Er könnte zumindest dabei helfen, die Schaulustigen hinter den Absperrungen zu halten. Besser als gar nichts.

»Suit, was ist denn passiert?«

»Die Brücke wurde gesprengt.«

»Herr im Himmel – so viel weiß ich auch.«

»Suit, ist irgendjemand umgekommen?«

»Wissen wir noch nicht.«

Zwei Jungs, mit denen er manchmal Softball spielte, saßen in einem Truck und tranken Bier.

»Hey, Suit, sieht so aus, als hättest du ’nen langen Tag. Willst du auch ein Bier?«

Suitcase schüttelte den Kopf. »Lass stecken«, sagte er.

Er hatte ein ungutes Gefühl gehabt, dass Jesse ihn nicht mit auf die Insel genommen hatte, war gleichzeitig aber auch erleichtert gewesen. Was ihn aber nur noch unzufriedener machte, weil er sich nun die Frage stellen musste, ob er einfach nicht genug Mumm hatte. Von Weitem konnte er weitere Sirenen hören. Er fragte sich, welchen Sinn es wohl machte, dass weitere Helfer heranrasten, nur um dann untätig herumzusitzen. Er sah die Hopkins-Jungs, die auf einem Felsen nah am Wasser feixten und sich gegenseitig schubsten. *Ein Jammer, dass sie nicht auf der Brücke waren, als sie in die Luft flog.* Er machte einen Versuch, Molly über Funk zu erreichen, bekam aber nur die Telefonzentrale der Feuerwehr.

»Sie ist nicht hier«, sagte der Kollege. »Sie sagte mir, ich solle Gespräche für sie in Empfang nehmen.«

»Wo ist sie denn hin?«

»Keine Ahnung, aber sie trug eine kugelsichere Weste und war furchtbar in Eile.«

»Scheiße«, sagte Suitcase.

»Was passiert denn bei euch da unten, Suit?«

»Ich hab nicht die leiseste Ahnung.«

63

Es war inzwischen völlig dunkel. Macklin hatte im Restaurant ein paar Kerzen angezündet. Draußen war nur der Mond zu sehen, dessen Licht auf dem schwarzen Wasser reflektiert wurde. Für einen Moment glaubte Crow, er habe rechts hinter einer vorstehenden Felsgruppe den Schatten von Freddie Costas Boot ausgemacht, aber es war wohl nur eine andere Schattierung in der dunklen Nacht. Zumindest war er sich nicht sicher. Es waren noch 48 Minuten, bis Freddie nah genug an die Insel herankommen konnte. Crow drehte sich um und sah, dass JD mit seinem Gewehr am Hinterausgang des Restaurants stand.

»Ich bin's, JD«, sagte Crow, als er auf ihn zuging.

»Wie viel Zeit haben wir noch?«

»Dreiviertelstunde etwa«, sagte Crow.

»Ist schon eine gespenstische Situation«, sagte JD. »Wir sind hier, und sie wissen, dass wir hier sind, aber niemand kann etwas unternehmen. Und wir hängen weiter hier rum.«

»Die Cops können uns nicht mal kontaktieren«, sagte Crow. »Jimmy hat ihnen seine Handynummer bewusst nicht gegeben. Und mit einem Hubschrauber zu landen, können sie nicht riskieren, weil wir nun mal die Geiseln haben.«

»Glaubst du nicht, dass sie Boote haben? Da draußen gibt's jede Menge Stellen, wo sie sich aufhalten könnten, ohne dass wir sie sehen.«

»Ist nicht gerade das FBI«, sagte Crow. »Wir haben es hier mit einem Kleinstadtrevier zu tun.«

»Aber sollte nicht früher oder später die Bundespolizei aufkreuzen? Und die Küstenwache gleich mitbringen?«

»Früher oder später – ja«, sagte Crow. Er schaute in die Dunkelheit, während er sprach.

»Und dann?«

»Dann haben wir die Geiseln.«

»Glaubst du wirklich, dass wir den Stunt hier bis zum Ende durchziehen können, Crow?«

»Warum nicht.«

»Weshalb hab ich dann dieses unglaubliche Muffensausen – und du nicht?«

Crow lächelte in die Dunkelheit hinein.

»Nun, abgesehen davon, dass ich ich bin und du du: Du musst einfach dem Team vertrauen. Du musst Freddie vertrauen, dass er kommt und uns hier rausholt, selbst wenn sie dort draußen ein Boot haben sollten, um uns zu beobachten. Du musst mir trauen, dass ich unerwartete Probleme aus dem Weg räume. Und Jimmy, dass er in seiner Planung an alles gedacht hat.«

»Jimmy ist doch längst übergeschnappt«, sagte JD. »Anfangs war er wirklich großartig, aber inzwischen ist er völlig von der Rolle.«

»Und trotzdem musst du ihm vertrauen. Er hat nun mal das Kommando, verstehst du? Wir haben dir vertraut, als es um das Telefonnetz ging. Wir haben Fran bei den Sprengungen vertraut. Nun musst du eben uns vertrauen. Allein stehst du auf verlorenem Posten. Um selbst Vertrauen zu haben, musst du dem Team vertrauen.«

»Ich frage mich nur, warum Jimmy die Planung nicht etwas straffer angelegt hat«, sagte JD. »Die Warterei ist einfach tödlich.«

Crow nahm ein Jagdmesser aus seinem Gürtel und hielt es hoch, damit JD es sehen konnte.

»Man braucht ein gutes Messer«, sagte Crow. »Aber wenn man es nicht regelmäßig schleift, wird es stumpf.«

»Was soll das denn schon wieder heißen?«, fragte JD. »Ist das 'ne alte Apachen-Weisheit oder so was?«

»Oder so was«, sagte Crow.

Mit einer blitzschnellen Bewegung, die JD überhaupt nicht registrierte, hatte er JDs Kehle durchtrennt und trat zur Seite, um dem Blutstrahl aus dem Weg zu gehen. Ein Hauch von austretender Luft war das einzige Geräusch, das JD von sich gab, bevor er kopfüber auf den Boden stürzte, wie ein geschlachtetes Huhn noch einmal kurz zuckte, um dann reglos liegen zu bleiben. Crow steckte das Messer mehrfach in den Boden, um es vom Blut zu säubern und wischte es danach an seiner Hose ab. Er steckte das Messer wieder in den Gürtel und griff zu seinem Gewehr.

»Fran«, rief er.

»Ja, hier.«

»Komm doch mal rüber.«

Crow konnte Frans Fußtritte hören, als er sich im Laufschritt näherte. Als er um die Hausecke gebogen kam, schoss ihm Crow drei Mal in die Brust. Die Wucht der Kugeln ließ Fran seitwärts taumeln; das Gewehr, das er in der Hand hielt, flog in hohem Bogen in die Dunkelheit. Er fiel auf seinen Rücken und landete genau auf JDs Leiche.

Ohne die toten Männer noch eines Blickes zu würdigen, sicherte Crow seinen Revolver, drückte das Magazin heraus und steckte den Revolver ins Holster. Er holte frische Munition aus der Hosentasche, füllte das Magazin auf, holte den Revolver wieder heraus, drückte das Magazin hinein und steckte ihn zurück ins Holster. Er ignorierte die beiden Leichen, die dort im fahlen

Mondschein lagen, und machte ein paar Schritte zum Ufer.

Plötzlich konnte er Freddies Boot erkennen. Es hatte den Felsvorsprung bereits passiert und ließ sich von der Flut landwärts treiben. Es befand sich aber noch immer hinter einer Felsenkette, die genau die Linie markierte, bis zu der sie zu Fuß hinauswaten konnten. Crow drehte um und ging zum Gebäude zurück. Als er das von Kerzenlicht erleuchtete Restaurant betrat, warf Macklin ihm einen vielsagenden Blick zu. Crow hielt zwei Finger in die Höhe. Macklin nickte, lächelte und drehte sich wieder zu den Geiseln um.

»Kein Anlass zur Besorgnis, meine Damen«, sagte er. »Wir haben nur das Personal reduziert.«

64

Molly Crane war allein auf dem Revier, als der Anruf kam. Wie immer speicherte sie automatisch die Telefonnummer ab, die auf dem Display mit der Anruferkennung erschien.

»Chief Stone, bitte«, sagte eine weibliche Stimme.

»Ist zurzeit nicht auf dem Revier«, sagte Molly. »Hier spricht Sergeant Crane. Kann ich Ihnen helfen?«

»Wo ist er denn?«

»Im Einsatz. Dürfte ich vielleicht Ihren Namen erfahren?«

»Richten Sie ihm Folgendes aus: Wenn er seine Süße noch einmal lebend sehen möchte, sollte er dafür Sorge tragen, dass Jimmy Macklin kein Haar gekrümmt wird.«

»Von welcher Süßen sprechen wir denn gerade?«, fragte Molly.

Während sie sprach, gab sie die Telefonnummer in den Polizeicomputer ein.

»Abby Taylor«, sagte die Stimme. »Wenn Jimmy Macklin irgendetwas zustößt, wird sie dran glauben.«

»Heißt das, dass Sie mir einen Kuhhandel vorschlagen?«, sagte Molly.

»Sie lassen Jimmy laufen und ich lasse Abby frei.«

Die gewünschte Information erschien auf dem Bildschirm: Die Frau rief offensichtlich – ziemlich dreist – von Abbys Telefon aus an.

»Dürfte ich mal mit Abby sprechen?«

»Versuchen Sie gar nicht erst, mich zu finden. Sobald ein Cop auftaucht, werd ich sie umbringen.«

»Woher weiß ich, dass es ihr gut geht?«, fragte Molly.

Die Frau antwortete nicht und legte auf.

»Scheiße«, sagte Molly laut und vernehmlich.

Sollte sie sich tatsächlich in Abbys Haus aufhalten? Sie rief die mobile SWAT-Einheit an. Keine Antwort. Sie schüttelte frustriert ihren Kopf, verließ die Telefonzentrale, ging zu ihrem Spind und zog sich die schusssichere Weste über. Dann lief sie hinüber zur Feuerwehr.

Buzz Morrow war der einzige Feuerwehrmann, der anwesend war; alle anderen befanden sich an der Unglücksstelle.

»Ich muss das Revier verlassen«, sagte sie. »Kannst du den Telefondienst übernehmen?«

»Ich sollte eigentlich hier die Stellung halten«, sagte Buzz.

»Du hast aber nun mal keinen Löschzug mehr«, sagte Molly. »Was passiert, wenn jemand einen Brand meldet? Läufst du dann los und pinkelst aufs Feuer?«

»Da ist was Wahres dran«, sagte Buzz. »Wo willst du denn hin?«

Molly antwortete nicht. Sie lief bereits zum Parkplatz hinter dem Revier. Da keine Streifenwagen vorhanden waren, rannte sie zu ihrem Honda Accord, zog den Revolver, schob ein 9-mm-Magazin hinein und verstaute den Revolver wieder im Holster. Sie atmete einmal tief durch und stieg ins Auto. Sie hatte kein Blaulicht, aber da die Stadt völlig ausgestorben war, kam sie schnell durch. Langsam fuhr sie an Abbys Straße vorbei und schaute hinunter. Nichts Ungewöhnliches zu sehen, auch kein Auto, das vor Abbys Haus parkte. Sie fuhr langsam um den Block und näherte sich Abbys Straße von der anderen Seite. Auch hier war alles ruhig. Sie sah einen dunkelgrünen Mercedes an der Ecke, was aber in Paradise nicht weiter ungewöhnlich war. Sie parkte auf der Straße hinter Abbys Haus und versuchte, ihre Nerven in den Griff zu bekommen. Sie entspannte ihre Bauchmuskeln, atmete tief durch, ließ ihre Schultern durchhängen und schloss für eine Minute die Augen.

Okay, okay. Du bist ein Cop – genau wie die anderen auch. Du hast immer gewusst, dass du eines Tages in diese Situation geraten würdest. Ärgerlich ist nur, dass du immer felsenfest davon überzeugt warst, nicht mutterseelenallein in diese Situation zu stolpern.

Molly schüttelte den Kopf, als wolle sie ihre Selbstzweifel verjagen. Sie stieg aus dem Auto, schloss die Tür und steckte die Schlüssel in ihre Tasche. Der Gürtel mit dem Revolver schien so schwer, dass sie ihn ein

Stück höher zog. Sie hatte das Funkgerät am Gürtel, eine Dose Pfefferspray, Handschellen und zwei weitere Magazine für ihren Revolver. Die Öse für die Taschenlampe war leer. Sie hatte auch keinen Knüppel, sondern nur einen kleinen ledernen Schlagstock in ihrer rechten Gesäßtasche. Aus dem Kofferraum ihres Hondas holte sie noch die Fahrstange des Wagenhebers und behielt sie in der linken Hand.

Okay, dachte sie noch einmal. *Okay.*

Sie ging geräuschlos durch den Garten eines kleinen Schindeldach-Hauses mit spitzen Mansardenfenstern, ging hinter der separaten Garage in Deckung und spähte vorsichtig in Abbys Garten. Sie verfluchte sich, nicht vorher ihre Uniform abgelegt zu haben: Sie fühlte sich wie eine Nudistin im Freibad. Aus Abbys Haus war kein Laut zu hören. Die Jalousien im ersten Stock waren heruntergelassen. Möglicherweise hatte die Anruferin inzwischen Abby an einen anderen Ort geschafft. Doch mitten in einer belebten Nachbarschaft eine Person zu kidnappen und zu verschleppen, schien sehr riskant. Andererseits war es nicht minder riskant, im Haus des Opfers zu bleiben. Vielen Leuten war allerdings gar nicht bewusst, dass sich mit Hilfe der Anruferkennung die Adresse rückverfolgen ließ. Vielleicht glaubte die Anruferin ja auch, dass sie durch die Existenz ihrer Geisel geschützt sei. Oder dass das Versteck so offensichtlich sei, dass niemand auf die naheliegende Idee kommen würde. Vielleicht war die Anruferin einfach nur dumm. Oder verzweifelt. Vielleicht war alles auch nur ein schlechter Scherz. Vielleicht war Abby ja bei der Arbeit und wusste von nichts. Sie hätte vorher versuchen sollen, Abby in ihrem Büro anzurufen, aber sie wusste nicht, wo Abby arbeitete – und hatte auch niemanden, den sie fragen konnte. Außerdem hatten sich die Ereignisse so überschlagen, dass sie sich nun plötzlich hier an der Garage wiederfand und in Abbys Garten starrte.

Das Haus war an einem leichten Hang gebaut und besaß unter dem Erdgeschoss ein Souterrain, zu dem eine Kellertür führte. An beiden Seiten der Tür befand sich ein kleines Fenster. Von der Garage bis zur Tür gab es keine Möglichkeit, hinter Büschen in Deckung zu gehen, allerdings waren höchstens sieben Meter zu überwinden. *Ranpirschen geht also nicht*, dachte Molly. *Wenn ich selbst der Geiselnehmer wäre, würde ich im Haus von Fenster zu Fenster gehen, um nach der Polizei Ausschau zu halten. Meine Chancen stehen also vier zu eins, dass sie gerade aus dem falschen Fenster schaut. Entweder ich hab Glück oder nicht. Eine andere Möglichkeit sehe ich nicht.* Es war eine Situation, in der man normalerweise über Funk um Verstärkung bitten würde. Aber heute gab es keine Verstärkung. Sie atmete noch einmal tief ein und aus und sprintete zu der Tür. Niemand schoss auf sie. Nichts passierte. Sie hockte sich an die Kellerwand und war ziemlich sicher, dass man sie aus dem Haus nicht sehen konnte.

Vorsichtig bewegte sie sich unter dem Kellerfenster zur Tür. Verschlossen. Sie schaute sich die beiden Fenster an. Das linke war verriegelt – sie konnte den Schließhaken deutlich erkennen. Am rechten Fenster fehlte der Haken. Sie drückte gegen eine der Fensterstreben, doch nichts rührte sich. Sie schob das flache Ende ihres Wagenhebers unters Fenster und drückte die Fahrstange nach unten. Das Fenster öffnete sich fast geräuschlos. Molly legte die Fahrstange auf den Boden und wartete. Kein Geräusch. Keine Bewegung. Vorsichtig näherte sie sich einer Ecke des Fensters und spähte hinein. Es war eine Waschküche. Die Tür auf der gegenüberliegenden Seite war geschlossen. Niemand befand sich in dem Raum. Molly drückte das Fenster ganz auf und kletterte hinein. Sie stand in der Waschküche und wartete. Das Haus war still. Doch dann hörte sie Schritte auf der Treppe über ihr. Sie bewegte sich nicht. Die Schritte entfernten sich. Sie konzentrierte sich darauf, die Geräusche weiter zu verfolgen, und kam zur Überzeugung, dass sie sich nicht getäuscht hatte: Jemand ging von einem Zimmer zum nächsten, um dort durchs Fenster zu schauen.

Neben der Waschmaschine kauerte sich Molly nieder, um Schuhe und Socken auszuziehen. Da ihre Hose nun zu lang war, rollte sie die Hosenbeine etwas hoch. Sie stand auf und nahm den Revolver aus dem Holster. Sie hatte noch nie auf einen Menschen gefeuert, war auf dem Übungsgelände aber immer eine treffsichere Schützin. Sie öffnete die Waschküchentür. Im Rest des Kellers war es merklich dunkler. Der Heizungskessel stand rechts, links hing ein Sicherungskasten, dahinter führte die Treppe zum Erdgeschoss. So geräuschlos wie möglich ging sie barfuß durch den Keller und dann die Treppe hinauf. Es war Vorschrift, den Revolver erst dann zu entsichern, wenn man tatsächlich schießen würde. Molly stand auf der obersten Stufe, atmete tief durch und versuchte ihren rasenden Puls unter Kontrolle zu bringen. Sie schaute auf ihren Revolver und entsicherte ihn. *Scheiß auf die Vorschriften.* Sie griff nach dem Türknopf und spitzte noch einmal die Ohren. Die Schritte, diesmal langsam, schienen wieder näherzukommen. Sie gingen an der Tür vorbei und verschwanden in einem anderen Zimmer. Molly öffnete die Tür, trat gebückt hindurch und zielte mit dem Revolver in Richtung der Fußtritte.

Hell war es. Sie stand im Hausflur. Auf beiden Seiten der Haustür befanden sich Zierglas-Scheiben und die Sonne schien ungehindert hinein. Staubkörnchen tanzten im Licht. Molly konnte niemanden sehen. Sie befand sich noch immer in gebückter Stellung, beide Hände an der Waffe, den Zeigefinger am Abzug. *Auch wenn das nicht so im Lehrbuch steht.* Dann hörte sie ein Geräusch aus dem nächsten Zimmer. Sie bewegte sich langsam in die Richtung, fast wie in Trance. Sie fühlte nichts mehr, auch keine Furcht. Sie war so fokussiert, dass sie nichts anderes mehr wahrnahm. Im Wohnzimmer stand eine athletisch gebaute Frau mit blonden Haaren und sah zum Fenster hinaus. Sie trug einen schwarzen Trainingsanzug, weiße Turnschuhe und eine schwarze Tragetasche über der Schulter. Molly machte zwei geräuschlose Schritte ins Zimmer hinein, doch die Frau hatte sie trotzdem bemerkt. Noch halb in der Drehung griff sie nach ihrer Schultertasche.

»Keine Bewegung! Polizei«, sagte Molly. Sie machte ein paar Schritte nach vorne, griff die Frau an ihren Haaren, presste die Mündung ihres Revolvers gegen ihren Nacken und drückte die Frau gegen die Wand.

»Rühren Sie nicht einen verdammten Muskel«, sagte Molly.

Sie war nicht gerade glücklich, dass ihre Stimme so klang, als habe sie einen Kloß im Hals. Doch die Frau verharrte regungslos in ihrer Position.

»Wie heißen Sie?«, fragte Molly.

»Faye.«

»Okay, Faye. Sie lassen jetzt Ihre Tasche von der Schulter gleiten.«

Faye tat, wie ihr befohlen. Die Tasche fiel auf den Boden. Mit ihrem linken Fuß stieß Molly die Tasche weg.

»Verschränken Sie die Hände hinter dem Kopf«, sagte Molly.

Sie zog ihren Revolver ein Stück zurück, damit die Frau ihre Hände in den Nacken legen konnte. Als ihre Hände verschränkt waren, packte sich Molly mit einem festen Griff ihre beiden kleinen Finger. Mit der anderen Hand schob sie ihren Revolver – noch immer entsichert – ins Holster, nahm die Handschellen vom Gürtel und legte sie Faye an. Sie trat einen Schritt zurück und holte ihren Revolver wieder aus dem Holster. Schließlich wusste sie nicht, ob Faye noch einen Komplizen hatte.

»Wo ist Abby, Faye?«, fragte sie.

Faye, ihr Gesicht noch immer gegen die Wand gepresst, sagte: »Oben.«

»Ist sie okay?«

»Ja.«

»Dann sollten wir sie mal besuchen. Sie zuerst.«

Sie gingen langsam die Treppe hoch und kamen zum Schlafzimmer, wo Abby mit Handschellen an ihr Bett gekettet war. Molly bemerkte, dass Tränen über Fayes Gesicht liefen.

65

Die Straße war unbeleuchtet und ohne jeden Verkehr, als Jesse am Straßenrand Richtung Restaurant ging. Er fühlte sich einsamer als je zuvor – einsamer sogar als an jenem Abend, als Jenn ihre gemeinsame Wohnung verlassen hatte. Es war eine unnatürliche Stille und Leere, da man hier eigentlich Leben und Betriebsamkeit erwartet hätte. Seine Jacke war warm genug für die kalte Herbstnacht – ja, er fühlte sich durch das eisige Meerwasser sogar erfrischt und hellwach. Würde er unter anderen Umständen in einer Mondnacht hier entlanglaufen, hätte er sich fast schon euphorisch gefühlt.

Er hatte keine Ahnung, wo sich die Einwohner der Insel versteckt hielten. Vermutlich in ihren Häusern. Er wusste nicht, was sich genau auf der Insel abgespielt hatte, hielt aber einen Raubüberfall für wahrscheinlich. Doch was immer hier geschehen sein mochte: Die Stille wirkte auf ihn elektrisierend. Er fühlte sich im Vollbesitz seiner Kräfte, als er zügig auf der Straße zum Restaurant ging.

Er hörte die drei Schüsse, bevor er das Restaurant sehen konnte. Er ging hinter ein paar Bäumen in Deckung und wartete. Nichts. Nur die Stille, die auf die Schüsse folgte. Er ging langsam weiter. Der Geruch des modernden Laubes vermischte sich mit der salzhaltigen Luft des Meeres. Er konnte die Brandung inzwischen hören und dann sah er auch das Restaurant im Licht des fahlen Mondes. Draußen bewegte sich nichts. Durch die Fenster drang das Flackern der Kerzen. Die Rückseite des Gebäudes hatte keine Fenster.

Auf Händen und Knien kroch Jesse vorsichtig in Richtung des Müllcontainers. Als er ihn erreicht hatte, ging er in die Hocke und schaute sich um. Einige Meter vor sich sah er zwei Silhouetten auf dem Boden. Auf dem Bauch kroch er in ihre Richtung. Zwei Männer. Er tastete sie sorgfältig ab. Es war im Schatten des Hauses zu dunkel, um irgendwelche Details zu erkennen. Der eine hatte eine aufgeschlitzte Kehle, der andere war offenbar von mehreren Kugeln getroffen worden. Es mussten die drei Schüsse gewesen sein, die er gehört hatte. In der Nähe lagen zwei Gewehre. Jesse durchsuchte ihre Taschen: Beide Männer besaßen noch weitere Munition.

Okay, sagte Jesse, *zwei Gangster weniger. Mehr Geld für die, die noch übrig bleiben. Keiner von ihnen sah wie der Indianer aus. Ich weiß nicht, was hier abgelaufen ist, ich weiß nicht, wer geschossen hat, aber zumindest weiß ich, wer erschossen wurde. Ich möchte wetten, dass sie Geiseln haben. Unmöglich zu sagen, wie viele in ihrer Gewalt sind. Ich weiß auch nicht, wie viele Gangster sich hier noch verstecken. Ich kann nicht einfach da reinmarschieren. Ich weiß nicht mal, wo genau sie sich aufhalten. Möglicherweise sind sie ja nicht mal im Haus.*

Jesse schaute zur felsigen Küste auf der Vorderseite des Restaurants und glaubte, den dunklen Schatten eines Boots ausgemacht zu haben. Er schaute noch einmal genauer hin, doch das Objekt verschwamm vor seinen Augen. Er ließ seine Augen einen Moment lang streifen und fixierte sie dann erneut auf den fraglichen Punkt. Kein Zweifel: Dort draußen war etwas im Meer.

Okay, ich weiß also jetzt, wie sie von der Insel kom-

men wollen. Hilft mir aber nicht wirklich weiter. Ich kann nichts unternehmen, bis ich die Geiseln frei bekomme. Oder überhaupt weiß, wen sie dort festhalten und wie viele. Er konnte im Augenblick nichts weiter tun, als im Dunkeln zu hocken, den Kerzenschein in den Fenstern zu verfolgen und die Entwicklungen abzuwarten. Er musste an Marcy denken und wie sie mit der Situation wohl zurechtkam. Er selbst hatte Angst, aber er war die Angst gewohnt. Er kannte dieses Gefühl und war in der Lage, es irgendwo in eine Schublade zu stecken, sodass der Rest seiner Person funktionierte. Marcy hatte in dieser Beziehung keinerlei Erfahrung.

Innen im Restaurant nippte Macklin an seinem Martini und lächelte Marcy an.

»Okay, Marce«, sagte er. »Lass uns den Ball ins Rollen bringen.«

»Was bedeutet?«, sagte sie.

»Bedeutet, dass du und die anderen Damen je eine der Taschen nehmen und sie zum Boot bringen.«

»Durchs Wasser?«, fragte Marcy.

»Genau. Es wird etwa einen Meter tief sein, vielleicht einen Meter zwanzig. Ihr reicht die Taschen hoch und klettert dann ins Boot.«

»Du willst uns mitnehmen?«

»Nur ein Stückchen«, sagte Macklin. »Beim nächsten Stopp lassen wir euch raus.«

Patty fing an zu weinen.

»Ich kann nicht mit. Ich muss nach Hause«, schluchzte sie.

»Dir wird wohl nichts anderes übrig bleiben«, sagte Macklin. »Crow, mach sie startklar.«

Crow nickte und machte eine Handbewegung zu den Frauen. Sie hatten ausnahmslos panische Angst, gehen zu müssen. Aber noch mehr Angst hatten sie vor Crow. Jede nahm vom Stapel eine Stofftasche und ging Richtung Meer – wobei angesichts ihrer Stöckelschuhe von Gehen kaum die Rede sein konnte. Crow stand am Wasser und beobachtete sie. Freddie versuchte, das Boot so nah wie möglich ans Ufer zu bringen. Macklin stand vor dem Eingang zum Restaurant und trank den Rest seines Drinks. Judy, bereits zur Hüfte im Wasser, verlor die Balance und ließ die Tasche ins Wasser fallen. Frau und Tasche verschwanden für eine Sekunde unter einer Welle. Crow lief ins Wasser, riss mit einer Hand die Tasche heraus und stützte Judy mit der anderen. Er drückte ihr die nasse Tasche auf die Schulter und drängte sie weiter in Richtung des Bootes. Pam, bereits tiefer im Wasser, verlor ebenfalls den Halt und brauchte Crows Hilfe. Als sie schließlich alle am Boot angekommen waren, stemmte sich Crow an Bord, als habe er Sprungfedern in den Armen. Die Frauen reichten ihm ihre Taschen hoch, um danach von Crow am Handgelenk an Bord gezogen zu werden.

Jesse hockte im Dunkeln und musste mit ansehen, was mit den Geiseln passierte. *Ich kann sie nicht gehen lassen.* Es war weniger ein Gedanke als ein instinktiver Impuls. *Wenn ich irgendwas unternehmen will, muss ich es jetzt tun.* Der Indianer war auf dem Boot, Macklin alleine am Ufer. Wenn er ihn ohne Geräusche ausschalten könnte … Mit dem Revolver in der Hand lief er an der Seite des Restaurants entlang und versuchte, so lautlos wie möglich zu sein. Den Luxus, zwischen Geräuschlosigkeit und Geschwindigkeit zu wählen, hatte er in dieser Situation nicht. Wenn Crow ihn entdecken würde ... Doch seine Rechnung ging nicht auf: Macklin sah ihn – oder fühlte ihn irgendwie –, drehte sich um und fuhr mit einer Hand zum Revolver.

»Keine Bewegung«, sagte Jesse und versuchte knallhart zu klingen, ohne unnötig laut zu sprechen.

Macklin rührte sich nicht und starrte ihn in der Dunkelheit an.

»Verdammt«, sagte er. »Sie sind's.«

»Hände hinter den Kopf«, sagte Jesse leise. »Finger verschränken. Los!«

Macklin grinste ihn an.

»Wäre ein cleverer Zug gewesen, wenn Sie mich geräuschlos aus dem Weg geräumt hätten. Aber so sitzen Sie voll in der Scheiße.«

Jesse wusste, dass Macklin Recht hatte. Er zielte mit dem Revolver weiterhin auf die Mitte von Macklins Silhouette.

»Mag sein«, sagte Jesse, »aber zumindest hab ich Sie.«

»Vielleicht ist es eher umgekehrt: Ich hab Sie«, sagte Macklin und hob seine Stimme. »Crow«, schrie er, »der Polizeichef ist hier.«

»Und?«, rief Crow vom Boot aus.

Er konnte die zwei Gestalten vor dem Restaurant nur vage ausmachen.

»Erschieß eine Geisel«, rief Macklin. »Damit er kapiert, was hier abläuft.«

»Sobald ich einen Schuss höre«, rief Jesse, »ist Macklin ein toter Mann.«

»Nun mach schon«, schrie Macklin.

Auf dem Boot sagte Crow leise zu den Frauen: »Klettert über die Reling und geht ans Ufer.«

»Was zum Teufel soll das?«, fragte Costa entsetzt.

»Ich versteck mich nicht hinter Frauen«, sagte Crow.

»Aber sie sind unser Ticket, um hier heil rauszukommen«, lamentierte Costa. »Und sie sind Jimmys Ticket.«

»Runter vom Boot«, sagte Crow noch einmal.

Die Frauen kletterten über die Reling. Macklin und Jesse, die sich noch immer regungslos gegenüberstanden, versuchten zu verstehen, was sich auf dem Boot abspielte.

»Crow?«, rief Macklin erneut.

Marcy war die Letzte, die das Boot verließ. Als sie ins Wasser sprang, hörte sie noch, wie Crow zu Costa sagte: »Okay, drück aufs Gas.«

»Was ist mit Jimmy?«

»Jimmy muss alleine klarkommen. Schaff uns hier raus.«

Die gewaltigen Motoren heulten auf, als Costa das Boot zurück aufs offene Meer steuerte. Die Frauen schwammen und stolperten ans Ufer. Jesse und Macklin standen noch immer bewegungslos vor dem Restaurant.

»Scheiß Crow«, sagte Macklin und starrte aufs dunkle Meer hinaus.

»Sieht ganz so aus, als hätt ich Sie im Sack«, sagte Jesse.

Macklin schaute ihn an.

»Könnte sein«, sagte er. »Ausschließen kann man's jedenfalls nicht.«

»Hände hinter den Kopf«, sagte Jesse noch einmal und bemühte sich nicht mehr, leise zu sprechen.

Marcy war von allen Frauen die Stärkste. Sie erreichte als Erste das Ufer, blieb aber im Wasser stehen, um den anderen zu helfen. Agnes Till war die Letzte. Mit Ausnahme von Marcy brachen alle erschöpft am Ufer zusammen. Nachdem sie Agnes an Land gezogen hatte, sah Marcy zu den beiden dunklen Schatten vor dem Restaurant hinüber.

»Jesse?«, rief sie.

»Ich bin hier«, sagte er. »Leg dich flach auf den Boden und bleib liegen, bis ich's dir sage.«

Macklin bewegte sich langsam rückwärts.

»Wissen Sie eigentlich, dass ich sie gevögelt habe?«, sagte er.

»Ihr Privatleben interessiert mich nicht«, sagte Jesse.

»Hatte Faye also tatsächlich recht«, sagte Macklin.

Er wich ein paar Schritte weiter zurück.

»Bleiben Sie, wo Sie sind«, sagte Jesse. »Ich hab keinerlei Probleme zu schießen.«

Macklin blieb stehen.

»Sie könnten zumindest etwas Sportsgeist beweisen«, sagte Macklin.

»Hab mit Sport nichts am Hut«, sagte Jesse.

»Sie könnten Ihren Revolver ins Holster stecken. Und dann sehen wir, wer zuerst ziehen kann. Die Frauen dürfen zuschauen.«

»Kein Interesse.«

»Okay, aber zumindest könnten Sie die Knarre etwas absenken, um zu sehen, ob ich trotzdem noch schneller ziehen und abdrücken kann.«

»Kein Interesse.«

»Haben Sie etwa Schiss vor einem kleinen Spielchen?«

»Ich muss nicht spielen«, sagte Jesse.

»Aber nur darum geht's doch«, sagte Macklin. »Versuchen Sie mal Ihr Glück, Jesse. Schauen Sie dem Schicksal in die Karten.«

Jesse zuckte mit den Schultern.

»Ich werd's nicht noch einmal sagen: Hände hinter den Kopf!«, sagte er.

»Ich war im Knast«, sagte Macklin. »Da werde ich kein zweites Mal landen.«

»Das ist Ihre Entscheidung«, sagte Jesse.

Als Macklins Hand zum Holster fuhr, drückte Jesse zwei Mal ab und traf ihn in die Brust.

Macklin sackte langsam zu Boden – ganz so, als würde sein Lebenslicht in Etappen erlöschen. Jesse ging hinüber und nahm die halb gezogene Waffe aus seiner Hand und warf sie weg. Macklin atmete nur noch unregelmäßig und schluckte mehrfach. Jesse kniete sich neben ihn. Macklin murmelte etwas, das Jesse nicht verstehen konnte. Er beugte sich näher zu ihm herunter.

»Faye«, sagte Macklin. »Ich will Faye.«

Jesse bemerkte, dass die Frauen inzwischen im Halbkreis hinter ihm standen. Seinem Befehl zum Trotz waren sie aufgestanden und nähergekommen. Sie starrten schweigend auf die beiden Männer. Der Geruch des Schießpulvers lag noch immer in der salzigen Luft.

Jesse legte seinen Finger auf die Schlagader an Macklins Hals. Er fühlte noch immer einen schwachen Puls. Und dann nicht mehr.

66

Bevor Marcy in den Hubschrauber der Küstenwache stieg, nahm sie Jesse in den Arm und drückte sich so fest an ihn, als sei er ein Baumstamm in einem Taifun. Schließlich löste sie sich und kletterte mit den anderen Frauen in den Hubschrauber. Sie stiegen senkrecht hoch, zogen dann eine leichte Kurve, knatterten über den Hafen und landeten auf dem Footballplatz der High School, wo sie umgehend die Bekanntschaft mit Fernsehkameras und Blitzlichtern machten.

Das alles lag nun genau 36 Stunden zurück. Inzwischen hatte Marcy ausführlich mit Suitcase Simpson gesprochen und mit dem attraktiven Mann vom SWAT-Team, war von einem Arzt untersucht worden, hatte geduscht, fast 18 Stunden geschlafen, wieder geduscht, Kaffee und O-Saft getrunken, zwei weich gekochte Eier gegessen, dazu vier Scheiben Vollkorn-Toast mit fettarmem Aufstrich – und wartete nun ohne große Begeisterung darauf, etwas zu tun, von dessen Sinnhaftigkeit sie nicht unbedingt überzeugt war. Sie saß in einem Café des »Government Center« und wartete auf Jenn Stone.

Marcy erkannte sie sofort, als sie eintrat. Sie hatte mehrfach die Nachrichten auf Channel 3 eingeschaltet, um den Wetterbericht mit Jenn Stone zu sehen, und hatte dabei feststellen müssen, dass ihre meteorologische Kompetenz zwar hart gegen null tendierte, sie aber tatsächlich so attraktiv aussah, wie sie es vermutet hatte. Einige Leute im Café schienen Jenn zu erkennen, doch sie ließ sich – sollte sie es überhaupt registriert haben – nichts anmerken.

Marcy hob ihre Hand, als sich Jenn im Café suchend umschaute. Jenn sah sie und kam zum Tisch.

»Hallo«, sagte sie und streckte die Hand aus. »Ich bin Jenn.«

»Marcy Campbell.«

Jenns Händedruck war energisch und fest. Ihr ganzer Körper ließ das Wirken eines persönlichen Fitnesstrainers erkennen. Sie hatte volles, akkurat geschnittenes Haar, perfektes Make-up und Schmuck, der nicht aufdringlich, aber definitiv teuer war. Marcy sah auch mit einem Blick, dass ihre Kleider, so leger sie aussehen mochten, eine Stange Geld gekostet haben mussten. Jenn setzte sich auf den gegenüber stehenden Stuhl und Marcy blieb nicht verborgen, dass Jenn sie ebenfalls von oben bis unten musterte. Ihr wurde auch plötzlich klar, dass Jenn ein wenig wie sie selbst aussah. Jünger. Vielleicht auch attraktiver, aber in jedem Fall gab es Ähnlichkeiten. Jenn griff zur Speisekarte, die aus einem einzigen fotokopierten Blatt Papier bestand.

»Haben Sie schon bestellt?«

»Nein, aber das sollten wir besser tun, bevor wir zu reden anfangen.«

Sie waren für einen Moment still und studierten das Menü. Die Kellnerin kam und nahm die Bestellung entgegen. Beide bestellten einen gemischten grünen Salat und Cola Light – und mussten wegen der Diät-Doublette lachen.

»Es ist ein ewiger Kampf, nicht wahr?«, sagte Jenn.

»Ein Kampf, den Sie jedenfalls zu gewinnen scheinen«, sagte Marcy.

Jenn lächelte ob des Kompliments – ganz so, als habe

sie es nicht anders erwartet. Die Kellnerin kam mit den Salaten und einem Brotkörbchen.

»Sie wollten über Jesse reden«, sagte Jenn.

Marcy hatte darüber nachgedacht, seit sie gestern Abend ihren spontanen Anruf getätigt hatte. Sie war zu dem Schluss gekommen, dass sie nicht wusste, wie sie das Gespräch eröffnen sollte. Sie wollte einfach warten, bis sie die Frage stellte – und dann spontan reagieren.

»Haben Sie ihn je bei der Arbeit beobachtet?« war alles, was spontan aus ihr rauskam.

»Marcy, er war Cop in L.A., als ich ihn geheiratet habe.«

»Aber haben Sie ihn wirklich einmal als Cop erlebt?«

Jenn verstand, worauf sie hinauswollte.

»Sie meinen so, wie Sie ihn gestern erlebt haben?«, fragte Jenn.

»Genau. Ich weiß, es geht mich nichts an, und es ist vermutlich meine Dankbarkeit oder die Nachwirkung des Schocks, die aus mir sprechen, aber: Mein Gott, Sie hätten ihn einfach sehen müssen.«

»Erzählen Sie mir mehr«, sagte Jenn.

»Er war … ich weiß es nicht. Wir waren Gefangene, die willenlos weggeführt wurden – und plötzlich war er da. In der einen Minute ist man völlig geschockt und ohne Hoffnung – und dann …« Marcy fand nicht die Worte, um ihre Gefühle zu beschreiben.

»War er sich seiner Sache sicher?«, fragte Jenn.

»Absolut.«

»Kann ich mir gut vorstellen«, sagte Jenn. »Und Sie haben gesehen, wie er den Mann erschossen hat?«

»Ja.«

»War es schlimm?«, fragte Jenn.

»Nein.«

»Jesse kann ein harter Hund sein«, sagte Jenn.

»Und ein verdammt mutiger.«

Jenn nickte.

»Ja«, sagte sie. »Verdammt mutig.«

Sie pickten für eine Weile in ihren Salaten herum. Es war vorwiegend Eisbergsalat – mit genau einem roten Zwiebelring und zwei Kirschtomaten.

»Davon werden wir bestimmt nicht fett«, sagte Marcy.

Jenn lächelte.

»Aber auch nicht glücklich«, sagte sie und schlang ein Salatblatt herunter. Das leuchtend organgefarbene Dressing befand sich in einer kleinen separaten Schale.

»Tut mir leid wegen des Restaurants«, sagte Jenn. »Ich hab's nur vorgeschlagen, weil es in der Nähe vom Sender ist.«

»Das scheint wirklich sein einziger Vorzug zu sein«, sagte Marcy.

»Beim nächsten Mal bin ich schlauer.«

Sie widmeten sich wieder ihrem Salat.

»Warum erzählen Sie mir das alles von Jesse?«, fragte Jenn.

»Ich hatte die Hoffnung, dass es vielleicht dazu beitragen würde, mit Ihren Gedanken ins Reine zu kommen.«

»Er hat Ihnen von mir erzählt?«

»Ja.«

»Sind Sie ein Paar?«

»Nein, nur gute Freunde.«

»Vögeln Sie mit ihm?«, fragte Jenn.

»Ja.«

»Aber Sie lieben ihn nicht?«

»Es ist schon lange her, dass ich glaubte, die beiden Gefühle seien untrennbar.«

Jenn lächelte, wollte sich aber nicht weiter auf eine Diskussion über Liebe und Sex einlassen. »Aber Sie mögen ihn sehr?«

»Ja.«

»Es ist so leicht, ihn zu mögen«, sagte Jenn. »Ich kann gar nicht anders.«

»Aber lieben Sie ihn auch?«

»Ja, keine Frage: Ich liebe ihn.«

»Aber?«

»Aber … ihn zu lieben und mit ihm zu leben sind zwei Paar Schuhe.«

»Verstehe ich nicht.«

»Das müssen Sie ja auch nicht.«

Zum ersten Mal hörte Marcy eine metallische Schärfe in Jenns Stimme, die sie nicht erwartet hatte. Sie war wohl doch mehr als nur das hübsche Aushängeschild der Abendnachrichten. Es überraschte sie ein wenig, doch letztlich empfand sie diese Erkenntnis als eindeutig positiv: Zumindest wusste sie nun, dass es kein blondes Dummchen war, in das Jesse so hemmungslos verschossen war.

»Nein, muss ich nicht«, sagte Marcy. »Aber es wäre gut, wenn Sie es könnten.«

»Ich weiß, dass Jesse mich liebt«, sagte Jenn, »aber ich weiß auch, dass er sich manchmal zurücknehmen sollte, um mich nicht zu ersticken.«

»Besitzergreifend?«

»Kann man wohl sagen.«

»Komisch, mir gegenüber wirkte er gar nicht so«, sagte Marcy.

»Weil er in Sie auch nicht verliebt ist«, sagte Jenn.

»Hmm«, sagte Marcy.

Jenn schwieg.

»Ich hätte nichts dagegen«, sagte Marcy, »wenn ich mit Ihnen beiden befreundet sein könnte.«

»Kann mir nur schwer vorstellen, wie das funktionieren sollte«, sagte Jenn.

»Käme vielleicht auf einen Versuch an«, sagte Marcy.

»Was hätten Sie denn von dem Arrangement?«

»Eine Möglichkeit, mich bei ihm zu bedanken«, sagte Marcy.

»Und ich?«, sagte Jenn.

»Eine Freundin ist nicht das Schlechteste auf der Welt«, sagte Marcy.

Jenn aß ihre letzten Salatblätter und brach ein Stück Brot ab.

»Darf ich Sie anrufen?«, fragte Marcy.

Jenn aß das Brot ohne Butter.

Als sie es runtergeschluckt hatte, sagte sie: »Werden Sie Jesse davon erzählen?«

»Nein.«

Jenn lächelte Marcy an und nickte.

»Klar«, sagte sie. »Rufen Sie mich an.«

67

Jesse hatte Faye aus der Zelle in sein Büro gebracht; Molly war ebenfalls anwesend.

»Du kannst ihr die Handschellen abnehmen, Molly.«

Molly nahm sie ab.

»Setzen Sie sich«, sagte Jesse.

Faye setzte sich. Ihr Gesicht war völlig ausdruckslos, ihre Augen leer. Jesse studierte für einen Moment die Unterlagen auf seinem Schreibtisch.

»Faye«, sagte er. »Wir haben Sie wegen Körperverletzung und Freiheitsberaubung festgenommen.«

Faye rührte sich nicht.

»Wollen Sie mir vielleicht erklären, was Sie mit der Aktion bezweckt haben?«, fragte Jesse.

Faye schüttelte den Kopf.

»Okay«, sagte Jesse. »Dann erklär ich's Ihnen – und Sie können mir sagen, wenn ich damit falsch liege.«

Faye blieb stumm und bewegungslos. Molly lehnte an der Wand neben der Tür und gab ebenfalls keinen Mucks von sich. Wie immer schien der Revolver in ihrem Gürtel ein bisschen zu überdimensioniert für sie zu sein.

»Sie sind James Macklins Freundin.«

»War«, sagte Faye ausdruckslos.

»Und Sie sahen eines Abends im ›Gray Gull‹, dass ich mit Abby Taylor an der Bar stand. Und aufgrund ihres Verhaltens gingen Sie davon aus, dass sie meine Freundin sein müsse.«

Faye rührte sich nicht.

»Und als ich Sie dann besuchte und nach Macklin und Cromartie fragte, wussten Sie, dass das Ding auf

Stiles Island bereits am Laufen war – und da Sie Angst hatten, ich könne die Sache vermasseln, überfielen Sie Abby, um eine Geisel in der Hinterhand zu haben. Sollte ich Macklin schnappen, könnten Sie dann einen Kuhhandel vorschlagen: meine Freundin gegen Ihren Freund. Was Abby und mich betrifft, lagen Sie zwar falsch, aber das konnten Sie nicht wissen. Ihre Schlussfolgerung war durchaus nachvollziehbar.«

Faye saß regungslos auf dem Stuhl und schaute ins Nichts.

»Warum haben Sie's getan?«, fragte Jesse.

Faye schaute ihn mit einem bohrenden Blick an. Es war die erste Reaktion, die er von ihr bekam.

»Was in Gottes Namen könnte denn wohl das Motiv gewesen sein?«, sagte sie.

»Dass Sie ihn liebten und alles getan hätten, um ihn zu retten.«

Faye war lange still, erwiderte aber Jesses Blick. In ihre Augen war wieder Leben zurückgekehrt. Sie begann langsam zu nicken.

»Ja«, sagte sie schließlich – und wiederholte es mit resoluter Stimme.

Jesse lehnte sich in seinem Drehstuhl zurück, schaukelte leicht und stieß sich dabei mit den Fußspitzen vom Boden ab.

»Haben Sie genug Geld?«, fragte Jesse.

Faye antwortete nicht.

»Sie hatte 1000 Dollar in ihrem BH, als ich sie hierher brachte«, sagte Molly.

Jesse nickte. Fayes Gesicht war inzwischen so ausdruckslos und wächsern, als stände sie unter Schock.

»Geh und hol ihr Geld«, sagte Jesse.

Molly starrte ihn für einen Augenblick an, verließ dann aber das Büro. Weder Faye noch Jesse sprachen ein Wort. Molly kam mit einem Umschlag zurück und reichte ihn Faye.

»Ich werd mit ihr einen kleinen Ausflug machen«, sagte Jesse.

»Allein?«, fragte Molly.

»Allein.«

»Mit einem weiblichen Häftling, Jesse? Das könnte dir noch Ärger einbringen.«

»Wird schon alles okay gehen«, sagte Jesse in der demonstrativ beiläufigen Art, die Molly längst zu interpretieren wusste. *Ich werd's eh machen – egal, welche Einwände man mir an den Kopf knallt.*

Molly nickte und verzog sich in ihr Büro. Jesse nahm Faye am Arm und ging mit ihr zu seinem Polizeiwagen hinaus. Faye sagte kein Wort. Sie hielt den Umschlag, den Molly ihr gegeben hatte, in ihrem Schoß. Sie hatte ihn nicht geöffnet und fragte auch nicht, wohin Jesse fuhr. Er nahm die Tobin Bridge, dann die Ausfahrt zum City Square, von da aus weiter zum Navy Yard und zu Fayes Apartment. Als er den Wagen geparkt hatte, drehte er sich um und sah sie an.

»Ich vermute, Sie werden mir nicht glauben, aber vielleicht werden Sie sich einmal an meine Worte erinnern: Sie werden drüber wegkommen. Irgendwann wird es Ihnen wieder besser gehen. Und irgendwann – und ich weiß, dass Sie das nicht hören wollen – werden Sie vielleicht auch einen anderen Mann kennen lernen.«

Faye zuckte mit den Schultern und schaute auf den Umschlag in ihrem Schoß.

»Sie sind frei und können gehen«, sagte Jesse.

Faye starrte ihn an.

»Ich habe Jimmy erschossen, weil ich es musste«, sagte er. »Mit Ihnen habe ich keine Rechnung offen.«

Faye starrte ihn wieder regungslos an.

»Dadurch wird er auch nicht wieder lebendig«, sagte sie.

»Nein«, sagte Jesse, »aber mit der Zeit wird es einfacher werden.«

Faye starrte ihn weiterhin an.

»Gehen Sie. Und bleiben Sie nicht hier am Ort. Gehen Sie weit weg. Ich werde nicht nach Ihnen suchen.«

Faye öffnete die Tür, stieg langsam aus und ging die Treppe zum Apartment hoch. Jesse wartete und verfolgte sie mit seinen Augen. Sie nahm einen Schlüssel aus dem Briefkasten und öffnete die Tür. Im Türrahmen hielt sie inne und schaute noch einmal zu Jesse zurück. Als sie verschwunden war, legte Jesse den Gang ein und fuhr nach Paradise zurück.

Als er allein ins Revier kam, fragte Molly: »Wo ist die Frau?«

»Ist mir entkommen«, sagte Jesse und ging in sein Büro.

Molly folgte ihm.

»Entkommen?«, fragte sie.

Jesse nickte.

»Das war die wichtigste Festnahme, die ich je gemacht habe!«, sagte Molly.

»Was auch angemessen gewürdigt wird. Ich bin derjenige, dem sie entkommen ist.«

»Entkommen – so ein Scheiß«, sagte Molly. »Du bist einfach ein sentimentaler Idiot.«

»Molly, ich bin immer noch dein Chef.«

»Und ein sentimentaler Idiot obendrein«, sagte Molly.

Jesse zuckte mit den Schultern. Molly kam um den Schreibtisch herum, beugte sich vor und drückte ihm einen dicken Kuss auf die Lippen. Dann ging sie kerzengerade aus seinem Büro. Jesse griff in die Schublade und holte ein Kleenex heraus. Und wischte sich die Lippen ab.

68

Es war Sonntagmorgen. Jesse und Jenn saßen am Tresen des »Agawam« in Rowley und machten sich über ihre Rühreier mit Schinken, Fritten und Toast her.

»Weißt du denn eigentlich, was mit den anderen passierte, die auf dem Boot entkamen?«

»Nicht genau. Vor ein paar Tagen wurde ein großes Motorboot am Strand von Port City angespült. Ein Toter war an Bord. Hieß Freddie Costa und war aktenkundig.«

»Wie ist er denn gestorben?«, fragte Jenn.

Der Duft von Kaffee und Speck zog durchs Restaurant. Draußen an der Route One verfärbten sich bereits die Blätter auf den Bäumen.

»Durch eine Kugel im Kopf.«

»Glaubst du, er hatte was mit der Sache zu tun?«

»Könnte gut sein.«

»Und der Indianer?«

»Wilson Cromartie«, sagte Jesse. »Wir haben keine Spur.«

»Und das ganze Geld?«

»Verschwunden.«

»Immerhin hast du drei von ihnen erwischt«, sagte Jenn.

»Genaugenommen nur einen«, sagte Jesse. »Sie hatten ja schon zwei ihrer eigenen Leute ermordet.«

»Und du hast die Geiseln befreit.«

»Indirekt«, sagte Jesse.

»Was meinst du mit indirekt?«

Jesse nickte der dicken Bedienung hinter dem Tresen zu und ließ sich Kaffee nachschenken. Er schüttete etwas Sahne hinein und verfolgte, wie sie sich spiralförmig im Kaffee auflöste. Er nahm zwei Löffel Zucker, rührte einmal um und nahm einen Schluck.

»Nun«, sagte er schließlich, »Marcy Campbell erzählte mir, dass es Cromartie war, der die Frauen gehen ließ.«

»Wirklich?«

»Ja. Er sagte, er würde sich nicht hinter Frauen verstecken. Wenn er sie mitgenommen hätte, wär ich in den Arsch gekniffen gewesen.«

»Glaubst du, er war wirklich so galant?«

»Galant«, sagte Jesse. »Hübsches Wort. Keine Ahnung. Vielleicht wollte er einfach nur das ganze Geld.«

»Aber er hätte sie doch mitnehmen und als Geiseln einsetzen können, bis er wirklich in Sicherheit war.«

»Stimmt schon«, sagte Jesse. »Andererseits dachte er sich wohl, ohne überflüssiges Gepäck leichter reisen zu können.«

»Ich glaube, er war einfach ein galanter Mensch«, sagte Jenn.

»Der Freddie Costa – so er denn das Boot steuerte – ganz galant durch den Hinterkopf schoss.«

»Aber du weißt doch nicht, ob er es wirklich war.«

»Nein, aber vielleicht finden wir's noch raus. Fred kam aus Mattapoisett. Einige Cops von der Bundespolizei sind vor Ort und überprüfen, ob er eine Beziehung zu Macklin, Cromartie oder den zwei anderen Burschen hatte.«

»Habt ihr die beiden anderen denn ID't?«

Jesse musste grinsen. Als Frau eines Cops fiel ihr der Polizeislang nicht schwer, auch wenn es aus ihrem Mund so ganz anders klang als auf dem Revier.

»Ja. Haben beide gesessen. Der eine ist aus Baltimore, der andere aus Atlanta.«

»Nun, ich hoffe jedenfalls, dass der Indianer entkommt«, sagte Jenn.

»Obwohl er mir seinen Partner ausgeliefert hat? Obwohl er wahrscheinlich den Mann auf dem Boot erschossen hat? Und womöglich die beiden anderen Männer auch?«

»Ja, trotzdem.«

»Weil er so galant zu den weiblichen Geiseln war?«

»Nun, das war er doch tatsächlich.«

Jesse lächelte sie an.

»Okay«, sagte er. »Sollte ich ihn je schnappen, werd ich ihm ausrichten, dass du dich für ihn einsetzt.«

»Ich hoffe, du wirst ihn nie schnappen. Ist eigentlich die Hopkins-Tussi noch immer hinter dir her?«

»Wahrscheinlich«, sagte Jesse, »aber im Moment hält sie sich bedeckt.«

»Sie kann ja auch schlecht sagen, dass du einen scheiß Job machst, wo dich alle Zeitungen zum Helden gekrönt haben.«

»Sie wird auf ihre Zeit warten«, sagte Jesse. »Kann mir nicht vorstellen, dass sie klein beigibt.«

»Sie wird sicher nicht begeistert gewesen sein, dass du mich laufen ließest.«

»Nein.«

»Du hast ja sogar noch eine andere Frau laufen lassen«, sagte Jenn. »Molly hat mir davon erzählt.«

»Sie hätte mal besser ihren Mund gehalten«, sagte Jesse.

»Es ist schon okay, wenn sie's mir sagt«, sagte Jenn.

»Weil du so was Besonderes bist?«

»Ich bin nun mal besonders.«

»Das bist du«, sagte Jesse.

Jenn schwieg und trank ein Schlückchen Kaffee. Jesse widmete sich seinem Rührei.

»Was läuft eigentlich mit dir und deinem Zwerg?«, fragte Jesse.

»Tony?«

»Ja. Ist er noch nicht aus seinen Cowboy-Boots gekippt?«

»Hör auf, Jesse. Tony ist nun mal Fernsehmoderator.«

»Was bedeutet?«

»Dass er ein großer Schäker ist.«

»Was sind denn Polizisten von Natur aus? Auch Schäker?«

»Nein«, sagte Jenn.

Jesse biss ein Stück von seinem Toast ab.

»Heißt das also, dass du noch immer mit Tony am Schäkern bist?«

»Ich glaube, das geht dich gar nichts an.«

Jesse fühlte, wie sich der Knoten in seinem Hals, der eigentlich immer da war, plötzlich wieder verhärtete.

»Nein«, sagte er. »Das geht mich wohl nichts an.«

Jenn tätschelte seinen Arm. »Ich kann ja verstehen, dass es dir schwerfällt, *nicht* zu fragen«, sagte sie. »Aber manchmal muss man auch loslassen können, um etwas wirklich zu besitzen.«

»Und eine Scheidung erfüllt die Kriterien des Loslassens nicht?«, fragte Jesse.

»Vielleicht nicht«, sagte Jenn.

»Na«, sagte Jesse mit unüberhörbarem Zynismus, »das hört man doch gerne.«

»Jesse, ich behaupte ja nicht, dass der gegenwärtige Zustand optimal ist. Aber so ist die Lage nun mal. Ich tue mein Bestes.«

»Ich weiß«, sagte Jesse.

Sie schwiegen. Die Bedienung räumte das Geschirr ab, während Jenn ihn ununterbrochen anschaute.

»Ich bin unglaublich stolz auf dich«, sagte sie schließlich.

»Ja«, sagte Jesse, »hab mich wohl ganz gut geschlagen.«

»Das hast du. Und ich bin auch stolz, dass du dein Alkoholproblem im Griff hast. Ich bin stolz, dass du diese Frau hast gehen lassen. Und nicht zuletzt bin ich stolz, dass du mit uns beiden noch immer so viel Geduld hast. Ich kann mir vorstellen, wie hart das für dich sein muss.«

»Hart wie ein Stein«, sagte Jesse mit versteinertem Gesicht.

»Und ich liebe dich«, sagte Jenn.

»Ich liebe dich auch, Jenn, und das weißt du auch.«

»Was hat noch mal der berühmte Baseball-Coach über diese Situation gesagt?«

»Yogi Berra meinst du?«, sagte Jesse. »Das Spiel ist nicht zu Ende, bevor es nicht zu Ende ist.«

»Und er hat völlig recht«, sagte Jenn.

Jesse nickte. Jenn legte ihre Hand auf seine. Jesse hatte das Gefühl, Luft schnappen zu müssen. Er atmete tief durch.

Was ich jetzt brauche, dachte er, *ist ein Drink.*

Die amerikanische Originalausgabe erschien 1998 unter dem Titel »Trouble in Paradise«.

Pendragon Verlag
gegründet 1981
www.pendragon.de

3. Auflage

Gedruckt auf holz- und säurefreiem Naturpapier

Deutsche Erstausgabe
Veröffentlicht im Pendragon Verlag

Lektorat: Eike Birck, Mareike Hengelage, Axel Fröscher
Umschlag und Herstellung: Uta Zeißler, Bielefeld
Umschlagfoto: Günther Butkus, Bielefeld
Satz: Pendragon Verlag auf Macintosh
Gesetzt aus der Adobe Garamond
ISBN 978-3-86532-356-9
Gedruckt in Deutschland

Robert B. Parker

EIN FALL FÜR JESSE STONE

Die Tote in Paradise

Dieser Fall geht Polizeichef Jesse Stone an die Nieren. An einem See in der Nähe der US-Kleinstadt Paradise wird die stark verweste Leiche einer jungen Frau gefunden. Niemand scheint sie zu kennen oder zu vermissen. Erst durch einen Ring kann die Identität der Toten festgestellt werden. Doch der Name wirft mehr Fragen auf als Jesse Stone lieb ist. Was hatte das Mädchen mit einem stadtbekannten Mafioso zu tun? Warum wird sie sogar von ihren eigenen Eltern verleugnet? Und wie passt ein Bestseller-Autor in das Szenario?

Die Bücher der Jesse-Stone-Reihe zählen zu den besten Krimis, die Robert B. Parker in seiner langen Karriere geschrieben hat. Die Romane wurden überaus erfolgreich mit Tom Selleck in der Hauptrolle verfilmt.

Originaltitel: Death in Paradise
Übersetzt von Bernd Gockel
2. Auflage
Paperback, 312 Seiten, Euro 11,99
ISBN 978-3-86532-369-9
Auch als E-Book erhältlich